가장 기본적이고 실용적인

글쓰기 특강

가장 기본적이고 실용적인

글쓰기 특강

초판 1쇄 발행 2010년 1월 10일
초판 2쇄 발행 2012년 7월 20일

지은이 김해식
펴낸이 김태화
펴낸곳 파라북스
편집 전지영
마케팅 박경만

등록번호 제313-2004-000003호
등록일자 2004년 1월 7일
주소 서울특별시 마포구 서교동 247-17
전화 02) 322-5353 팩스 02) 334-0748

ISBN 978-89-93212-30-3 (13800)

*값은 표지 뒷면에 있습니다.

가장 기본적이고 실용적인

김해식 지음

파라북스

필자는 지금으로부터 17년 전인 1993년에 ≪글쓰기 소프트≫라는 책을 펴낸 바가 있다. 박사학위 논문을 막 끝내고 대학에서 시간강사를 하던 시절이었는데 출판사를 하던 선배의 강요와 강권에 못 이겨 책을 쓰기 시작했다. 사실 그 이전에 나는 그런 대로 글을 좀 쓰는 편이라 생각하긴 했지만 글쓰기에 관한 책을 쓸 정도는 전혀 아니었다. 여하튼 그렇게 글쓰기에 관한 책을 쓰는 작업이 시작되었고 몇 달을 고생해서 난산(難産)한 책은 당시에 해당 분야에서 공전의 히트(?)를 쳤다. 이론적 기초를 제공하면서 실제로 글쓰기에 응용할 수 있는 책이 그만큼 없었다는 얘기일 것이다.

그런데 당시 다섯 살이던 아들이 이제는 대학생이 된 지금, 다시 글쓰기에 관한 책에 손을 대었다. 그나마 내가 할 수 있는 것 중에서 이 작업이 사회적으로 의미 있고 가치 있는 일이 아니겠느냐는 생각, 또 그동안에 나름대로 쌓인 내 지식과 노하우를 다시 한 번 풀어보는 것도 좋지 않겠느냐는 생각, 그리고 무엇보다도 우리 독자들의 글쓰기 능력과 표현능력을 키우는 데 조금이라도 보탬이 된다면 참 보람 있겠다는 생각이 복합적으로 작용한 것일 게다.

당시 ≪글쓰기 소프트≫의 서문의 제목은 '쓰는 것이 힘이다'였다. 지금도 그 생각에는 조금도 변함이 없다. 베이컨은 일찍이 "아는 것이 힘이다"라고 말했지만, 아는 것만으로는 충분하지 않다. 아무리 아는 것이 많다 해도 그것을 체계적이고 논리적으로 표현하지 못한다면 무슨 소용이 있겠는가? 따라서 "아는 것이 힘이다"는 '쓰는 것이 힘이다'로 바뀌어야 하는 것이다.

생각해 보자. 우리의 인생은 글쓰기의 연속이라고 할 수 있다. 초등학교의 일기장에서부터 중고등학교의 작문, 대학입시에서의 논술고사, 대학생활의 시험답안지와 리포트와 졸업논문, 입사시험에서의 논술시험과 자기소개서, 직장생활에서의 각종 보고서와 기안서……. 이 모든 것이 피해갈 수 없는 과정이다. 뿐만 아니라 친구나 연인과 주고받는 문자 메시지나 이메일 또한 글쓰기가 아닌가? 이처럼 우리의 인생과 일상생활은 글쓰기로 둘러싸여 있다고 해도 과언이 아니다. 그런데도 많은 사람들이 글쓰기는 소설가나 시인과 같은 문인들만의 문제라고 생각하거나, 글쓰기 연습은 문학도나 할 일이라고 여긴다.

우리의 글쓰기 능력이 부족한 것은 무엇보다도 우리의 교육제도가 글쓰기 교육을 소홀히 하고 있기 때문이다. 대개가 형식적인 교육에 그치거나 실제의 글쓰기와 연결되지 않는 경우가 대부분이다. 이런 상황에서 글쓰기 훈련을 할 수 있는 유일한 길은 스스로 하는 것뿐이라고 할 수 있다. 특히 대학시절에는 글쓰기 훈련을 할 수 있는 다양한 기회들이 주어진다. 시험답안과 리포트는 대학생활 내내 글쓰기를 시험하는 관문으로 따라다니고, 졸업을 위해서는 졸업논문이라는 큰 과제가 기다리고 있다. 그런데 많은 학생들이 이처럼 좋은 기회를 제대로 활용하지 않고 시험답안은 적당히 공부해서 되는 대로 써내고, 리포트는 이것저것 베껴 짜깁기해서 제출하면서 대학생활을 마감한다. 어차피 해야 할 일이고, 글쓰기를 연습할 수 있는 좋은 기회라면 적극적으로 활용하는 것이 바람직하지 않겠는가?

글쓰기는 논리적이고 체계적인 사고능력, 표현력, 문장력과 어휘력, 상식과 전문지식 등을 기초로 하는 종합적인 자기표현 능력이라고 할 수 있다. 목표로 삼은 대학에 들어가기 위해서도, 대학생활을 알차게 보내기 위해서도, 사회생활을 유능하게 영위하기 위해서도, 글쓰기는 필수적인 능력인 것이다. 따라서 글쓰기 훈련은 절대로 피하거나 소홀히 해서는 안 되는, 적극적이고 능동적으로 임해야 하는 필수적인 과제라고 하겠다.

이 책은 글쓰기에 부족함을 느끼거나 좀 더 체계적인 글쓰기 공부를 하고 싶은 사람들을 대상으로 한 지침서라고 할 수 있다. 대입 논술시험을 준비하는 입시생, 좀 더 나은 시험답안과 리포트를 쓰고 싶은 대학생, 취업을 준비하는 대학생, 보고서나 논문을 써야 하는 대학원생이나 직장인 등이 스스로 글쓰기 훈련을 할 수 있도록 돕는 안내서인 것이다. 이 책은 글쓰기가 우리 생활에서 갖는 의미, 글쓰기의 기초를 닦는 방법, 글쓰기 연습의 실제, 글쓰기 단계별 요령과 방법, 글 다듬는 방법, 시험답안과 리포트 및 논술시험과 논문 등 글쓰기의 실제에 관한 지침 등 구체적이고 실용적인 내용을 중심으로 구성되어 있다. 그런 점에서 다른 지침서에 비해 구체적이고 실제적인 도움을 받을 수 있을 것으로 믿는다.

그러나 어떤 지침서도 결코 완벽할 수는 없다. 특히 글쓰기처럼 창조적인 성격이 강한 작업에 관한 지침서는 결코 완벽한 교과서가 될 수 없으며, 단지 개인의 창조적 작업에 참고서나 안내서가 될 수 있을 뿐이다. 글쓰기 훈련의 주체와 중심은 독자 자신이다. 이 책이 독자 여러분의 글쓰기에 나름대로 보탬이 될 수 있기를 진심으로 바란다.

2011년 1월

김해식

3장 글쓰기 단계별 요령과 방법

4장 글다듬기

5장 글쓰기의 실제

6장 글쓰기의 기타 포인트

1장

왜 글쓰기가 중요한가?

01 글쓰기와 생활

02 왜 글쓰기가 어려운가?

03 어떻게 해야 하는가?

01

글쓰기와 생활

인간이 동물과 다른 점 가운데 하나는 사유(思惟)를 한다는 것, 그리고 사유를 서로 전달하는 언어를 가지고 있다는 점이다. 그러므로 언어는 인간을 인간답게 만드는 요소 중의 하나라고 할 수 있다. 우리는 지금 이 순간에도 말과 문자와 몸짓을 통해 서로 의사를 주고받고 있다. 대화나 토론, 신문이나 책 읽기, 텔레비전 시청과 영화 관람, 심지어 악수와 키스 행위까지도 다 이러한 의사소통의 다양한 모습들이다. 의사소통은 인간사회를 가능하게 하는 매개체이자 관계망이라고 할 수 있다. 그런 점에서 볼 때 의사소통 수단으로서의 말과 글을 제대로 구사하는 능력은 계속해서 배우고 가다듬어 나가야 할 필수적이고 핵심적인 능력이다.

한편, 사회가 분화되고 복잡해질수록 의사를 체계적이고 전문적인 방식으로 전달할 필요성이 커진다. 따라서 사고나 의견을 체계적으로 정리해서 전달하는 글쓰기의 중요성이 증대된다. 자신의 생각이나 의견을 정확하고 체계적인 방식으로 전달할 수 있는 능력, 그 중에서도 글로 자기를 표현하는 글쓰기 능력은 오늘날 사회생활의 기본이라고 할 만하다. 학생의 경우 학교생활에서 작성하는 각종 리포트와 시험 답안지가 대학생활의 성패를 좌우하고, 입시에서 논술시험이 차지하는 비중도 결코 적지 않다. 직장생활은 어떠한가? 입사를 위해서는 자기소개서도 써야 하고 논술시험을 보기도 해야 한다. 입사해서는 각종 기안과 보고서와 프리젠테이션이 기다리고 있다.

무엇보다 연애도 예외가 아니다. 요즘에는 편지지에 편지를 써서 보내는 사람이 드물겠지만 문자메시지나 이메일을 얼마나 잘 쓰는가가 연애의 성공에서 여전히 중요한 몫을 차지하는 것은 분명한 사실일 것이다. '사랑' 운운하지 않으면서 다음과 같은 문자 메시지를 보낸다면 연인이 얼마나 감동을 받을 것인가! 비록 짧은 글이지만 여기에는 어휘력과 문장력, 구성력이 총동원되어서 사랑의 진심을 담담하면서도 간결하게 잘 표현하고 있다고 하겠다(출처는 묻지 마시길!).

소슬한 저녁바람의 냄새. 바쁜 일 끝나고 찾아드는 기분 좋은 허허로움. 그리고 그대 생각.

이처럼 우리의 생활은 온통 글쓰기에 둘러싸여 있고, 글쓰기 능력은 삶을 성공적으로 꾸려가는 데 필수적인 요소인 것이다.

그런데 아무리 좋은 생각과 깊은 지식을 갖고 있다고 하더라도 그것을 체계적으로 풀어내는 능력이 모자란다면 그것은 온전히 자기 것이라고 할 수 없다. 필자가 대학강사일 때 시험답안이나 리포트를 최소한의 형식을 갖추어 제대로 작성한 학생을 찾아보기 매우 힘들었는데, 소위 일류대학의 학생이라 하더라도 별반 다를 바가 없었다. 방송국에서 연구원 생활을 하면서도 여러 사람의 글과 보고서를 수없이 접했지만 흡족한 수준의 글을 찾기가 그리 쉽지 않았다.

우리의 생활 자체가 온통 글쓰기로 둘러싸여 있는데도 실상 우리는 제대로 된 글쓰기를 하지 못하고 있는 것이다. 상황과 사정이 이러하다면 자기 능력의 신장을 위해서 글쓰기 공부에 매진해볼 의미가 충분히 있지 않겠는가?

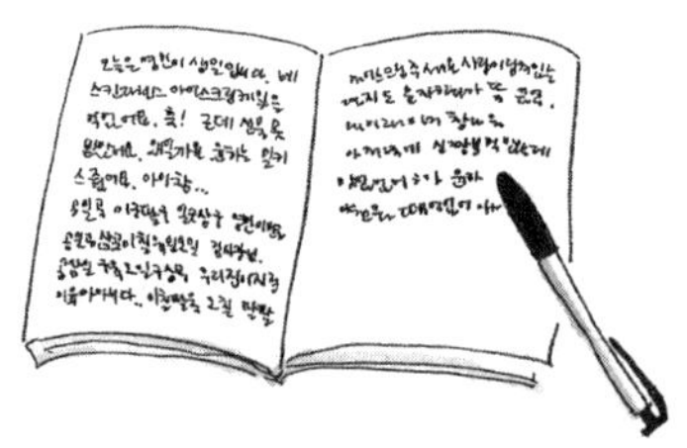

02
왜 글쓰기가 어려운가?

흔히 현대를 정보전쟁의 시대라고들 한다. 이러한 시대에 낱낱의 정보는 일종의 총알과도 같다. 이 총알을 자기 것으로 만들어 자신의 총으로 자신이 겨냥하는 과녁을 맞힐 수 있는 사람만이 시대에 잘 적응한 사람이라고 하겠다. 정보총알을 자기 것으로 만드는 것은 정보 읽기와 정리에 관계되고, 자기 총을 갖는다는 것은 자기표현 능력을 갖는 것을 말하며, 과녁을 명중하는 능력이란 체계적인 구성능력을 말한다. 그러나 불행히도 우리는 대개 유능한 사수는 아닌 듯하다. 왜 이런 사태가 생겼는가?

우선 우리는 한 번도 제대로 된 글쓰기 훈련을 받아본 적이 없다. 중고등학교나 대학교 어디에서도 자기표현을 위한 제대로 된 교육 프로그램이 마련되어 있지 않은 것이 우리의 현실이다. 굳이

'입시 위주의 교육'이니 '기능인 양성 위주의 교육'이나 '교양 교육의 부재' 같은 말을 들먹이지 않더라도 우리의 교육제도와 교육과정은 글쓰기 교육에 너무도 소홀한 것이 현실이다. 그나마도 그동안 사지선다형과 같이 사고의 폭을 제한하고 표현력을 마비시키는 형식의 시험에 시달려 왔으니 오죽하겠는가? 소홀한 것이 어디 자기표현 교육뿐이겠느냐만 그것은 논리적이고 종합적인 사고의 배양이라든지 창의성의 계발, 자신감의 고취 등과 관련된 것이기 때문에 핵심 중의 핵심, 알맹이 중의 알맹이가 빠져 있다고 할 만하다.

현실이 이렇다 보니 우리는 누구나 글쓰기에 대한 두려움을 알게 모르게 갖고 있다. 훈련도 받지 않고 전장에 나선 꼴이니 오죽하겠냐만, 두려움은 현실을 더욱 악화시킨다. 진짜 전쟁에서는 서로 죽이자고 총을 쏘지만 정보전쟁에서는 과녁을 향해 총을 쏘는 것이기 때문에 한두 번 잘못 쏜다고 큰 탈이 생기지는 않는다. 이것은 일종의 게임과도 같다. 급수가 낮다고 바둑을 둘 수 없는 것은 아니며 더더군다나 바둑이 재미없는 것도 아니다. 바둑을 잘 두지 못한다고 대국을 두려워하거나 아예 두지 않는다면 만년 18급을 면할 수 없을 것이다. 이런 두려움을 이기고 실제로 바둑을 두면 자존심 상하는 일도 있고 분이 나기도 하겠지만 재미도 맛볼 수 있고 실력도 늘 것이다. 마찬가지로 자기표현이나 글쓰기도 두려움의 대상이 아니라 놀이와 취미의 대상이 될 수 있다. 그러는 가운데 우리의 글쓰기 능력이 길러질 것이다.

그런데 막상 글쓰기 훈련을 하려고 해도 우리는 대개 기초가 부족하다. 지식과 정보가 부족하다면 어떻게 좋은 글을 쓸 수 있겠는가? 글쓰기의 기초는 '생산적인 독서'에 의해서만 가능하다. 이것은 '자기표현의 내공 쌓기'라고 해도 좋을 것이다. 무술영화에서 보면 아무리 외공(外功)이 강한 무사라 하더라도 내공(內功)이 탄탄한 고수를 이기지는 못한다. 글쓰기의 내공 쌓기, 즉 지식과 정보의 축적은 자기표현과 지적 생산의 기초이다. 지적인 정보를 착실히 탐색해서 읽고 그것을 잘 정리해 두는 것이 바로 지적 생산을 위한 내공 쌓기인 것이다. '생산적인 독서'란 남는 것이 있고 쌓아둘 것이 있어서 나중에 그것을 글쓰기라는 생산활동에 투여할 수 있게 하는 독서를 말한다.

03

어떻게 해야 하는가?

그러면 어떻게 해야 하는가? 스스로 하는 수밖에 없다. 무엇보다도 먼저 자기표현과 글쓰기에 대한 두려움을 없애야 한다. 그러기 위해서는 우선 생활 주변에 주어진 여건과 기회를 최대한 활용하는 것이 필요하다. 손쉽게 출발할 수 있는 몇 가지 예를 들어 보자.

먼저, 일기는 여러분이 일상생활에서 가장 손쉽게 시작할 수 있는 글쓰기이다. 일기는 남에게 보일 필요가 없으니 부끄러움을 느끼지 않아도 된다. 물론 선생님께 검사를 받기 위해서 억지로 쓰던 초등학교 시절의 일기처럼 "오늘 누구를 만났고, 무슨 일을 했고, 무엇을 먹었는데 어땠다"는 식으로 쓰는 것은 전혀 도움이 안 될 것이다. 그 날 겪은 일 가운데 인상 깊은 사건이나 평소에 관심 있던 주제에 관해 일종의 짧은 에세이를 쓴다는 기분으로 임해야 할 것이다.

연인이나 배우자에게 편지를 쓰는 것도 좋은 방법이다. 글쓰기 훈련도 되겠지만 백 번의 전화나 문자보다 더 효험 있는 사랑의 묘약이 될 것이다. 연인이 아니더라도 편지는 사람과 사람을 연결시켜 주는 좋은 매체가 된다. 부모님이나 친구에게 편지를 써보라. 글쓰기 훈련이 될 뿐만 아니라 그 사람과의 관계가 새로운 의미로 다가올 것이고 스스로 그 관계에 더욱 충실하게 될 것이다.

그 외에도 글쓰기를 연습할 수 있는 기회는 많다. 당신이 학생이라면 리포트와 같은 간단한 과제물이 좋은 기회가 될 것이다. 제출하는 것만으로 만족한다는 생각으로 이것저것 짜깁기해서 리포트를 낸다면 당신은 절호의 기회를 내팽개치는 꼴이 되고 만다. 리포트를 써야 한다면 철저한 시간계획과 사전준비를 통해서 알찬 리포트를 써보도록 하라. 물론 성적도 잘 나오겠지만 글쓰기 훈련도 될 것이니 일석이조가 아니겠는가? 글쓰기 훈련을 위해서 리포트 작성만큼 좋은 기회도 드물 것이다.

그 외에도 우리가 일상생활을 하면서 글을 쓸 수 있는 기회는 얼마든지 있다. 회사에서 나오는 사보, 교회를 다닌다면 교회 소식지, 동창회 소식지도 있을 것이고, 신문사의 독자 투고란도 있다. 이런 것들이 두렵다면 우선 인터넷의 댓글과 같은 짧은 글에라도 도전해 보라.

2장

글쓰기의 기초

01

글쓰기의 의의

여기에서는 글쓰기가 오늘날 과연 어떤 의미와 의의를 지니는지를 먼저 생각해본 다음, 글쓰기 능력을 구성하는 요소에는 어떤 것들이 있는지 살펴볼 것이다. 또 글쓰기에 실제적으로 도움이 되는 기초를 쌓기 위한 훈련방법에 대해서도 알아보기로 하자.

글쓰기 능력은 예로부터 중요한 재능으로 인정받아 왔다. 왕조시대에 국정을 담당할 인재를 뽑는 과거시험도 주로 글쓰기 능력을 시험하는 것이었다. 오늘날에도 이렇다 할 전문직종치고 글쓰기 능력이 토대가 되지 않는 경우는 드물다.

물론 글쓰기 능력이란 단순히 매끄러운 문장을 구사하는 능력이나 미사여구와 문자를 나열하는 능력과 같은 겉모습의 글솜씨를 일컫는 것은 결코 아니다. 글쓰기 능력이란 자기 속에 있는 지식과 정보와 자료를 좋은 문장력을 통해서 체계적으로 풀어내는 능력을 말한다. 이렇게 볼 때 글쓰기 능력은 다음 세 가지 요소가 종합되어 있는 것이라고 할 수 있다.

첫째, 자기가 가지고 있는 내면의 지적(知的) 자원

둘째, 자기를 잘 표현할 수 있는 언어적 능력

셋째, 자기 생각과 의견을 체계화할 수 있는 역량

이 세 가지 요소에 대해 간단히 살펴보기로 하자.

① 동원할 수 있는 지적 자원

재료가 있어야 요리를 할 수 있듯이 지적 자원을 갖추고 있어야 글을 쓸 수 있다. 지적 자원에는 우선 독서를 통해 자신의 내면에 축적된 지식과 정보가 있다. 그런 점에서 독서는 글쓰기와 불가분의 관계를 맺고 있으며 글쓰기의 필수적인 기초를 이룬다고 할 수 있다. 따라서 '독서를 어떻게 효율적이고 생산적으로 할 것인가'라는 문제는 글쓰기 연습과 실제의 출발점이 된다.

그런데 아무리 머리가 좋은 사람이라도 무수하고 방대한 자료를 전부 머릿속에 담아놓을 수는 없다. 또 설사 그런 능력이 있다 해도 그렇게 하는 것이 현명한 일은 아니다. 창고는 머릿속에만 있는 것이 아니기 때문이다. 수첩이나 노트, 파일이나 컴퓨터 등 자료 창고는 얼마든지 확대될 수 있다. 그런 점에서 자료를 잘 탐색하고 잘 정리하는 기술 역시 글쓰기의 중요한 기초가 된다.

② 정확하고 효율적인 표현능력

좋은 재료가 아무리 많아도 적절한 조리법을 모르면 맛있는 요리를 할 수 없듯이, 지적 자원을 효율적으로 활용하지 못하면 좋은 글을 쓸 수 없다. 세부적으로 말하면 정확한 문장 구사, 적절한 단어 사용, 맞춤법과 구두점의 올바른 사용에서부터 논리적 연결과 일관성, 적절한 문체와 수사(修辭)의 사용 등에 이르기까지 각종 능력이 필요하다. 요약하면 문법과 논리와 표현에 관련된 훈련이 필요하다는 것이다.

③ 글을 체계적 · 논리적으로 구성하는 능력

무슨 재료를 어떻게 얼마나 배합할 것인가, 어떤 음식들을 배열할 것인가가 요리의 성패를 좌우하듯이 글을 잘 구성하고 배열하지 않으면 좋은 글이 될 수 없다. 많은 지식과 정보를 가지고 있고 뛰어난 문장력을 지니고 있다고 하더라도 이 구성능력이 없으면 좋은 글을 쓰기 어렵다. 좋은 건축 재료를 많이 갖고 있고 좋은 목수와 벽돌공이 있다고 해도 좋은 설계사가 없으면 잘된 건물이 나오기 어려운 것과 마찬가지 이치다. 글의 전체 틀을 어떻게 구성하고 자료와 주장을 어떤 순서로 어떻게 배치할 것인가에 관한 기술은 글쓰기의 필수적인 요소이면서 가장 중요한 요소라고 해도 과언이 아니다.

02

글쓰기를 위한 독서

1. 독서 자료의 종류

무엇보다도 책은 자기가 전공하고 있는 분야나 맡고 있는 업무, 관심 있는 주제에 관한 것이 최우선일 것이다. 그렇지만 다른 가벼운 읽을거리도 소홀히 하지 않고 충분히 활용하는 것이 바람직하다.

① 신문

우선 좋은 읽을거리로 신문이 있다. 신문은 사회에서 일어나고 있는 주요한 현상이나 사건을 보도하는 매체다. 현상이나 사건에 대한 신문의 보도는 현실에 대한 유용한 정보를 제공한다. 특히 그 정보들은 최신의 것들이라는 점에서 의미가 크다. 뿐만 아니라 신문은 일상생활이나 문화 또는 학문에 관한 유용한 정보를 정리된 형태로 제공해 주기도 한다. 신문 정보는 글쓰기와 관련해서 다음과 같은 도움을 줄 수 있을 것이다.

첫째, 논지전개의 보충자료로 활용할 수 있다. 신문은 사건이나 현상, 제도나 문화에 대한 개략적인 윤곽을 잡는 데 도움이 된다. 그런 점에서 가벼운 입문 내지 탐색의 차원에서 좋은 읽을거리가 된다고 하겠다.

신문이 제공하는 정보는 현실에 관한 정보뿐만 아니라 학술적인 글이나 전문적인 보고서에도 인용할 만한 것들이 꽤 있다. 신문은 대중을 대상으로 한 매체이기 때문에 정보의 수준이나 깊이는 한계가 있지만 특정 사건의 개요라든가 현상의 실태, 사진이나 통계 등은 활용가치가 높다.

이처럼 신문의 자료는 글의 중심자료는 되기 어렵지만 논지전개의 보충자료로 활용할 수 있으므로 평소에 관심 있는 주제나 대상에 대한 자료들을 모아 두는 것도 좋을 것이다.

둘째, 특정 현상이나 주제에 대한 실제적인 감각을 익힐 수 있다. 신문에 보도되는 실제 사건이나 실제 현상의 개요와 현황을 파악함으로써 교과서에서 막연히 추상적으로만 알고 있던 현상을 실제로 어떻게 다루어야 하는지에 대한 감을 잡을 수 있다. 또 신문은 그러한 현상이 실제로 어떠한 문제를 내포하고 있고, 그 사회적 영향이나 여파는 어떠한 것인지를 파악하게 해준다.

이처럼 신문이 제공하는 정보는 전문적인 보고서나 학술적인 글의 기본논지를 뒷받침하기에는 부족하지만 현실에 관한 구체적인 정보를 담고 있다는 점에서 보충자료로 충분히 활용할 수 있다.

신문정보를 잘 활용하기 위해서는 평소에 잘 정리해 두는 습관이 필요하다. 요즘은 인터넷으로도 신문이 서비스되고 있고 또 검색도 가능하므로 필요할 때에 간편하게 자료에 접근할 수 있다. 평소에 자료를 모아 두거나 필요할 때 자료를 검색하여 정리하는 경우 모두 '무슨 신문, 몇 년 몇 월 며칠'이라는 출처를 반드시 명기해 두도록 하자. 나중에 실제로 인용할 경우의 편의를 위해서.

② 잡지

자신의 관심영역이나 전공분야와 관련된 전문잡지나 학술잡지에 관해 어느 정도는 알고 있어야 한다. 물론 그 잡지에 실린 글을 다 읽을 수는 없고 그럴 필요도 없다. 우선 그 잡지의 차례를 전체적으로 훑어보면서 어떤 주제들이 어떻게 다뤄지고 있는지를 살펴보라. 그런 다음에 흥미 있는 주제를 중심으로 글을 찾아서 읽거나 자료를 정리하면 된다.

여하튼 중요한 것은 자기 분야에서 어떤 것들이 논의와 연구의 대상이 되고 있는지에 대한 감각을 형성해야 한다는 것이다. 그렇게 전체적인 지형도를 그린 다음에 자기의 관심영역의 좌표를 그릴 수 있을 것이다. 그렇지 않으면 좌표 없이 항해하는 형국이 되기 십상이고 현실과 동떨어진 논의를 할 우려도 있다.

대중잡지든 전문잡지든 학술잡지든 그 정보는 대개 신문보다 상세하고 체계적이며 심층적이라고 할 수 있다. 뿐만 아니라 주제와 관련된 기존의 이론과 논의를 잘 정리하여 소개하는 경우가 대부분이므로 기본 틀을 잡는 데 상당한 도움이 된다.

③ 학위논문

자기 관심분야나 전공분야의 학위논문도 매우 좋은 읽을거리이다. 학위논문은 학문적 수련을 하는 과정에서 쓴 글이지만 그 형식이나 체제 면에서는 가장 엄격한 학술적 글이라고 할 수 있다. 그러므로 체계적인 보고서나 학술적인 글을 쓰는 방식에 관해 공부하는 데 좋은 자료가 된다.

학위논문은 대개 기존의 이론이나 논의에 대한 검토를 한 후에 자신의 연구가 기존 연구의 부족한 부분이나 미완의 부분을 다루고 있다는 것을 정당화해야 한다. 그런 점에서 관련 이론이나 논의를 정리하는 데도 큰 도움을 준다. 관심 있는 주제에 관한 학위논문 몇 개만 읽어도 상당한 전문가의 수준에 이를 수 있을 것이다.

④ 학술서적

가장 체계적인 전문정보와 학술정보를 얻을 수 있는 자료는 역시 학술서적이다. 강의나 교육을 위한 교과서이든 연구자의 연구성과를 집대성한 연구서이든, 학술서적은 특정 분야나 주제에 관해 체계적이고 종합적인 정보를 제공하는 자료이다.

그런 의미에서 학술서적은 지적 정보를 얻는 가장 기본적이면서 가장 중요한 자료라고 할 수 있다. 관련 분야의 개론(槪論)에서 출발해서 각론(各論)을 거쳐 구체적인 주제에 관한 심도 있는 서적까지 단계적이고 체계적인 독서가 필요하다.

2. 글쓰기의 기초로서의 독서

앞에서는 글쓰기의 기초를 구성하는 읽기 자료들에 관해 살펴보았다. 그러나 중요한 것은 그러한 자료의 내용을 어떻게 진정으로 자기 것으로 만드느냐이다. 즉, 자료를 읽는 방법이 중요하다는 것이다. 여기서는 평소에 어떻게 독서를 해야 생산적이고 창조적인 독서가 될 수 있는지에 관해 이야기해 보기로 하겠다.

① 글쓰기와 독서

흔히 '책은 정신(마음)의 양식'이라고들 한다. 다소 진부하게 들리겠지만, 음식물을 섭취해야 육체가 살 수 있듯이 정신도 책이라는 양식을 섭취해야 살아 숨 쉴 수 있음을 강조한 말이다.

독서하지 않는 정신은 영양실조로 피골이 상접한 육체처럼 기능을 제대로 발휘할 수 없다. 우리가 맛있는 요리나 몸에 좋은 음식을 찾듯이 정신에 좋은 양식도 찾아서 섭취해야 할 것이다. 빈곤한 정신은 빈곤한 대화를 낳고 빈곤한 대화는 인간관계를 풍요롭게 하지 못한다. '책은 정신의 양식'이라는 말의 의미를 새삼 되새겨볼 일이다.

또 글쓰기는 독서로부터 시작된다. 글쓰기는 자신의 내면에 있는 지식과 정보를 풀어내는 행위이다. 그런데 만일 우리의 정신이 영양실조의 상태에 있다면 글쓰기는 처음부터 휘청거릴 수밖에 없다. 왜냐하면 글쓰기는 우리의 내면에 뿌리 내려 내면으로부터 영양과 수분을 공급받아야 자라기 때문이다. 그 영양과 수분은 대개 선인들이 집적한 지식과 지혜에 의해 마련된다.

그런 의미에서 독서는 글쓰기의 영양과 수분을 마련하는 과정, 즉 글쓰기의 생산재료를 축적하는 과정이다. 다시 말하면 독서는 지적 생산의 기초이며 글쓰기의 내공 쌓기이다. 따라서 글쓰기는 독서로부터 시작된다고 할 수 있다.

② 독서의 자세

독서를 할 때 우리가 견지해야 할 첫 번째 자세는 '전문백치'가 되지 않도록 하는 것이다.

부모들은 아이들에게 편식(偏食)하지 말라고 한다. 좋아하는 음식이나 한정된 음식만 먹으면 영양 공급의 균형이 깨지고 심한 경우 영양실조나 발육부진을 불러오기 때문이다. 육체의 양식과 마찬가지로 정신의 양식 역시 골고루 섭취해야 한다.

분야가 다양해지고 전문화되어감에 따라 현대사회에서는 정신의 양식을 편식하는 사람이 많이 생겨난다. 자신이 전공하고 있는 분야에서는 전문가 수준에 올라 있지만 그 밖의 것에는 거의 아는 것이 없는 전문백치(專門白痴)가 많아지고 있는 것이다.

아무리 자신의 분야에서 전문가라 할지라도 자신이 살아가고 있는 사회가 어떤 원리로 구성되어 어떻게 움직이는 사회인지, 자신이 하고 있는 일이나 연구가 사회적으로 어떤 의미를 지니는지를 모르는 사람은 말 그대로 백치라고 할 수 있다. 핵물리학자의 연구가 결과적으로 인류에게 치명적 위해를 가하는 핵폭탄의 제조를 낳았고,

실제로 많은 학문적 연구들이 정치적으로 이용되어 왔다. 독서의 편식이 이런 전문백치가 되는 지름길일 수도 있는 것이다.

두 번째는, 첫째와 같은 맥락이지만, 정신의 양식은 골고루 먹어야 한다는 것이다.

오늘날과 같이 학문 영역이 세분화된 채 서로 밀접한 관계를 갖고 교류하는 상황에서 잡학다식(雜學多識)은 오히려 미덕이 된다. 자기 자리에만 머물러 있어서는 진정한 자신의 위치나 모습을 알기 어렵다. 자신의 자리에서 멀찌감치 떨어져 나와 바라보아야만 자신의 진정한 위치를 객관적으로 알 수 있게 된다. 건축학에서 말하는 '삼각측량법'과 같은 원리이다.

대학생활로 치면 부전공 하나쯤 갖는 것과 같다. 실제로 부전공 제도를 이용하면 좋겠지만 부담이 된다면 그냥 혼자 전공분야와는 다른 분야를 일종의 부전공처럼 정해 놓고 공부해도 무방하다. 특히 자연과학이나 공학을 전공한 사람의 경우 인문사회과학 가운데 하나를 부전공으로 삼아야 전문백치에서 벗어날 수 있다.

논리적이고 종합적인 사유와 성찰 능력을 기르고 싶다면 철학이나 논리학을, 사회의 구조와 변동에 관심이 있다면 사회학이나 역사학을 공부하면 좋을 것이다. 인간 생활의 기본 영역에 관심이 있다면 언어학, 종교학, 미학, 인류학 등을 공부하면 된다. 좀 더 응용적인 분야에 관심이 있다면 신문방송학이나 사회복지학, 경영학, 행정학 등도 좋다. 그야말로 전문적인 지식으로 활용할 수 있는 공부를 하고 싶다면 법학이나 경제학이 좋을 것이다.

자신의 분야와 다소 거리가 있는 분야를 공부하는 것이 부담스

렵다면 최소한 자신이 전공하고 있거나 관심 있는 분야의 역사, 즉 학사(學史)에 대해서라도 공부할 필요가 있다. 그래야 비로소 자신이 하고 있는 일의 역사적 의미와 사회적 기능에 대한 올바른 관점을 가질 수 있기 때문이다.

또 책은 평소에 꾸준히 읽는 습관을 들여놓지 않으면 안 된다. 힘을 많이 써야 할 일이 생기고 나서야 허겁지겁 많이 먹어 봤자 별반 도움이 안 되는 것과 같은 이치이다. 많이 먹어 봤자 다 소화되는 것도 아니고 오히려 배탈이나 나기 십상이다. 꾸준한 영양관리, 즉 평소에 꾸준히 독서하는 습관이야말로 정신을 풍요롭게 하는 길이고 글쓰기의 튼튼한 기초를 쌓는 길이다.

마지막으로 창조적으로 읽어야 한다. 앞에서 글쓰기는 창조적 행위이며 또한 글쓰기는 독서로부터 시작된다고 했다. 따라서 글쓰기의 출발점인 독서 그 자체도 창조적이지 않으면 안 된다. 즉 책의 내용을 있는 그대로 소화하는 것만으로는 부족하다는 말이다. 항상 저자의 견해나 주장에 의문을 품고 자기 입장에서 질문을 던지는 자세로 읽는 것이 좋다. 말하자면 의혹의 눈길과 비판의 눈길을 던지면서 읽으라는 것이다.

다른 한편, 독서는 차이를 발견하는 행위이다. 모든 발전이나 진보는 바로 차이에서 시작한다. 차이는 발전과 진보의 씨앗인 셈이다. 독서를 할 때는 저자가 가진 견해의 틈새와 문제점, 저자의 입장과 독자의 입장 사이의 차이를 찾아내는 작업이 동반되어야 한다. 어떻게 보면 독서는 차이를 중심으로 저자와 대화하는 것이라고도 할 수 있다. 차이를 발견하고 확인하면서 공감대를 형성하고 이해의 폭을 넓히는 것이 창조적이고 생산적인 독서의 길인 것이다. 수동적으로 저자의 견해를 경청하는 것이 아니라 능동적으로 저자와 대화하고 토론하는 것이야말로 살아 숨 쉬는 창조적인 독서 행위이다.

여기서 중요한 것은 '나'를 잊지 않는 것이다. '독서하는 나', '저자와 대화하는 나', '그러한 나를 지켜보는 나'가 살아 있어야 창조적인 독서가 될 수 있다. 독서과정에서 발견한 차이를 확대 재생산할 때 (창조적인) 독서가 창조적인 글쓰기로 연결되는 것이다. '나'와 '저자'의 만남을 통해 '새로운 나'를 탄생시켜야 한다는 것이다. 차이를 발견하고 확대 재생산해 가는 창조적 독서의 자세를 견지하도록 하자.

③ 체계적인 독서를 위한 독서 메뉴 선택

체계적인 독서를 위해서는 가장 먼저 독서 메뉴를 선택해야 한다. 이때 염두에 두어야 할 것은 음식 메뉴를 선택할 때처럼 필수 영양분을 따지는 일이다.

음식물을 섭취할 때도 필수아미노산이니 비타민이니 하는 필수 영양분이 있는 것과 마찬가지로 독서에도 필수 영양분, 즉 필독서가 있기 마련이다. 특정 분야나 전공의 필독서에 대한 안내는 쉽게 찾아볼 수 있을 것이다. 여기서는 일일이 그런 책들을 열거하지 않을 것이다. 왜냐하면 이 책은 글쓰기의 소프트웨어에 관한 책이기 때문이다. 여하튼 필독서라고 하는 기본 메뉴에서 독서를 시작하는 것이 좋다.

그런데 주의할 것은 읽어야 할 책들을 단순히 나열해 놓고 닥치는 대로 읽는 것은 피해야 한다는 점이다. 필독서 목록을 손에 넣으면 우선 그것을 몇 개의 분야로 정리할 필요가 있다. 그런 다음에 각 분야별로 기본적인 서적을 몇 권씩 정해서, 분야별로 섭렵해 가거나 각 분야별로 한 권씩 돌아가면서 읽으면 된다. 이렇게 필독서를 어느 정도 읽고 나면 당신은 최소한 필수 영양분은 갖추는 셈이다. 이런 방식은 교양서뿐만 아니라 전공서에도 적용될 수 있다. 전공서에도 필독서가 반드시 있기 때문이다.

필수 영양분이 갖추어지고 나면 이제 당신은 좀 더 보충해서 먹어야 할 것, 아니면 먹고 싶은 것을 골라 먹을 수 있다. 편식으로 인한 피해에서 벗어날 수 있는 최소한의 요건을 마련했기 때문이다.

그렇지만 이 단계에 와서도 단순히 재미를 위한 소비적이고 향락적인 독서는 피해야 한다. 예를 들어, 소위 베스트셀러라고 하는 것은 장사치의 농간에 의한 것이거나 약간 모자라는 사람들의 잔칫상이라고 생각하는 지적 오만도 어느 정도 필요하다. 대개의 경우 베스트셀러의 효용은 기껏해야 저자의 어떤 점이 독자에게 호소했는지, 아니면 그것이 겉만 번지르르한 속 빈 강정인지를 확인해 보는 것에 그치거나, 좀 더 나은 경우에도 그러한 책을 선호하는 시대적 조류는 과연 무엇인가를 탐색하는 정도일 것이다. 베스트셀러는 가급적 피하자. 아니 베스트셀러를 들고 다니는 것 자체를 창피한 일로 여기자. 그래도 궁금하거나 호기심이 생긴다면 대형 서점에 가서 대충 읽어보고 정말 맘에 들면 그때 사서 읽으면 된다. 물론 학문적인 베스트셀러는 기를 쓰고 읽어야 할 것이다.

기본적인 필독서를 읽고 난 다음에는 세분된 분야들 가운데 하나를 택해 좀 더 깊이 들어간다. 그것은 자신의 전문 분야나 전공 중의 특정 분야일 수도 있고 개인적으로 관심이 가는 분야일 수도 있다. 여기서 길을 찾아 나가는 방법은 간단하다. 앞서 읽은 필독서에 나오는 참고문헌을 조사해서 그 중에서 자주 언급되거나 중요하게 다루어지는 문헌들을 찾아낸다. 필독서가 여럿이므로 그런 방식으로 확장하다 보면 체계적으로 독서 대상을 찾아낼 수 있을 것이다. 이 작업을 마치면 일정하게 체계화된 문헌 목록을 작성할 수 있게 된다. 체계적인 독서는 여기서 시작하면 된다. 그러면 서로 연관된 책들을 계획성 있게 체계적으로 읽을 수 있다.

④ 독서의 맥락

이제 무엇을 읽을 것인가는 정해졌고, 다음 단계는 어떤 맥락으로 책을 읽을 것인가에 관한 것이다. 책을 읽는 입장 또는 책을 읽는 맥락은 이해를 위한 독서, 비판적 독서, 창조적 독서 등 세 가지로 나눌 수 있다.

<u>우선, 이해를 위한 독서이다.</u>

지금 우리가 이야기하고 있는 독서는 단순히 재미를 위한 것이나 시간 때우기를 위한 것은 결코 아니다. 그런 독서라면 읽고 난 뒤에 아무것도 남지 않거나 아무것도 기억나지 않아도 무방하다. 단순히 읽는 순간이 즐거우면 되는 것이다.

그러나 책에서 무엇인가를 얻고자 한다면 우선 그 내용을 이해하지 않으면 안 된다. 책의 내용을 이해하는 데 가장 적절한 방법은 저자의 입장이 되어 보는 것이다. 자신을 저자에게 감정이입해서 저자를 따라가 보는 것이다. 왜 이런 표현을 썼는지, 왜 이런 예를 들었는지, 왜 이런 주장을 했는지 등등을 저자의 입장을 충분히 고려하면서 읽는 것이다. 저자의 입장이 되어 읽는 것, 이 것이 독서의 제1 맥락이다.

독서의 제2 맥락은 비판적 독서이다.

이것은 저자의 이론적 적수(敵手)가 되어 보는 것이다. 표현 하나하나, 문장 하나하나에서부터 논리적 일관성과 견해의 타당성에 이르기까지 철저하게 비판적 입장에서 읽는 것이다. 단순히 비판 그 자체를 위한 비판이라도 독서의 이 단계에서는 용인되며, 오히려 권장사항이기까지 하다. 저자의 이론적 적수가 되어 흠집을 찾아보는 비판적 독서가 독서의 제2 맥락이다. 이 비판적 독서는 생산적이고 창조적인 독서를 위한 필수요건이다.

제3 맥락은 창조적 독서이다.

이번에는 주제의 이해와 관련된 내용이나 논의의 흐름과는 무관하게, 흥미 있는 것이나 활용할 만한 것들 또는 자신이 새로이 시도해볼 만한 단서들, 나아가 멋진 수사(修辭)들에 주목해 본다. 실제로 써먹을 수 있는 부분에 주목하는 것이다. 이것은 자기 문맥의 독서이며 나아가 창조적 독서라고 할 수 있다. 결국 독서에서 중요한 것은 저자의 주장이나 사상을 정확히 이해하는 데서 더 나아가 그것을 통해 자기의 견해와 주장을 개발하고 육성하는 것이다.

이러한 것은 전류의 감응현상(感應現象)에 비유할 수 있다. 하나의 코일에 전류를 흘려보내면 다른 편에 있는 코일에 감응전류라고 하는 별개의 전류가 발생한다. 둘은 직접적으로 연결되어 있지 않다. 중요한 것은 처음에 흘려보낸 전류가 아니고 나중에 생겨난 감응전류이다. 이 감응전류를 통해 모터는 비로소 회전하기 시작한다. 이 감응현상에 비유할 수 있는 창조적 독서는 독서의 제3 맥락이자 궁극적 맥락이다.

이상의 세 가지 맥락은 동시에 사용하면 더욱 좋을 것이다. 말하자면 저자, 저자의 이론적 적수, 독자 자신이라는 1인 3역을 동시에 해내라는 것이다. 물론 이것은 하루아침에 할 수 있는 것은 아니다. 우선 하나씩 시행해 본다. 논의가 일정하게 마무리되는 장이나 절 단위마다 되돌아와서 각각의 맥락을 시행해 보는 것이다. 말하자면 세 번을 읽으라는 말이다. 그러면 내용도 잘 이해될 뿐만 아니라 얻을 수 있는 것도 많아진다. 이런 연습을 반복하다 보면 어느 순간에는 동시에 1인 3역을 훌륭하게 수행할 수 있게 될 것이다. 그러면 한번에 세 번 읽는 것과 같은 독서를 하게 된다.

3. 독서의 기술

독서가 글쓰기의 기초로서 역할을 다하기 위해 염두에 두어야 할 것들, 즉 독서에 임하는 자세나 독서 메뉴 선택, 독서의 맥락 등을 살펴보았다. 이러한 사항은 생산적이고 창조적인 독서를 위한 가이드라인이라고 생각하고 기억해 두기를 바란다. 이제 이것들을 실제로 구현하는 구체적인 기술에 대해 이야기해 보자.

① 글의 형과 종류 파악

사람을 잘 이해하기 위해서는 그 사람의 성격을 알아야 하듯이 책이나 글을 읽을 때는 먼저 그 형(型)을 잘 파악해야 한다. 글의 형은 크게 피라미드형과 역피라미드형으로 나눌 수 있다.

피라미드형은 중요한 이야기가 뒷부분에 결론과 같은 형태로 나오는 형이다. 미괄식 또는 귀납적 형식이라고 할 수도 있다. 학술적인 논문은 대개 피라미드형으로 되어 있다.

역피라미드형은 중요한 이야기가 앞에 나오고 그 뒤에는 그것을 설명하거나 부연하는 내용이 나오는 형을 말한다. 두괄식 또는 연역적 형식이라고 할 수도 있다. 가장 대표적인 역피라미드형 글은 신문기사이다. 신문기사는 제일 먼저 사건의 개요를 제시하고 난 다음 그 사건에 대한 세부적인 사항을 풀어가는 방식으로 정리하는 것이 보통이다.

대개 글의 처음 몇 페이지를 읽어 보면 그 글이 피라미드형인지 역피라미드형인지 금세 알 수 있다. 또 우리말로 된 책은 피라미드형인 경우가 많고 영어책은 역피라미드형인 경우가 많다. 책이나 글의 형이 어떤 형인가를 파악하면 어떤 부분에 특히 주목을 해야 하는지를 알 수 있고 또 시간이 모자라는 경우에 효과적인 독서를 할 수 있다.

글의 핵심 부분이 어디에 나오는지를 미리 알고 글을 읽는 것 못지않게 글의 종류와 성격을 아는 것도 중요하다. 그 글이 논문인지 교과서인지 아니면 단순한 자료인지를 먼저 파악해 두어야 한다.

논문의 경우에는 대개 논술 형식을 띠게 되는데 이때 필자의 입장을 제시하는 부분과 다른 사람의 견해를 소개하는 부분, 자료 부분 등을 구분해 가면서 읽어야 한다. 교과서적인 성격의 글은 저자의 입장이 전면에 나서기보다는 여러 이론이나 입장을 골고루 소개하고 설명하는 형식을 취하는 것이 보통이다. 교과서는 해당 분야의 기초 지식이나 기본 사항을 정리한다는 생각으로 읽으면 될 것이다. 자료는 일종의 기초 정보로서 기술(記述)하는 형식을 띠는 것이 보통이다. 자료는 1차 자료(원자료)와 2차 자료(인용된 자료)를 구분해 정리해야 한다.

② 독서방법

책은 단번에 읽는 것이 좋다. 단번에 읽는 것이 책을 이해하는 데 가장 효과적이다. 책을 조금씩 나눠서 읽는 경우에는 대개 맥락을 잊어버려서 내용이 제대로 이해되지 않는 경우가 많다. 책을 쓴다는 것은 저자의 입장에서 보면 결국 하나의 세계를 만드는 것이다. 그리고 책을 읽는다는 것은 그 저자가 만든 세계 속에 자기 자신을 몰입하는 행위이다. 단번에 읽어야만 그 세계가 선명한 상(像)을 맺으며 다가올 것이다.

그러나 경우에 따라 단번에 다 읽기 어려운 책도 있고, 또 한 책에만 집중하다 보면 지루해지기도 한다. 이런 경우에 몇 권의 책을 선정해서 같이 읽어 가는 것도 한 방법이다. 이때에도 가능하면 두 개 정도의 계열을 설정하고 평행적으로 독서하는 것이 좋다. 예컨대 한 계열은 자신의 전공이나 전문 분야와 관련된 책으로 짜고, 또 한 계열은 전공과는 관련이 적은 부드러운 책으로 짠다. 그런 다음에는 두 계열을 번갈아 가면서 독서하되 후자는 머리를 식히기 위해 읽는다. 그러나 되도록 현재의 책에서 멀리 벗어나지 않고 계속해서 단번에 읽는 것이 가장 좋다.

단번에 읽든 나누어 읽든 책을 읽는 방법은 다시 다음과 같이 크게 세 가지로 나눌 수 있을 것이다.

첫째, 정독하는 방법이다. 정독은 단어 하나하나 문장 하나하나까지 철저하게 주의하면서 세밀하게 분석하듯 읽는 방법이다. 문장 하나하나 명제 하나하나의 의미까지도 되새기면서 오자(誤字)를 찾아낼 정도로 철저하게 읽는 방식을 말한다.

둘째, 대충 읽기이다. 대충 읽기는 단위 문장이나 명제에 크게 구애받지 않고 그 이면에 있는 일반 법칙이나 사상의 개요를 파악하는 방법이다. 말하자면 세부사항보다는 큰 줄거리를 잡아 가면서 종합적으로 읽어 글의 요체를 파악하는 방법이다.

셋째, 뒤에서부터 읽는 방법이다. 책 전체가 피라미드형으로 된 경우 적용할 수 있는 방법인데, 뒤에서 3분의 1 정도 되는 곳부터 읽기 시작한다. 학술서를 비롯한 피라미드형의 책은 가장 중요한 곳이 대체로 이 부분에 있기 때문이다. 만약 어느 부분에선가 막히면 앞으로 돌아가서 그 부분을 해결하고 또 막히는 곳이 생기면 다시 앞으로 돌아가는 식으로 읽는 것이다.

이 방법들은 독서방법의 단계로도 응용할 수 있다. 정독하는 방법은 중요한 부분에 밑줄을 그어 가면서 철저하게 읽는 1단계에, 대충 읽기는 책을 훌훌 넘기면서 앞서 줄친 부분을 중심으로 읽는

2단계에, 뒤에서부터 읽는 방법은 독서의 총마무리로서 3단계에 적용할 수 있다.

독서를 이렇게 하면 책을 세 번 읽게 될 것이다. 즉, 자세하게 한 번 읽고, 중요한 부분만을 중심으로 다시 대충 훑어보고, 결론 부분을 중심으로 마무리를 하는 것이다. 여기에다가 앞서 이야기한 독서의 세 가지 맥락까지 적용하면 책을 삼중으로 읽게 된다. 즉, 저자의 입장, 저자의 이론적 적수의 입장, 독자 자신의 입장이라는 세 가지 맥락을 적용해 삼중으로 읽게 된다는 것이다.

세 가지 맥락은 정독하는 단계에서 적용하는 것이 적절할 것이다. 물론 이 세 가지 맥락을 제대로 구사할 수 있도록 훈련이 되지 않은 상태에서는 세 번에 걸쳐서 이 맥락들을 적용해야 하기 때문에 결과적으로 책을 다섯 번 읽게 된다. 즉, 정독하는 단계에서 세 가지 맥락을 활용하면서 세 번, 대충 읽기의 단계에서 한 번, 뒤에서부터 읽는 방법으로 한 번, 모두 합쳐 다섯 번이라는 것이다.

그러나 독서의 맥락을 사용하는 데 익숙해지면 그렇게 많은 시간이 들지는 않을 것이다. 말이 세 번이고 삼중이지 대충 읽기와 뒤에서부터 읽기의 단계는 시간이 그다지 많이 걸리지 않기 때문이다.

③ 줄긋기와 표제 붙이기

책을 읽으면서 밑줄을 긋는 것은 효과적인 독서를 위해, 다시 읽을 때의 편의를 위해, 그리고 읽은 내용을 정리하기 위해 필수적인 것이다. 가능하면 책에 아무런 표시를 하지 않고 깨끗이 읽으려는 사람들이 더러 있는데, 그것은 결코 책을 사랑하는 행위가 아니다.

책에 많은 표식을 달고 많은 문구를 써넣는 것이야말로 진정으로 책을 사랑하는 행위이다.

앞서 말한 정독하는 단계에서는 반드시 밑줄을 그으면서 읽어야 한다. 이때 밑줄은 앞서 말한 세 가지 맥락에 따라 각기 다른 색으로 긋는 것이 효과적일 것이다. 즉, 책의 이해를 위해 중요한 부분, 문제의 여지가 있거나 비판받아야 할 부분, 자신의 관심과 밀접한 관련이 있거나 나중에 활용하기 좋은 부분 등을 각기 구분할 수 있는 다른 색상이나 기호로 표시하는 것이다. 또는 중요도에 따라 다른 기호를 붙이는 것도 필요하다. 예컨대 *표를 사용할 경우 그 개수로 중요도를 표시하는 것도 한 방법이다.

밑줄 긋기는 독서자료의 정리를 염두에 두고 해야 한다. 특별히 별도로 정리해 두고 싶은 부분은 별도의 표시를 해놓는 것도 좋을 것이다. 물론 첫 번째로 정독한 후에 다시 한 번 대충 훑어보는 단계에서 이런 밑줄이나 기호를 수정하는 작업을 거치면 더욱 좋다.

줄긋기와 기호 붙이기와 함께 표제 붙이기를 하면 효과는 배가된다. 작게는 한 단락마다 크게는 절이나 장마다 그 내용을 요약하는 표제를 몇 단어 또는 한 문장으로 여백에 적어 둔다. 내용이 적든 많든 주장이나 논술이 마무리되는 지점에 표제를 붙이는 것이다.

한편, 절이나 장처럼 이미 표제가 붙어 있는 경우에는 표제가 지시하는 대로 자신이 정확히 읽었는지를 확인해 보는 것도 좋다. 또 과연 그 표제가 적절한지를 되새겨 보고, 만일 적절치 않다면 나름대로의 방식으로 표제를 고쳐 써보는 것도 좋은 공부가 된다. 이러한 작업들을 통해 표제 붙이는 요령도 익힐 수 있다.

표제를 붙이는 것은 그 부분을 요약해서 간단히 정리하는 작업이기 때문에 계속 연습하다 보면 독서력이 증대되고 책 전체를 이해하는 능력도 강화될 것이다. 이 표제들은 나중에 '대충 훑어보는 단계'에서 밑줄 그은 부분을 중심으로 읽을 때 큰 도움이 된다. 또한 이런 작업과 함께 읽는 도중에 떠오른 착상이나 의문점 역시 여백에 그때그때 적어 두는 것이 좋다.

④ 독서자료의 정리

독서자료의 정리는 한 번 다 읽고 난 다음에 하는 것이 좋다. 굳이 서두르고 싶다면 한 장(章) 단위라도 다 읽은 다음에 하도록 하라. 왜냐하면 전체를 다 읽고 그 내용의 흐름이나 요체를 파악하지 못한 단계에서 하는 정리는 대개 헛수고를 낳기 때문이다. 조급하게 정리하다 보면 다 읽고 난 다음에는 저절로 풀릴 의문사항을 기록한다든지 크게 보아서는 곁가지에 불과한 것을 기록한다든지 하는 불필요한 일이 생길 수 있다.

다만 미리 정해진 특수한 사례나 항목만을 모으는 경우에는 언제든지 자료정리를 시작해도 좋다. 예컨대 친일분자의 명단과 행적만을 정리한다든지 OO위원회에 관한 자료만을 모을 때는 언제든지 그때그때 해당사항을 정리하면 된다.

물론 앞서 말했듯이 정독하는 단계에서는 자료정리를 염두에 둔 밑줄 긋기나 기호 붙이기, 표제 붙이기를 해야 한다. 하지만 자료정리 작업은 독서의 2단계인 '대충 훑어보기'를 거친 다음에 하는 것이 좋다. 따라서 독서 제2 단계에서는 표시된 부분이 진정으로 기록해둘 만한 가치가 있는지, 기록과 정리는 어떠한 체제로 할 것인지를 결정해야 한다.

독서자료의 정리는 어디에 어떻게 하는 것이 좋은가? 한 마디로 말하면, 편집할 수 있는 형식으로 해야 한다. 정리된 자료를 다양하게 활용하고 또 쉽게 찾아볼 수 있게 하기 위해서이다. 컴퓨터가 발달되고 널리 보급된 시대이므로 우선 입력은 컴퓨터로 하는 것이 최상일 것이다.

입력된 자료를 찾아보기 쉽고 활용하기 쉽게 하기 위해서 독서카드를 사용하는 것도 한 방법이다. 물론 별도로 독서카드를 사용하지 않고 A4 용지에 출력해서 정리해도 무방할 것이다. 여하튼 카드를 사용할 경우에는 1항목 1카드 체제로 하는 것이 좋다. 물론 항목 하나가 카드 한 장을 넘어서는 경우에는 카드에 일련번호를 붙이면 된다. 또 각 카드에는 소제목을 붙이고 그 출처를 적어 두는 것이 좋다.

항목별 카드정리가 끝나면 그것을 다양한 방식으로 편집해 두고 활용할 수 있다. 가나다순으로 정리한다든지, 몇 개의 주제로 나누어 묶는다든지, 앞서 말한 세 가지 독서 맥락별로 정리하는 것도 가능할 것이다.

컴퓨터를 활용하면 이런 작업을 매우 간단하고 효율적으로 처리할 수 있다. 우선 일정한 원칙(항목별 정리, 소제목 붙이기, 맥락을 염두에 두기 등)에 따라 되는 대로 정리한다. 그런 다음 그 파일을 필요한 만큼 다른 이름으로 복제하여 편집함으로써 한 가지 자료를 다양하게 활용할 수 있다.

⑤ 독서 이력서

독서자료를 정리하는 작업과는 별도로 자신의 독서력(讀書歷)을 만드는 것도 권장하고 싶다. 별도의 카드에 책의 이름과 저자, 출판사, 책의 대략적인 차례, 구입한 때와 다 읽은 때, 간단한 감상 등을 기입하고 그것을 묶어 두는 것이다. 나중에 언제라도 이 독서의 정산서(精算書)를 점검하면 독서에 대한 보람과 욕구를 동시에 느끼게 될 것이다.

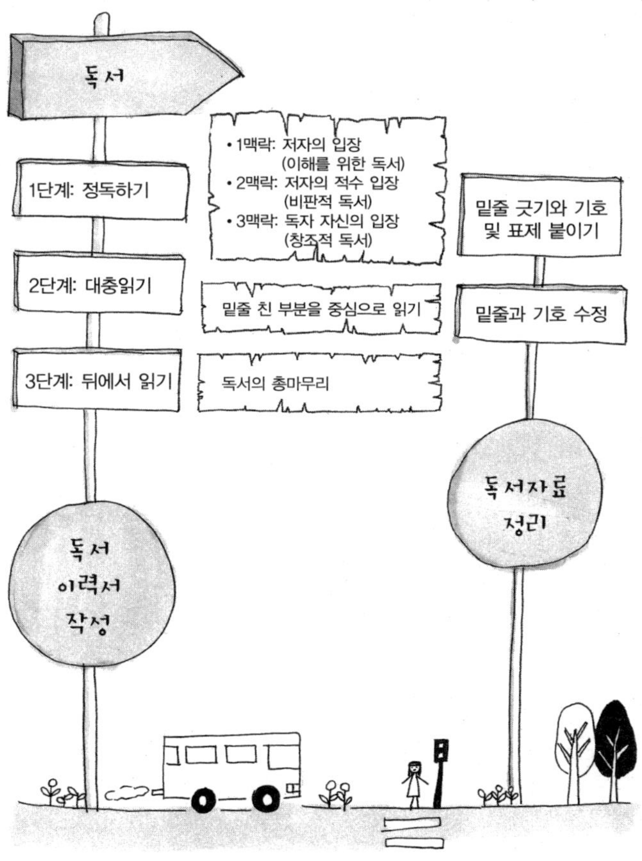

03

글쓰기 연습의 방법들

1. 글쓰기 연습의 이해

① 글의 특수성

글이란 말과 달라서 일방적이다. 대화를 통해 자신의 생각을 전달하고자 할 때는 상대가 의문을 제기할 수도 있고 또 그 의문에 응수해 가면서 자신의 생각을 전달할 수도 있다. 그러나 글은 상대가 옆에 있지 않다. 글을 통한 대화는 동시에 이루어질 수 없다. 따라서 글은 무엇보다도 정확하지 않으면 안 된다. 정확하지 않으면 여러 가지 다른 의미로 해석되거나 전달하고자 하는 메시지가 불분명해질 수 있으며, 아예 잘못 이해될 가능성도 있다.

그러므로 글은 애초부터 완결된 형태를 지니고 있지 않으면 안 된다. 말이나 대화에서처럼 불분명하거나 오해의 소지가 있는 것을 상호 조정할 여지나 장치가 없기 때문이다.

② 글의 3요소

글이 완결된 형태를 갖추기 위해서는 세 가지 요소를 지녀야 한다. 글이란 문법에 맞아야 하고 논리를 갖추어 연결되어야 하며 독자를 설득할 수 있는 표현 효과를 지녀야 한다. 즉, 정확한 글, 조리 있는 글, 설득력 있는 글이 되어야 한다는 것이다.

정확한 글을 쓰기 위해서는 문법에 관한 일정한 지식을 갖추어야 하고 적절한 단어를 찾아 쓰는 어휘력을 갖추어야 한다. 다른 한편 좋은 글을 쓰기 위해서는 논리적 구성력과 수사력(修辭力)을 지녀야 한다. 이상과 같은 능력을 갖추어야 정확하고 논리적이며 설득력 있는 글을 쓸 수 있는 것이다.

결국 문장력이란 문법에 관한 지식, 어휘력, 논리적 구성력, 수사력의 총합이라고 할 수 있다. 이러한 능력을 키우는 방법에 대해선 '글쓰기 훈련'에서 구체적으로 알아보고 실제로 훈련을 하는 기회도 갖도록 하자.

③ 국어를 외국어처럼

글쓰기를 연습하는 과정에서 우리는 먼저 단어에 대한 감각을 익히고 어휘력을 늘려야 한다. 시인이 아름답고 적절한 시어를 찾기 위해 끊임없이 고민하듯이 어휘를 향한 부단한 여행을 해야 한다. 그 부분에 가장 적절한 단어가 무엇인지를 꾸준히 고민하고, 또 자주 사전을 들추어보는 것도 필요하다.

국어는 우리가 항상 사용하는 언어이지만 국어에 대한 우리의 지식은 알고 보면 그리 탄탄하지가 못하다. 따라서 국어를 외국어처럼 다루고 공부하는 자세가 필요하다. 자기가 자주 쓰는 말이라고 하더라도 다시 한 번 사전에서 그 뜻과 용도를 확인하고, 더 적절한 단어를 찾기 위해서도 사전을 적극적으로 활용하는 것이 필요하다.

우리가 기본적인 의사소통을 하는 데는 그렇게 많은 단어가 필요하지 않다. 미국의 일부 흑인들은 500개 정도의 단어만 가지고도 얼마든지 의사소통을 한다고 하며 아이들도 약간의 기본적인 단어만으로 충분히 자신의 의사를 전달한다. 그러나 단순히 '하겠다', '하지 않겠다', '좋다', '싫다' 따위의 원초적인 의사전달 수준을 넘어서면 말과 글의 좋고 나쁨은 상당 부분 어휘력에 의해 좌우된다.

특히나 학술적인 글이나 전문적 글에서 자신의 견해와 주장을 제대로 전달하기 위해서는 적절한 어휘와 개념을 사용하는 것이 필수적이다. 또한 글을 쓰고자 할 때 자주 막히는 것은 대개의 경우 어휘력의 부족에서 연유하는 경우가 많다. 따라서 영어사전 못지않게 국어사전을 중시하고 자주 활용할 것을 권유하고 싶다.

④ 선인(先人)의 지혜를 활용하자

수사력이나 표현력을 늘리는 효과적인 방법으로는 우선 선인의 지혜를 활용하는 방법이 있다. 대개 언어는 그 사회의 문화적 축적물이라고 할 수 있다. 언어 속에는 조상의 경험과 지혜가 녹아들어 있는 것이다. 그를 잘 활용하는 것 또한 글쓰기 연습의 기본이 된다. 그것은 대개 고사성어나 속담, 신화나 경전 또는 일화(逸話) 속에 잘 표현되어 있다.

그러한 선인의 지혜를 활용하면 몇 개의 문장으로 장황하게 설명해야 할 것을 단 한 마디나 한 문장으로 표현할 수 있고, 또 더 정확하고 이해하기 쉽게 표현할 수 있다. 그런 점에서 고사성어나 속담, 신화나 일화(逸話)에 대해 별도로 공부하는 것도 매우 유용하다. 그런 지식들은 여러분의 표현력을 풍부하게 해줄 것이다.

 2. 글쓰기 연습의 방법

① 단문(短文)부터 시작하자

글쓰기 연습은 우선 짤막한 글부터 시작하는 것이 좋다. 작은 대상이나 개념을 잡아 그것을 나름대로 표현하거나 설명해 보는 것이다. '나의 인생관', '나의 꿈', '나의 애정관'과 같이 자신에 관한 이야기를 짧은 글로 써본다든지, '배움이란 무엇인가', '직업이란 무엇인가', '가족이란 무엇인가' 등 자신의 환경과 관련된 글을 써보는 것도 좋다. 말하자면 자신과 밀접한 주제부터 시작해 보는 것이다.

이때 분량은 A4 용지 한두 매 정도가 좋을 것이다. 너무 길면 곧 흥미를 잃거나 지루하게 될 것이고 너무 짧으면 글쓰기 연습이 제대로 되지 않을 것이기 때문이다.

② 흉내 내기를 통한 연습

자신과 관련된 글을 써보는 것과 함께 다른 사람의 글을 흉내 내는 것도 좋은 방법이다. 좋은 글을 많이 읽는 것도 한 방법이겠지만 직접 써보는 것이 글쓰기 연습에 가장 효과적인 방법이다. 따라서 유명한 학자나 문인의 글을 몇 번 읽은 다음 기억을 더듬어서 흉내를 내어 글을 써보는 것만큼 좋은 방법도 없다. 이것은 보고 그대로 베끼는 것이 아니라 그 필자의 입장에 몰입하면서 자기 표현으로 다시 써보는 것을 말한다.

이때 그 글을 얼마나 정확하게 재현했는가는 중요하지 않다. 기억력 훈련이 아니기 때문이다. 읽고 흉내 내는 것이라고 할지라도 자신이 직접 써본다는 것이 중요하다. 이런 훈련을 몇 번 반복하면 어떤 주제에 대해 글을 쓸 때 어떻게 풀어 나가야 할지에 대한 일종의 '감'이 생길 것이다. 물론 훌륭한 표현이나 적절한 표현법에 대해서도 배울 수 있다. 그리고 가능하면 그런 부분은 메모를 해두는 것이 좋다.

③ 친구를 비평가로 활용하자

글쓰기 연습은 혼자 하는 것보다 친구와 함께하는 것이 더 효과적이다. 혼자서 할 경우에는 어느 정도 진전이 있는지를 판단하기 어렵고 또 잘못된 점이나 문제점을 발견하기 어렵기 때문이다. 친구와 함께 글쓰기 연습을 하면서 쓴 글을 서로 바꿔서 읽어 보면 자기의 수준이나 문제점을 파악하는 데 큰 도움이 된다.

자기 자신의 눈에는 안 보이는 오류나 문제점도 남의 눈에는 잘 보이는 법이다. 장기나 바둑을 둘 때 정작 두고 있는 사람의 눈에는 보이지 않던 수가 훈수를 두는 사람의 눈에는 잘 보이는 것과 비슷한 이치이다.

친구끼리 서로 상대방을 비평가로 활용하자. 그리고 혹시 친구가 글쓰기에 대해 무관심하다면 자신의 글을 읽고 어떻게 평가하는지를 듣기만 하더라도 도움이 될 것이다.

04

글의 요약을 통한 글쓰기 훈련

어떤 주제를 놓고 그냥 글을 쓰라고 한다면 무척 당황스럽기도 하고 곤혹스럽기도 할 것이다. 글쓰기 연습의 처음 단계에서 권장하고 싶은 방법은 관심 있는 주제에 관한 기존의 글을 읽고 요약하는 것이다. 이 방법은 그 요약문을 중심으로 다시 원래 길이 정도의 글로 확장하는 방법과 연결된다.

이때 요약문이나 그것을 다시 확장한 글이 원래의 글과 내용상으로는 궤를 같이해야 하겠지만, 표현이나 구체적인 내용이 같을 필요도 없고 또 같아서도 안 된다. 왜냐하면 이것은 글쓰기 연습이지 기억력 훈련이 아니기 때문이다. 그러니까 이것은 기존 글의 도움을 받아 자기만의 수정판을 만들면서 글쓰기 연습을 하는 방식인 것이다.

간편한 요령은 다음과 같다. 먼저 글의 각 문단에서 핵심문장 하나씩을 골라낸다. 그런 다음에 그 문장을 자기표현으로 바꾼다. 그리고 그렇게 바꾼 문장을 접속사를 적절히 활용해서 요약문을 만들면 된다. 그러면 문화(文化)에 관한 글 두 편을 활용해 실제로 요약 연습을 해보기로 하자.

1. 〈제시문 1〉 요약하기

〈제시문 1〉

특히 문화가 발달되지 않은 사람들을 원시인이라 하기도 하고 야만인이라 하기도 한다. 원시인은 시간적으로 옛날에 산 사람이란 뜻을 풍기고, 야만인은 시간과 관계없이 문화생활을 하지 않을 뿐 아니라 행동도 세련되지 못한 사람들이라고 생각한다. 그렇게 생각할 때 우리는 인류의 모든 문화를 같은 표준에 의하여 평가할 수 있다는 것을 은연중 전제하고 있다. 그러나 만약 문화를 재는 잣대가 문화마다 다르면 어느 문화가 더 선진적이고 어떤 문화가 후진적이라고 할 수 없을 것이다. 그런데 정말 모든 문화를 다 재어볼 수 있는 공통의 잣대가 있는가? 즉 문화 발달 정도를 가늠하는 보편적인 기준이 있는가?

서양에서는 19세기까지 그런 잣대가 있다고 생각했다. 즉, 과학이 어느 정도 발달되었으며, 자연을 어느 정도 더 정복할 수 있는가에 따라 문화의 발전 정도를 측정하려 했던 것이다.

같은 서양에서라도 옛날에는 자연과학이 덜 발달되었고 사람들의 삶이 자연에 의하여 더 많이 지배되어 사람들이 행사할 수 있는 힘과 자유가 훨씬 제한되어 있었다. 따라서 과거의 자기들과 비슷한 수준에 있는 문화는 자기들의 문화보다 더 뒤떨어졌다 할 수밖에 없는 것이다. 그런 표준에 의하면 말할 것도 없이 서양 문화가 가장 앞서 있고 아프리카의 문화가 가장 후진적인 것으로 나타날 것이다.

그러나 20세기에 들어와서 문화인류학에서는 그런 서양 우월주의 혹은 문화 절대주의를 비판하기 시작했다. 여러 문화를 연구해본 결과 문화의 종류가 워낙 다양하고 풍부해서 한 가지 잣대로 모든 문화를 다 잰다는 것은 무리란 결론을 내린 것이다. 그래서 오늘날 문화인류학은 전반적으로 문화 상대주의(文化相對主義: cultural relativism)를 받아들이고 있고, 최근에 와서는 이런 생각이 다른 많은 분야에도 다원주의(多元主義: pluralism)란 이름으로 확산되고 있다.

프랑스의 유명한 문화 인류학자인 레비스트로스(Levi-Strauss)는 아프리카에 연구차 여행하면서 아프리카인의 과학은 서양의 과학과 종류가 다를 뿐 결코 서양 과학보다 뒤떨어지지 않는다는 사실을 발견하였다고 주장하였다. 그것은 과학에 있어서뿐만 아니라 예술이나 관습, 제도에 있어서도 마찬가지란 것이다. 모두 그 나름대로의 합리성이 있고, 수월성이 있는 것이다. 같은 종류의 문화 안에서 선진, 후진이 있을 수 있으나, 다른 문화와의 비교는 불가능하다는 것이 오늘날 지배적인 견해이다.

–손봉호, 〈문화와 예술〉

① 문단별 핵심문장 고르기

글을 읽었다면 다시 제시문으로 돌아가 각 문단의 핵심문장을 골라 밑줄을 그어 보자. 관점에 따라 다른 문장을 고를 수도 있겠지만 적절한 핵심문장을 고르는 능력은 글을 잘 읽는 능력일 뿐만 아니라 좋은 글을 쓸 수 있는 능력과도 직결된다.

여기서는 편의상 필자의 관점으로 진행해 보기로 하겠다. 핵심문장을 골라 밑줄을 긋는 과정은 앞의 제시문으로 돌아가서 여러분이 직접 해보기를 바란다. 다음은 필자가 뽑은 각 문단별 핵심문장과 그것을 필자의 언어로 바꿔쓴 것이다.

② 핵심문장을 자신의 언어로 바꿔 쓰기

• 1문단

그러나 만약 문화를 재는 잣대가 문화마다 다르면 어느 문화가 더 선진적이고 어떤 문화가 후진적이라고 할 수 없을 것이다.

➡ 문화를 평가하는 단일한 기준이 있는 것이 아니라 문화마다 그 기준이 다르다면 문화의 우열을 따질 수는 없을 것이다.

• 2문단

그런 표준에 의하면 말할 것도 없이 서양 문화가 가장 앞서 있고 아프리카의 문화가 가장 후진적인 것으로 나타날 것이다.

➡ 서양의 잣대로 보면 서양 문화가 가장 선진적이고 아프리카 문화가 가장 후진적인 것으로 평가될 것이다.

• **3문단**

그래서 오늘날 문화인류학은 전반적으로 문화 상대주의(文化相對主義: Cultural Relativism)를 받아들이고 있고, 최근에 와서는 이런 생각이 다른 많은 분야에도 다원주의(多元主義: pluralism)란 이름으로 확산되고 있다.

➡ 오늘날 문화인류학에서는 문화 상대주의를 수용하고 있고, 최근에는 다른 분야에서도 다원주의라는 이름으로 이런 견해가 널리 퍼지고 있다.

• **4문단**

같은 종류의 문화 안에서 선진, 후진이 있을 수 있으나, 다른 문화와의 비교는 불가능하다는 것이 오늘날 지배적인 견해이다.

➡ 같은 종류의 문화끼리는 우열을 따질 수 있겠지만 다른 문화와의 일방적인 비교는 불가능하다는 것이 오늘날 널리 인정되고 있는 견해이다.

③ 요약문 작성

이제 자기표현으로 바꾼 핵심문장들을 접속사를 적절히 활용하여 요약문을 작성한다. 다음은 저자가 뽑은 핵심문장으로 작성한 요약문이다. 문장을 매끄럽게 연결하기 위해 사용한 접속사는 밑줄을 그어 표시해 두었다.

• 〈제시문 1〉의 요약문

문화를 평가하는 단일한 기준이 있는 것이 아니라 문화마다 그 기준이 다르다면 문화의 우열을 따질 수는 없을 것이다. **물론** 서양의 잣대로 보면 서양 문화가 가장 선진적이고 아프리카 문화가 가장 후진적인 것으로 평가될 것이다. **그러나** 오늘날 문화인류학에서는 문화 상대주의를 수용하고 있고, 최근에는 다른 분야에서도 다원주의라는 이름으로 이런 견해가 널리 퍼지고 있다. **그리하여** 같은 종류의 문화끼리는 우열을 따질 수 있겠지만 다른 문화와의 일방적인 비교는 불가능하다는 것이 오늘날 널리 인정되고 있는 견해이다.

2. 〈제시문 2〉 요약하기

〈제시문 2〉

완전한 사회란 없다. 각 사회는 그것이 주장하는 규범들과 양립할 수 없는 어떤 불순물을 그 자체 내에 선천적으로 지니고 있다. 이 불순물은 구체적으로는 다량의 잔인, 부정, 그리고 무감정으로 표현된다. 우리는 이 같은 요소들을 어떻게 평가해야만 하는 것일까? 민족학적 조사가 여기에 대한 대답을 제공할 수 있다. 왜냐하면 어떤 적은 수의 사회를 비교하면, 서로서로가 매우 상이한 것처럼 보이게 되지만, 조사의 영역이 확대되어 나감에 따라서 이 차이점들은 점점 감소된다. 그리하여 마침내는 어떤 인간 사회도 철저하게 선하지는 않다는 점이 명백해질 것이다. 그러나 어떤 인간 사회도 근본적으로 악한 것은 아니다. 모든 사회는 겉으로 보아서, 어떤 일정한 수효의 불공정한 대접을 받는 일부 구성원들까지 포함한 모든 성원들에게 어떤 이점을 제공한다. 그런데 이 사회층이란 사회생활에 있어서의 어떤 타성으로 말미암아, 사회의 모든 조직적 노력에 장애물이 되는 구성원이라고 볼 수 있다.

이 말은 여러 민족의 '야만적인' 습관을 알게 됨으로써 즐거움을 느끼는 습관적인 여행 서적의 독자들을 놀라게 해줄 것이다. 그러나 사실들이 정확하게 해석되고, 보다 높은 차원에서 재정립되기만 한다면, 이 같은 피상적인 반응들은 즉시 제자리를 찾게 될 것이다. 야만인의 모든 관례들 가운데서 우리들이 가장 끔찍하게 혐오하는 식인 풍습을 예로 들자. 우리는 다른 고기가 모자라기 때문에 서로를 잡아먹는 경우—폴리네시아의 어떤 지역에서는 이런 사례가 있었다—는 제외시켜야 한다. 도덕적으로 말한다면 어떤 사회도 굶주림으로부터 나오는 요구에 대해서는 어찌할 수 없다. 우리가 나치의 학살수용소에서 보았듯이, 사람들은 아사(餓死)할 지경이 되면 문자 그대로 무엇이든지 먹게 되는 것이다.

우리는 식인 풍습의 긍정적인 형태—그 기원의 신비적, 주술적, 또는 종교적인 것들이 여기에 포함될 것이다—들을 고찰해볼 필요가 있다. 조상들의 신체의 일부분이나 적의 시체의 살점을 먹음으로써 식인종은 죽은 자의 덕을 획득하려 하거나 또는 그 힘들을 중화시키고자 한다. 이러한 의식은 종종 매우 비밀스럽게 거행되며, 그들이 먹고자 하는 그 음식물을 다른 음식물과 섞거나 또는 빻아 가루로 만든, 유기물 약간을 합해 먹는다. 그리고 식인 풍습의 요소가 보다 공개적으로 인정되었을 때일지라도, 도덕적인 근거에서 그러한 습관을 저주한다는 사실은, 시체의 물리적인 파괴에 의해서 위태로워질, 어떤 육체적 부활이나 또는 영혼과 육체의 연결과 여기에 따르는 이원론의 확신을 의미하는 것이라는 점을 인정해야만 한다. 이러한 확신들은 의식적인 식인 풍습의 의미로 시행되고 있는 것에 나타나는 것과 동일한 성격을 지니는 것이다. 그러므로 우리는 어느 편이 더 나은 것이라고 말할 수 있는 아무런 정당한 이유도 지니고 있지 못하다. 뿐만 아니라 우리가 식인종을 비난하는 이유인 죽음의 신성함에 대한 무시의 정도는, 우리가 해부학 실습을 용인하고 있는 사실보다 더 크지도, 더 작지도 않을 것이다.

그러나 우리는 만약 어떤 다른 사회의 관찰자가 조사하게 된다면 우리들 자신의 어떤 관계들이 그에게는 우리가 비문명적이라고 간주하는 식인 풍습과 유사한 종류로 간주될 것이라는 점을 인식해야만 한다. 여기에서 나는 우리들의 재판과 형벌의 습관들에 대해 생각해 보고 싶다. 만약 우리가 외부로부터 이것들을 관찰한다면, 우리는 두 개의 상반되는 사회형을 구별해 보고 싶어질 것이다. 즉 식인 풍습을 실행하는 사회에서는 어떤 무서운 힘을 지니고 있는 사람을 중화시키거나 또는 그들을 자기네에게 유리하도록 변모시키는 유일한 방법은 그들을 자기네의 육체 속으로 빨아들이는 것이라고 믿는다. 한편 우리 사회와 같은 두 번째 유형의 사회는, 이른바 앙트루페미*를 채택하는 사회이다. 즉 동일한 문제에 직면하여 그들은 정반대의 해결을 선택했던 것이다. 그들은 이 끔찍한 존재들을 일정 기간 또는 영원히 고립시킴으로써 그들을 사회로부터 추방하는 것이다. 이 존재들은 이 특별한 목적을 위해 고안된 시설들 가운데에서 인간성과의 모든 접촉을 거부당한다. 우리가 미개적이라고 부르는 대부분의 사회에 있어서 이같은 관습은 극심한 공포를 일으킬 것이다. 그들이 오직 우리와는 대칭적인 관습들을 지니고 있다는 이유만으로 우리가 그들을 야만적으로 간주하듯이 우리들 자신도 그들에게는 야만적으로 보이게 될 것이다.

–레비스트로스, ≪슬픈 열대≫, 한길사

---

* 앙트로페미(anthropemie): 특정인을 축출 또는 배제해 버리는 일

① 문단별 핵심문장 고르기

글을 읽었다면 다시 제시문으로 돌아가 각 문단의 핵심문장을 골라 밑줄을 그어 보자. 역시 여기에서도 편의상 필자의 관점으로 진행해 보기로 하겠다. 다음은 필자가 고른 핵심문장과 그것을 필자의 언어로 바꾼 문장이다.

• 1문단

왜냐하면 어떤 적은 수의 사회를 비교하면, 서로서로가 매우 상이한 것처럼 보이게 되지만, 조사의 영역이 확대되어 나감에 따라서 이 차이점들은 점점 감소된다.

→ 소수의 사회를 비교하면 매우 다른 것처럼 보이지만 여러 사회를 비교하면 이러한 차이점들은 그리 크지 않게 된다.

• **2문단**

도덕적으로 말한다면 어떤 사회도 굶주림으로부터 나오는 요구에 대해서는 어찌할 수 없다.

→ 도덕적 견지에서 볼 때 굶주림 때문에 나오는 욕구나 필요에 대해서는 나무랄 수 없다.

• **3문단**

우리는 식인 풍습의 긍정적인 형태—그 기원의 신비적, 주술적, 또는 종교적인 것들이 여기에 포함될 것이다—들을 고찰해볼 필요가 있다.

→ 식인 풍습의 신비적, 주술적, 종교적 기원을 포함해서 그 긍정적 형태를 살펴보아야 한다.

• **4문단**

그러나 우리는 만약 어떤 다른 사회의 관찰자가 조사하게 된다면 우리들 자신의 어떤 관계들이 그에게는 우리가 비문명적이라고 간주하는 식인 풍습과 유사한 종류로 간주될 것이라는 점을 인식해야만 한다.

→ 제3의 관찰자가 우리 사회를 조사한다면 우리의 사회관계들 가운데 어떤 것은 일반적으로 비문명적이라고 간주되는 식인 풍습과 비슷한 의미와 맥락을 갖는 것으로 이해될 수 있다는 점을 알아야 한다.

③ 요약문 작성

이제 자기표현으로 바꾼 문장들을 적절한 접속사로 연결하여 요약문을 작성한다.

• 〈제시문 2〉의 요약문

소수의 사회를 비교하면 매우 다른 것처럼 보이지만 여러 사회를 비교하면 이러한 차이점들은 그리 크지 않게 된다. **우선** 도덕적 견지에서 볼 때 굶주림 때문에 나오는 욕구나 필요에 대해서는 나무랄 수 없다. **이와는 다른 맥락에서** 식인 풍습의 신비적, 주술적, 종교적 기원을 포함해서 그 긍정적 형태를 살펴보아야 한다. **다른 한편** 제3의 관찰자가 우리 사회를 조사한다면 우리의 사회관계들 가운데 어떤 것은 일반적으로 비문명적이라고 간주되는 식인 풍습과 비슷한 의미와 맥락을 갖는 것으로 이해될 수 있다는 점을 알아야 한다.

이상과 같은 방법을 활용하면 어떤 글이든 쉽게 요약문을 작성할 수 있다. 글을 잘 요약하는 연습은 주어진 글의 내용과 주제를 파악하는 능력을 기르는 것이고, 이런 연습을 반복하다 보면 어떤 주제가 주어졌을 때 개요를 짜는 능력이 저절로 길러질 것이다. 자신이 관심을 가지고 있는 글을 골라 연습해 보자.

3. 문장의 확장과 새로운 글 쓰기

글이란 결국 하나의 단어, 하나의 구(句), 하나의 문장에서 시작된다고 할 수 있다. 논제란 것이 그러하지 않은가? 그러나 막연히 한 주제(단어, 구, 문장)에서 출발해서 한 편의 완성된 글을 쓰는 일은 쉽지 않다. 앞에서 살펴본 요약문 작성법에 이어 하나의 문장을 확장하여 글로 완성하는 연습을 해보기로 하자.

앞서 우리는 두 개의 글에 대한 요약문을 만들어 보았다. 그 두 요약문을 다시 가져와서 이 과정을 연습해 보기로 하자. 우선 앞의 요약문 만들기 과정을 더 진행해서 하나의 핵심문장을 만들어 본다. 앞의 두 요약문은 공통된 주제에 관한 글이므로 각각 대표 핵심문장 1개씩을 선별하고 그것들을 기반으로 하나의 통합된 공통 핵심문장을 만들어 보는 것이다.

① 대표 핵심문장 만들기

• 〈제시문 1〉 요약문의 대표 핵심문장

> 같은 종류의 문화끼리는 우열을 따질 수 있겠지만 다른 문화와의 일방적인 비교는 불가능하다는 것이 오늘날 널리 인정되고 있는 견해이다.

• 〈제시문 2〉 요약문의 대표 핵심문장

제3의 관찰자가 우리 사회를 조사한다면, 우리 사회관계들 가운데 어떤 것은 일반적으로 비문명적이라고 간주되는 식인풍습과 비슷한 의미와 맥락을 갖는 것으로 이해될 수 있다는 점을 알아야 한다.

② 공통 핵심문장 만들기

위의 두 문장을 중심으로 공통의 핵심문장을 만든다.

• 공통 핵심문장

문화는 그 사회의 환경과 필요와 욕구에 의해 생겨나는 것이므로 하나의 기준을 통해 일방적으로 그 우열을 비교하거나 평가할 수 없다.

③ 문장을 확장해 새로운 글 쓰기

자, 이제 하나의 핵심문장을 얻었다. 이 문장을 확장해서 글을 완성해 보자. 애초에 출발했던 두 제시문의 내용도 이제는 기억에 어렴풋할 것이다. 거기에 나온 내용을 살려도 좋고 다른 내용을 첨가해도 좋다. 물론 공통 핵심문장에서 출발하되 두 요약문의 내용을 활용할 수도 있다. 중요한 점은 자기만의 글을 써보는 것이다. 예를 들면, 다음과 같은 새로운 글이 나올 수 있다.

〈글쓰기 – 완성〉

우리는 일상생활에서 흔히 우수한 문화가 있고 저급한 문화가 있다는 착각에 잘 빠진다. 서양의 문화는 우수한 문화이고 아프리카의 문화는 저급한 문화라는 인식이 대표적인 예이다. 이러한 인식은 모든 문화를 평가하는 하나의 기준이 존재하며 그 기준에 따라 문화들을 서열화할 수 있다는 전제에 기초하고 있다. 실제로 20세기 전반에 이르기까지 서양 사회에서는 그러한 사고방식이 일반적이었다. 자신들의 과학과 종교, 문명이 가장 우수한 것이라고 생각하고 다른 것은 열등하고 문제있는 것으로 생각한 것이다. 이러한 태도를 자민족 중심주의(自民族 中心主義)라고 한다. 이러한 자민족 중심주의에 기반을 두어 제국주의가 창궐하고 식민지 경영과 식민지의 전통 말살과 일방적인 서구화가 진행되었다. 그러나 20세기에 들어와서 문화인류학의 연구가 진척되면서 문화의 종류는 너무도 다양하고 풍부해서 한 가지 잣대로 모든 문화를 평가한다는 것은 무리라는 결론을 내리게 된다. 이것이 바로 문화 상대주의의 출발점이다.

문화 상대주의란 각 문화마다 역사적, 사회적 배경과 그 민족의 필요와 욕구에 따라 문화가 형성된 것이기 때문에 외부의 기준으로 그 문화를 평가하는 것은 부적절하며, 그 문화에 대한 평가는 그 문화가 주어진 환경과 성원들의 필요와 욕구에 얼마나 잘 조응하여 형성되었는가에 비추어 이루어져야 한다는 입장을 취하고 있다. 레비스트로스는 남미 원주민의 문화를 연구한 후에 가장 극단적인 문화의 한 형태인 식인풍습에 대해서도 문화 상대주의의 입장에서 논하고 있다. 그는 식인

풍습을 무조건 비인간적이거나 반문명적인 것으로 볼 것이 아니라 그것이 갖는 사회적 · 문화적 의미를 잘 고찰해야 한다고 말한다. 식인풍습은 조상의 신체 일부분을 먹음으로써 조상의 덕이나 영혼을 받아들이고, 적의 신체 일부를 먹음으로써 적의 힘을 무력화시키고 중화시킨다는 생각에 바탕을 두고 있다. 이에 비해 서양의 형벌 제도는 사회를 위협하거나 문제시된 사람을 가두거나 고립시키는 앙트로페미를 채택하는데, 이것이 오히려 우리가 미개사회라고 부르는 곳에서는 극심한 공포를 불러일으키는 조치라는 것이다. 그리하여 그는 식인풍습이 죽음의 신성함을 무시하는 정도는 서양에서 해부학 실습을 용인하고 있는 것과 마찬가지 수준이라고 본다. 한 마디로 식인풍습조차도 그 문화적 맥락 속에서 평가하고 고찰해야 한다는 것이다.

우리와 친숙한 예를 들어보자. 프랑스의 여배우 브리지트 바르도는 한국인이 개고기를 먹는 것을 두고 비인간적이며 비문명적인 태도라며 공개적으로 비난하고 항의했다. 개를 가족의 일원으로 생각하는 문화권의 일원인 그녀로서는 개를 먹는다는 것이 도무지 이해되지 않고 분노스럽기까지 하다는 것이다. 그러나 한국인에게 개는 상당히 다른 의미를 지니고 있다. 물론 한국인들도 최근에 와서는 애완동물로 개를 키우고 가족처럼 여기는 경우도 적지 않다. 그러나 한국인에게 개고기는 오랜 구황식품(가뭄이나 기근이 들 때 영양분을 보충하는 비상식량과 같은 음식)이었다. 소는 농사에 절대적으로 필요한 동물이었기 때문에 잡아먹을 수 없었고 흔하게 볼 수 있는 개를 잡아먹었던 것이다. 그리고 이미 기원전부터 동양에서는 개를 사냥개, 파수견, 식용개(食犬) 등의 세 종류로 나누어 구분했다고 한다. 이처럼 개고기를 먹는 풍습은 한국인이 자연적, 문화적 환경에 적응하면서 생겨난 자연스런 문화이다. 그런데도 그 여배우는 자신들의 문화를 절대적 기준으로 삼아 우리의 음식문화에 대한 일방적인 비난을 가하고 있다. 프랑스에서는 거위 간 요리를 위해 거위에게 억지로 음식물을 먹여 간을 비대하게 한다는데, 이러한 얘기를 들으면 그녀의 비난이 오히려 이해하기 어렵다. 게다가 프랑스에서는 여름 바캉스에 개를 데려갈 수 없어 방치함으로써 굶어죽거나 유기견이 되는 개가 무수하다는 외신을 접하면 씁쓸함을 금할 수 없다. 결국 개고기의 예에서 보듯이, 문화는 그 문화의 역사적, 사회적 배경에 따라 얼마든지 다를 수 있고 그 자체로 존중되어야 하는 것이다.

그런데 과연 문화 상대주의는 문화를 파악하고 이해하는 데 절대적으로 옳은 태도일까? 한 문화의 독자성과 자율성을 무제한적으로 인정하고 존중하면 되는 것일까? 식인풍습도 그 사회 나름대로의 명분과 근거를 가지고 있는 것이기 때문에 인정해야 하는 것일까? 그것은 아닐 것이다. 각 문화의 독자성과 자율성을 인정하더라도 인류 보편의 가치는 있다. 타인이나 타민족에 대한 존중과 배려, 공존과 공생을 위한 기본 조건 등은 서로가 지켜 나가야 하는 기본 가치이다. 문화 상대주의의 무조건적인 인정은 나치즘이나 파시즘까지도 인정해야 한다는 극단적인 주장으로 이어질 수도 있다. 문화 상대주의는 어디까지나 어떤 문화를 파악하고 평가할 때 가져야 할 인식론적 태도이지, 정치적 입장을 뒷받침하는 이론적 근거가 되어서는 안 된다. 정치적으로 연결된다면 충분히 위험한 결과를 초래할 수 있기 때문이다.

세계화 시대를 맞아 우리는 다양한 문화와 만나고 있고 전 지구적인 문화현상들도 경험하고 있다. 이런 상황에서 우리는 다른 문화에 대한 적극적인 관심과 이해를 키워 나가야 할 것이다. 다른 문화의 독자성과 자율성을 인정하고 그 역사적 배경과 사회적 배경을 이해할 때 진정으로 세계화에 잘 적응하고 대처해 나가고 있다고 말할 수 있다. 요컨대, 문화 상대주의를 절대화할 때의 위험성을 잘 고려하면서도, 문화 상대주의적 태도에 기반을 두어 다른 문화에 대한 이해를 높이고, 전 지구적인 보편적 문화요소에 대한 적응력도 배양해 나가는 것이 세계화 시대를 살아가는 우리에게 바람직한 태도라고 하겠다.

05

글의 요약과 확장의 실제: 논술시험

1. 논제와 제시문

요약과 확장 연습이 충분하다고 판단되면 두 과정을 연결해 글쓰기 훈련을 한다. 논술시험을 예로 들어, 주어진 제시문들을 요약해서 자신의 글로 바꾸고 다시 그것을 확장해서 답안을 서술하는 방식을 연습하는 것도 한 방법이다.

논술시험에 대비하는 글쓰기 연습은 '5장 글쓰기의 실제'에서 보다 구체적으로 알아보겠지만, 핵심문장을 고르고 요약문을 작성하는 연습이 실제로 어떻게 활용되는지 먼저 살펴보는 것도 좋을 듯하다. 예컨대 다음과 같은 문제가 주어졌다고 하고, 논술을 작성하는 과정을 차례대로 밟아 보자.

〈논제〉

〈제시문 1〉은 사이버공간의 익명성이 갖는 장점을 설명하고 있고, 〈제시문 2〉와 〈제시문 3〉은 사이버공간의 익명성이 갖는 문제점을 인정하면서도 익명성의 장점을 살릴 수 있는 방안에 대해 고민하고 있다. 제시문들을 참조하여 사이버 공간의 익명성이 갖고 있는 장점과 문제점을 정리하고, 장점을 살리면서도 문제점을 최소화할 수 있는 방안에 대해 논하라.

〈제시문 1〉

사이버스페이스 역시 남성과 여성, 제1세계와 제3세계, 남과 북, 동구와 서구 등에 상관없이 잠재적으로 모든 사람에게 열려 있다. 새 예루살렘이 예수의 길을 따르는 모든 사람들에게 열려 있듯이, 사이버스페이스도 개인용 컴퓨터를 구입하여 인터넷 사용료를 매월 지불할 수 있는 모든 사람들에게 항상 열려 있다. 게다가 도서관이나 지역공동체의 관련 기관들이 인터넷 접속을 무료로 제공하는 경우가 갈수록 늘고 있다. 천국과 마찬가지로 사이버스페이스도 적어도 잠재적으로는 전 인류에게 그 문을 활짝 열어놓고 있다. 천국의 성스러운 도시처럼 사이버스페이스 역시 전 세계 모든 국가의 사람들이 이론적으로는 서로 편안하게 결합할 수 있는, '국경을 초월한 공간'이다. 많은 사이버 열광자들은 인터넷망이 인종과 성의 경계에 구애받지 않고 모든 사람들을 육체를 초월한 디지털 세계로 동등하게 인도하리라는 믿음에 자주 호소한다.

기독교의 경우처럼, 사이버스페이스도 여성과 소수인종들을 위한 긍정적인 측면들을 많이 지니고 있다. 왜냐하면 편견의 요인이 되는 성과 피부색이 모니터의 스크린 뒤에서는 눈에 안 보이게 감추어져 있기 때문이다. 사이버스페이스의 바다에서는 눈에 보이거나 육체로 드러나지 않기 때문에 우리는 피부색이나 육체의 굴곡 같은 것에 의해 쉽사리 규정되지 않는다. 어떤 면에서 사이버스페이스를 항해하는 사이버 항해사는 에테르로 이루어진 이상화된 존재라고 할 수 있다. 페스와 스텐거가 이러한 사이버 항해사를 가리켜 일종의 천사라고 표현한 것도 크게 무리는 아니다.

사이버스페이스가 갖고 있는 매력 중의 하나는 그것이 현재 미국에서 삶의 척도가 되어 버린 육체에 대한 지나친 관심으로부터 벗어날 수 있는 기회를 제공한다는 것이다. 비트의 세계에서는 어느 누구도 당신이 비틀거리는 것을 볼 수 없다. 여기에서만큼은 비만, 주름살, 백발, 여드름, 대머리, 작은 키, 그리고 그 밖의 육체의 미적인 '죄'도 눈에 안 보이게 가려진다. 이러한 디지털 세계에서는 당신이 운동을 전혀 안 한다거나 초콜릿을 지나치게 좋아한다는 것은 전혀 관심거리가 아니다. 온라인 통신은 (적어도 당분간은) 기본적으로 텍스트 중심으로 이루어지기 때문에, 사이버 항해사는 늘 외모에 신경을 써야만 하는 부담감에서 벗어날 수 있다. 사이버스페이스에서는 머리 손질을 안 해서 스트레스 받는 일 따위는 없다. 원하기만 하면 누구든지 적어도 완벽한 척할 수 있다. 완벽한 외양에 있어서는 천사도 마찬가지이다. 최상의 액세서리라고 할 수 있는 우아한 날개로 치장한 품위 있고 화려한 천사는 중세 시대에 아름다운 기독교도의 상을 대변하는 존재였다. 인간이 인간으로서의 거칠고 투박한 모습을 극복하기만 한다면 도달할 수 있는 이상적인 형상을 천사는 구현했던 것이다.

–마거릿 버트하임, ≪공간의 역사≫, 생각의나무

〈제시문 2〉

인터넷의 익명제와 실명제는 인터넷이 존재하는 한 어느 한 쪽이 옳다는 결론이 나올 수 없는 논제다. 닭이 먼저냐, 달걀이 먼저냐와 별반 다르지 않다. 대중의 활발한 언로를 열어주기 위해서는 전자요, 회복할 수 없는 명예훼손의 피해를 막기 위해서는 후자를 지지하지 않을 수 없다.

지난 1일 20대 여성이 현직 교사를 사칭해 포털 사이트에 올린 글 한 편은 인터넷의 익명성 논쟁에 또다시 불을 지폈다. '현직 교사의 촌지수수는 당연하다'는 글을 올린 최모(27, 여)씨는 중학교 시절 촌지 때문에 차별을 받은 적이 있어 글을 올렸다고 경찰에서 진술했다. 한 언론사는 최씨를 현직 교사로 단정하고 보도해 네티즌들을 자극했다. 서울 동작교육청 홈페이지에는 교사를 질타하는 네티즌들의 비판이 쏟아져 홈페이지 업무가 마비될 정도였다. 익명의 거짓 글 때문에 교사들은 명예를 훼손당했고 교육계는 홍역을 치렀다. 이 사례를 보면 익명제란 불특정 다수에 대한 테러라는 비난에서 자유로울 수 없다. 그렇다고 전면 실명제를 실시하는 것이 옳을까?

서울신문은 지난 6일부터 1주일 동안 네티즌 100명과 공공기관의 인터넷 홈페이지 운영자 52명을 대상으로 인터넷의 익명성에 대한 의식 조사를 실시했다. 조사 결과 운영자의

82.7%는 인터넷 자유게시판의 실명제를 사실상 실시하고 있거나 실시를 고려하고 있는 것으로 나타났다. 그러나 네티즌들은 익명제를 훨씬 더 선호했다. '공공기관의 익명 게시판이 필요한가?'라는 질문에 네티즌의 62.6%가 그렇다고 대답했다. 전문가들의 의견은 팽팽히 맞선다. 한 쪽은 "건전한 여론수렴을 위해 공공기관 홈페이지만이라도 실명제를 해야 한다"고 주장한다. 다른 쪽은 "인터넷 게시판은 우리만의 독특한 광장문화로 봐야 하고 실명제는 누가 범죄를 저지를지 모른다는 이유로 길거리에 바리케이드를 치고 지나가는 모든 사람들을 불심검문하는 것"이라고 빗대어 실명제를 반대한다. 실명제와 익명제의 장점을 살리는 보완책은 없을까? 익명제를 유지하면서도 명예훼손에 대한 처벌을 강화하는 방안이 대안이 될 수 있을 것으로 보인다. 그렇게 하자면 관련 제도와 법규가 정비돼야 할 것이고 수사력도 더 보강돼야 할 것이다.

–이효연 · 나길회, "다시 불거진 인터넷 익명성 논란",
〈서울신문〉, 2005. 4. 26.

〈제시문 3〉

사이버 공간의 익명적인 의사소통은 부정적인 결과를 낳기도 하는데, 그것은 단순히 사용자들로 하여금 귀찮다고 여기는 정도에 그치기도 하지만, 때로는 위험스러운 경우도 있다. 익명적인 스팸(spam)은 아마 익명적인 의사소통이 가장 남용되는 형태일 것이다. 스팸은 일반적으로 많은 사람들에게 전달되는 전자우편이나 메시지를 의미한다. 이러한 스팸은 단순히 제품소개에 그치기도 하지만, 크래커들에게는 다량의 컴퓨터 시스템들을 공격할 수 있는 좋은 수단이다. 최근에 전자우편을 통해 급속히 퍼지는 각종 컴퓨터 바이러스는 이러한 스팸 기법을 이용한 것이다.

어떤 사람들은 익명성을 이용하여 거짓정보를 유포하는데 이러한 행동은 사이버 공간의 신뢰성에 큰 문제점을 안긴다. 적당하게 사실인 것처럼 포장을 하여 관련된 게시판에 게시한다. 특히 이러한 정보가 금융이나 감정을 자극하는 것일 경우, 수신자들은 그러한 정보를 민감하게 받아들인다. 익명성이 악용되는 다른 경우는 특정한 개인이나 집단에 위협을 가하는 것이다. 주로 전자우편을 통해 신체적 위협을 가하는 내용이 전달된다. 때때로 요구하는 행동을 안 할 경우에는 불행한 일이 있을 것이라는 내용을 다른 사실과 연결시켜 유포시키기도 한다. (중략)

이러한 논의를 바탕으로 사이버 공간의 익명성의 문제에 대한 다양한 접근방식이 제시되고 있다. 한편으로는 인터넷에 엄격한 실명제를 도입하자는 주장이 있다. 사이버 공간에서 비방과 욕설이 난무하는 가장 큰 이유는 사이버 공간에서 익명성이 보장되기 때문이라는 것이다. 따라서 이러한 일탈을 방지하기 위해서는 개인 사용자들이 책임감을 가져야 하는데, 이러한 책임감을 보장하는 최소한의 방식은 자신을 다른 사람에게 드러내야 한다는 것이다. 다른 한편으로는 이러한 주장에 대해 반대하는 주장이 있다. 많은 사람들이 현실세계에서 구할 수 없거나 구하기 어려운 그 어떤 것을 찾기 위하여 사이버 공간을 찾는다. 여기에서 익명성은 중요한 역할을 한다. 이

> 러한 중요한 특징을 없애는 것은 사이버 공간의 존립기반을 무너뜨리는 일이다.
>
> –이명진, "사이버 공간의 가능성과 한계: 온라인상의 익명성을 중심으로", 고려대학교 한국사회연구소

2. 1단계: 논제의 요구사항 정리

우선 1단계는 논제가 요구하는 사항을 세부적으로 작성하는 일이다. 문제가 무엇을 요구하는지 정확하게 파악하지 않으면 좋은 답안을 쓸 수 없기 때문이다. 그리고 요구하는 사항을 빠짐없이 논술하여야 한다. 주어진 문제의 논제가 요구하는 사항은 다음과 같이 정리할 수 있다.

- 사이버 공간의 익명성이 갖고 있는 장점 정리
- 사이버 공간의 익명성이 갖고 있는 문제점 정리
- 사이버 공간의 익명성의 장점을 살리면서도 문제점을 최소화할 수 있는 방안 논의
- 이에 대한 자신의 구체적 견해 제시

3. 2단계: 제시문 분석과 요약문 작성

다음에는 제시문의 핵심내용을 파악해야 한다. 이때는 앞서 공부한 문단별 핵심문장을 추출하는 방식이 쉽고도 효율적인 방식이 될 것이다. 기억을 되살리는 의미에서 순서를 적어 보자. 우선 문단별 핵심문장에 밑줄을 긋고, 추출한 핵심문장을 자신의 언어로 바꾸어 쓴다. 그리고 이 문장을 중심으로 제시문의 요약문을 작성한다. 그런 다음 대표 핵심문장을 선정하여 자신의 언어로 다시 쓴다.

이제 그 순서에 따라 제시문들을 분석해 보자. 밑줄을 긋는 과정은 여러분이 직접 해보기를 바란다.

① 〈제시문 1〉의 분석

• 1문단의 핵심문장 다시 쓰기

사이버스페이스 역시 남성과 여성, 제1세계와 제3세계, 남과 북, 동구와 서구 등에 상관없이 잠재적으로 모든 사람에게 열려 있다.

➡ 사이버 공간 역시 남자든 여자든, 선진국이나 후진국, 또는 남반부나 북반부, 동유럽이나 서유럽 그 어디에 살든 관계없이 잠재적으로 모든 사람에게 균등하게 열려 있다.

• 2문단의 핵심문장 다시 쓰기

기독교의 경우처럼, 사이버스페이스도 여성과 소수인종들을 위한 긍정적인 측면들을 많이 지니고 있다.

→ 기독교의 경우와 마찬가지로 사이버 공간 역시 여성이나 소수인종에게 유리한 요소들을 많이 갖고 있다.

• 3문단의 핵심문장 다시 쓰기

사이버스페이스가 갖고 있는 매력 중의 하나는 그것이 현재 미국에서 삶의 척도가 되어 버린 육체에 대한 지나친 관심으로부터 벗어날 수 있는 기회를 제공한다는 것이다.

→ 사이버 공간이 갖고 있는 장점 중의 하나는 현대 사회에서 삶과 행복의 기준이 되어 버린 육체에 대한 과도한 관심으로부터 자유로울 수 있는 기회를 제공한다는 점이다.

• 〈제시문 1〉의 요약문

사이버 공간 역시 남자든 여자든, 선진국이나 후진국, 또는 남반부나 북반부, 동유럽이나 서유럽 그 어디에 살든 관계없이 잠재적으로 모든 사람에게 균등하게 열려 있다. **또한** 기독교의 경우와 마찬가지로 사이버 공간 역시 여성이나 소수인종에게 유리한 요소들을 많이 갖고 있다. **무엇보다도** 사이버 공간이 갖고 있는 장점 중의 하나는 현대 사회에서 삶과 행복의 기준이 되어버린 육체에 대한 과도한 관심으로부터 자유로울 수 있는 기회를 제공한다는 점이다.

이제 〈제시문 1〉의 대표 핵심문장을 선정하여 자신의 언어로 다시 쓴다.

• 〈제시문 1〉의 대표 핵심문장 다시 쓰기

사이버스페이스 역시 남성과 여성, 제1세계와 제3세계, 남과 북, 동구와 서구 등에 상관없이 잠재적으로 모든 사람에게 열려 있다.

→ 사이버 공간 역시 남자든 여자든, 선진국이나 후진국, 또는 남반부나 북반부, 동유럽이나 서유럽 그 어디에 살든 관계없이 잠재적으로 모든 사람에게 균등하게 열려 있다.

② 〈제시문 2〉의 분석

• 1문단의 핵심문장 다시 쓰기

인터넷의 익명제와 실명제는 인터넷이 존재하는 한 어느 한 쪽이 옳다는 결론이 나올 수 없는 논제다.

→ 인터넷에서 익명제가 옳으냐 실명제가 옳으냐 하는 문제는 인터넷의 성격상 쉽게 결론 내리기 어려운 문제이다.

• 2문단의 핵심문장 다시 쓰기

이 사례를 보면 익명제란 불특정 다수에 대한 테러라는 비난에서 자유로울 수 없다.

→ 이 사례(교사촌지 수수에 관한 거짓글)는 익명성을 악용한 불특정 다수에 대한 언어폭력으로서 익명제의 어두운 면을 잘 보여준다.

• 3문단의 핵심문장 다시 쓰기

익명제를 유지하면서도 명예훼손에 대한 처벌을 강화하는 방안이 대안이 될 수 있을 것으로 보인다.

→ 타인에 대한 명예훼손을 강력하게 처벌하는 것이 인터넷의 익명제를 유지하는 한 방책이 될 것으로 생각된다.

• 〈제시문 2〉의 요약문

인터넷에서 익명제가 옳으냐 실명제가 옳으냐 하는 문제는 인터넷의 성격상 쉽게 결론내리기 어려운 문제이다. **그런데** 이 사례(교사 촌지수수에 관한 거짓 글)는 익명성을 악용한 불특정 다수에 대한 언어폭력으로서 익명제의 어두운 면을 잘 보여준다. **요컨대** 타인에 대한 명예훼손을 강력하게 처벌하는 것이 인터넷의 익명제를 유지하는 한 방책이 될 수 있을 것으로 생각된다.

이제 〈제시문 2〉의 대표 핵심문장을 선정하여 자신의 언어로 다시 쓴다.

• 〈제시문 2〉의 대표 핵심문장 다시 쓰기

익명제를 유지하면서도 명예훼손에 대한 처벌을 강화하는 방안이 대안이 될 수 있을 것으로 보인다.

→ 타인에 대한 명예훼손을 강력하게 처벌하는 것이 인터넷의 익명제를 유지하는 한 방책이 될 것으로 생각된다.

③ 〈제시문 3〉 분석

• **1문단의 핵심문장 다시 쓰기**

사이버 공간의 익명적인 의사소통은 부정적인 결과를 낳기도 하는데, 그것은 단순히 사용자들로 하여금 귀찮다고 여기는 정도에 그치기도 하지만, 때로는 위험스러운 경우도 있다.

➡ 사이버 공간의 익명적 의사소통은 사용자들을 성가시게 하는 선에서 그치기도 하지만 때로는 위험스러운 결과를 낳는 등 부정적인 효과를 불러오기도 한다.

• **2문단의 핵심문장 다시 쓰기**

어떤 사람들은 익명성을 이용하여 거짓정보를 유포하는데 이러한 행동은 사이버 공간의 신뢰성에 큰 문제점을 안긴다.

➡ 어떤 사람들은 익명성을 빙자하여 거짓정보를 퍼트리는데 이로 말미암아 사이버 공간의 신뢰성이 큰 손상을 입게 된다.

• **3문단의 핵심문장 다시 쓰기**

이러한 논의를 바탕으로 사이버 공간의 익명성의 문제에 대한 다양한 접근방식이 제시되고 있다.

➡ 이상과 같은 다양한 현실을 기초로 해서 사이버 공간의 익명성 문제에 대한 찬반양론이 맞서고 있다.

• 〈제시문 3〉의 요약문

사이버 공간의 익명적 의사소통은 사용자들을 성가시게 하는 선에서 그치기도 하지만 때로는 위험스러운 결과를 낳는 등 부정적인 효과를 불러오기도 한다. **이를테면** 어떤 사람들은 익명성을 빙자하여 거짓정보를 퍼트리는데 이로 말미암아 사이버 공간의 신뢰성이 큰 손상을 입게 된다. **그리하여** 이상과 같은 다양한 현실을 기초로 해서 사이버공간의 익명성 문제에 대한 찬반양론이 맞서고 있다.

〈제시문 3〉의 대표 핵심문장을 선정하여 자신의 언어로 다시 쓴다.

• 〈제시문 3〉의 대표 핵심문장 다시 쓰기

이러한 논의를 바탕으로 사이버 공간의 익명성의 문제에 대한 다양한 접근방식이 제시되고 있다.

→ 이상과 같은 다양한 현실을 기초로 해서 사이버 공간의 익명성 문제에 대한 찬반양론이 맞서고 있다.

4. 3단계: 공통주제 추출

앞에서 작성한 제시문별 대표 핵심문장을 활용하여 공통주제를 추출한다.

• **공통의 주제**

사이버 공간의 익명성으로 인한 균등한 접근 보장과 익명성의 부작용

5. 4단계: 논술작성

공통의 주제를 찾는 것으로 제시문들에 대한 분석은 모두 끝났다. 이제 이것을 바탕으로 논술을 작성해야 한다. 다음 요령을 참고하자.

① 논술작성 요령

1. 논제의 요구사항을 다시 검토하고 논술에 포함되어야 할 내용을 검토한다.
2. 서론은 논제의 요구사항을 염두에 두고서 이전 단계에서 작성한 공통주제를 활용하여 작성한다.
3. 결론은 논제에 해당하는 자신의 의견 또는 주장을 적는다는 생각으로 작성한다.
4. 본론은 서론에서 결론을 도출하는 데 필요한 논거와 사례를 활용하여 작성한다. 단, 이전에 자기표현으로 바꾸어 작성한 제시문별 요약문을 적절히 사용한다.
   ① 자신의 주장과 다른 제시문의 내용은 적절한 사례와 논거를 들어 반박한다.
   ② 자신의 주장을 뒷받침하는 제시문의 내용을 활용한다.

③ 제시문의 내용과 더불어 자신의 독창적인 논거와 사례를 제시한다.

④ 결론에서 제시하는 자신의 주장(견해)이나 대안은 가능한 한 구체적으로 작성한다.

② 예시답안

사이버 공간은 디지털 시대의 새로운 자아라고도 할 수 있는 ID로 만나는 공간이며, 따라서 실체적 자아와는 구분되는 익명의 자아로 만나는 공간이다. 이러한 익명성으로 인해 사이버 공간은 균등한 접근을 보장하지만 여러 부작용을 낳기도 한다.*1 사이버 공간의 익명성이 갖는 장점과 문제점을 살펴보고, 익명성이 갖는 장점을 살리면서 문제점을 최소화할 수 있는 방안에 대해 논하기로 하자.*2

사이버 공간은 성별, 나이, 피부색, 직업, 신체적 특징 등 모든 개인적 정체성 요소로부터 자유로울 수 있는 공간이다.*3 그런 점에서 사이버 공간은 모두가 균등하게 접근할 수 있는 민주적 공간이다. 물론 사이버 공간에 접근하기 위한 최소한의 요건, 즉 인터넷에 접근하기 위한 물리적 장치와 인터넷을 이용할 수 있는 비용 지불 능력 등이 필요하다. 또한 선정성이나 폭력과 관련하여 연령에 대한 제한이 가해지기도 하고, 고급 정보와 관련해서는 경제적 제약이 주어지기도 한다.*4 그렇지만 최소한의 요건만 갖추면 누구나 접근 가능하다는 점에서 유사 이래 가장 개방적이고 민주적인 공간이라 할 수 있다.

또한 사이버 공간은 익명성을 통해 여성이나 소수인종 등 사회적 소수자가 갖고 있는 사회적 취약성을 극복할 수 있는 공간이다.*5 따라서 사회적 소수자가 자신의 사회적 특성을 드러내지 않고 동등한 일원이 될 수 있다는 점에서 일종의 사회적 지위의 향상을 가져오기도 한다. 사이버 공간은 자신의 외양이 주는 제약으로부터도 벗어나게 한다. 체형, 용모, 키 등을 드러내지도 않고 얼마든지 활동 가능한 것이다. 이른바 현대 문화에서 삶의 척도처럼 되어 버린 육체에 대한 과도한 관심으로부터도 자유로울 수 있다.

그러나 사이버 공간의 익명성이 긍정적인 효과만 갖는 것은 아니다.*6 우선 익명성은 책임의식이나 체면으로부터도 벗어나게 함으로써 품위 있는 언행이나 활동보다는 거칠고 공격적이고 무책임한 행동을 유발하기도 한다. 이는 욕설이나 근거 없는 비난, 명예훼손에 가까운 중상이 난무하게 함으로써 사이버 공간의 품격을 떨어뜨리고, 사이버 공간을 비생산적이고 무의미한 공간으로 만들기도 한다. 뿐만 아니라 익명성에 편승한 스팸메일이 사이버 공간을 오염시키기도 한다. 이로 인해 상업성과 선정성이 활개 치기도 하고, 심지어는 바이러스를 전염시키는 통로가 되기도 한다.

익명성의 문제점을 해소하기 위한 대안으로 혹자는 인터넷 실명제를 얘기하기도 한다. 이는 개인의 책임의식을 고취하고 잘못된 행위에 대한 법률적 책임을 물을 수 있다는 점에서 일단은 매우 현실적인 대안인 것처럼 보인다. 그러나 실명제는 사이버 공간이 갖고 있는 개방성과 민주성을 훼손하고 사이버 공간의 활력을 위축시킬 가능성이 높다.*7

그런 점에서 익명성을 기본 조건으로 유지하되 그로 인한 폐해를 최소화할 수 있는 방안이 강구되어야 한다.*8 경고, 경고 누적으로 인한 퇴출, 품위 없는 글에 대한 운영자 등의 삭제 권한 같은 것을 도입하여 사이버 윤리를 정립하는 것이 우선 대안이 될 수 있을 것이다. 나아가 사이버 명예훼손에 대한 처벌을 강화하고 사이버 범죄에 대한 단속과 처벌을 강화하는 법률적 방안도 강구되어야 한다. 그리고 무엇보다도 사이버 공간을 애용하는 네티즌들의 윤리의식과 책임의식의 제고가 기본 바탕이 되어야 할 것이다.*9

---

*1. 작성요령 2: 공통주제 활용
*2. 작성요령 2: 논제의 요구사항 고려
*3. 작성요령 4-②: 자신의 주장 뒷받침하는 제시문 내용 활용
*4. 작성요령 4-③: 자신의 독창적인 논거와 사례 제시
*5. 작성요령 4-②: 자신의 주장 뒷받침하는 제시문 내용 활용
*6. 작성요령 4-②: 자신의 주장 뒷받침하는 제시문 내용 활용
*7. 작성요령 4-①: 자신의 주장과 다른 제시문 내용, 적절한 사례와 논거 들어 반박
*8. 작성요령 3: 결론은 논제에 해당하는 자신의 의견 또는 주장을 적는다는 생각으로 작성
*9. 작성요령 4-④: 결론에서 제시하는 주장이나 대안은 구체적으로 작성

③ 출제의도

주어진 논술문제를 분석하고 실제로 예시답안까지 작성해 보았다. 그런데 이 문제의 출제의도는 무엇일까? 물론 제시문을 분석하기 전에 논제의 요구사항을 정리해 살펴보았지만, 출제의도를 다시 되짚어 봄으로써 논술을 작성할 때 유의해야 할 사항과 중점을 두어야 할 사항을 재점검하고 익히는 기회로 삼고자 한다. 이 문제의 출제의도는 다음과 같이 정리할 수 있을 것이다.

> 사이버 공간의 가장 큰 특성은 익명성이라고 할 수 있다. 익명성은 대중의 광범위한 참여를 이끄는 동인이 되기도 하지만 비방이나 허위정보 유포 등 부정적인 결과를 야기하기도 한다.

〈제시문 1〉은 사이버 공간의 익명적 존재성을 마치 천사처럼 묘사하고 있다. 실제 공간에서 이루어지는 많은 차별이 사이버 공간에서는 드러나지 않는다. 그래서 사이버 공간은 현실에 삶의 척도가 되어 버린 육체에 대한 지나친 관심에서 벗어날 수 있는 기회의 땅이라는 점을 역설하고 있다.

〈제시문 2〉는 인터넷 실명제에 대한 찬반 논의에 대해 설명하고 있다. 언론의 활성화라는 측면에서는 익명제가 중요하나 책임성이라는 측면에서는 실명제가 요구되는 상황이라고 본다. 여기서 제시하는 대안은 익명제를 유지하면서 명예훼손에 대한 처벌을 강화하는 제도와 법규를 마련하는 것이다.

〈제시문 3〉은 익명성의 부정적인 측면을 구체적으로 나열하면서 이를 해결하는 방안 없이는 사이버 공간의 존립 기반이 붕괴될 것이라고 경고하고 있다.

논제는 사이버 공간의 익명성이 갖는 장단점을 자신의 입장에서 정리해 보기를 요구하고 있다. 물론 제시문에 나오는 주요 이슈들을 참조하되 그것에만 의지하지 말고 자신의 언어로 표현해볼 것을 요구한다. 왜냐하면 익명성이 갖는 장단점은 관점에 따라 아주 다양하기 때문이다. 무엇보다 자신의 언어와 표현으로, 제시문에서 이야기하지 않는 측면을 예시하는 것이 중요하다.

그리고 더 나아가서 익명성의 장점을 살리면서 문제점을 최소화하는 방안에 대한 자신의 관점을 구체적으로 논의해야 한다. 여기에서는 다양한 사례를 드는 것도 중요하지만 무엇보다도 논리적으로 익명성의 양면적 측면을 잘 보완하는 것이 핵심이라고 할 수 있다.

06

글쓰기 연습의 실제

① 짧고 강한 문장을 쓰라

국어책에서는 흔히 문체를 간결체와 만연체로 나눈다. 그러나 이것은 편의상의 분류일 뿐이지 대개 만연체는 좋은 문체가 되기 어렵다. 물론 복잡한 이론을 설명할 때는 여러 조건을 달고 있는 진술을 해야 하는 경우도 있다. 따라서 만연체를 피할 수 없고 또 만연체가 바람직한 경우도 있지만, 글은 가능하면 간결체로 쓰는 것이 좋다. 말하자면 짧고 강한 문장을 쓰라는 것이다.

이것은 쓰는 사람의 입장에서도 자신의 생각을 분명하게 전달하게 하고 글쓰기도 훨씬 수월하게 한다. 또 읽는 사람의 입장에서도 앞뒤 관계를 복잡하게 따지지 않아도 되기 때문에 글을 이해하기 쉽다. 글을 만연체로 줄줄 늘여서 쓰는 것은 쓰고 있는 것에 대해 잘 정리되지 않았고 자신감이 없다는 것을 드러내는 꼴이 되기 쉽다. 가능한 한 간결하고 짧은 문장을 쓰는 것을 계속 연습하라. 그러면 어느새 당신은 확실하고 힘 있는 문장을 쓸 수 있는 사람이 되어 있을 것이다.

② 문단 나누기 연습

글을 읽다 보면 문장이 몇 개 이어지다가 행이 바뀌는 것을 볼 수 있다. 즉, 문단이 바뀌는 것이다. 행을 바꾸어 문단을 달리하는 것은 거기서부터 새로운 이야기가 시작된다는 것을 시각적으로 알리기 위해서이다. 즉, 한 번도 행이 바뀌지 않았을 때 느낄 지루함과 혼란을 덜어 주어 글의 내용을 좀 더 명료하게 이해하도록 하기 위한 장치인 것이다.

짧고 강한 문장을 쓰는 것 못지않게 문단을 잘 나누는 것도 글을 분명하고 명료하게 하는 데 중요한 요소이다. 문단을 나눌 만한 곳에서 나누지 않고 계속 끌고 가는 것은 호흡이 너무 길면 숨이 차게 되는 것과 마찬가지로 글의 생동감을 죽이는 결과를 가져온다. 반면에 아무데서나 문단을 나누면 호흡이 너무 짧아지고 글이 토막이 나서 어지럽게 된다. 적절한 곳에서 정확히 문단을 나누는 연습을 하는 것은 글의 생동감을 살리는 훈련이 된다.

③ 자신의 문체를 만들라

글의 형식과 내용이라는 두 개의 요소로 나누어 생각할 때, 일정한 내용을 담기 위해 사용된 형식의 객관적 표현 구조를 흔히 문체(style)라고 한다. 쉬운 말로 하면 문체란 작가가 언어를 사용하는 독특한 방법을 말한다. 그러므로 문체는 글쓴이의 사상과 개성을 반영하기도 한다. 뷔퐁(Georges Louis Leclerc Comte de Buffon)이란 프랑스의 박물학자는 "문체는 곧 그 사람이다"(Le style, c'est l'homme méme)라는 유명한 말을 남기기도 했다.

문체는 글의 주제나 글의 대상이 되는 독자 또는 글을 쓰는 사람 개개인의 품성에 따라 달라지기는 하지만 사람마다 각기의 독특한 문체가 있기 마련이다. 자기만의 문체를 갖는다는 것은 글을 자신의 작품으로 만드는 데 매우 중요한 의미를 지닌다. 남들과 별 차이 없이 평범함을 넘어 자신을 개성 있게 연출할 수 있다는 것은 글쓰기가 갖는 커다란 장점이다. 그러므로 각자의 문체 곧 스타일을 마련하도록 노력하라.

이것을 위해서는 무엇보다도 글쓰기 연습 단계에서 여러 문체를 연습해 보는 것이 좋다. 하나의 주제를 놓고 담담한 필치로 그려 보는 것, 웅변조로 서술하는 것, 학술적으로 논구해 보는 것, 냉소적이고 풍자적인 방식으로 풀어 보는 것, 쉽게 에세이식으로 풀어 쓰는 것 등등 여러 가지를 연습해 보는 것이다. 그러는 가운데 여러분은 주제나 대상 독자에 따른 문체의 변신을 자유자재로 구사하게 되고 동시에 자신에게 맞는 자기만의 문체를 갖게 될 것이다.

④ 평소에 주제와 제재를 뽑아 두라

앞서와 같이 글의 형식과 관련된 연습이 끝나면 이제 글의 내용과 관련된 연습이 필요하다. 무엇보다 중요한 것은 글의 주제를 어떻게 선정하고 그 주제를 풀어나가기 위해 어떤 제재를 사용할 것인가를 정하는 것이다. 이것이야말로 글쓰기의 핵심이다. 이런 것들을 선정하는 훈련을 평소에 해두면 과제가 주어졌을 때 주제를 잡고 그 제재와 소재를 잡는 것이 수월해진다.

한 편의 글이 다루고 있는 핵심적인 내용이나 대상을 우리는 흔히 주제(theme)라고 한다. 주제는 '무엇에 대하여 쓴 글인가?'라는 질문에 대한 대답이다. 제재란 주제를 풀어 나가기 위해 사용하는 이야깃거리를 말한다. 막연한 주제[假主題]에서 출발하여 구체적으로 한정된 주제[眞主題]를 설정하고, 그 주제를 다루기 위한 제재들을 수집하고 정리해 주제문(주제에 대한 나의 의견이나 태도를 밝혀 쓴 문장)을 작성하는 연습을 해보자.

주제와 제재와 주제문의 예를 몇 가지 들어 보면 다음과 같다.

- 가주제: 환경문제의 해결
- 진주제: 공해배출 기업에 대한 정부의 통제
- 제　재: 환경문제의 중요성, 정부의 환경정책, 공해배출 기업의 현황
- 주제문: 생산기업의 공해배출로 인한 환경오염을 막기 위해 정부는 다각적인 통제와 관리방안을 강구하고 이를 실행에 옮겨야 한다.

- 가주제: 한국 현대사의 과제
- 진주제: 일제잔재의 청산과 민족 정통성의 확립
- 제　재: 인적 차원의 일제잔재, 제도적 차원의 일제잔재, 문화적 차원의 일제잔재, 한일관계의 현대적 의미, 일제잔재 청산의 다각적인 방안
- 주제문: 민족 정통성의 확립과 민족정기의 회복을 위해서는 인적 · 제도

적 · 문화적 차원의 일제잔재를 청산하는 다각적인 방안이 강구되어야 한다.

- 가주제: 대중문화의 문제
- 진주제: 한국에 대한 미국 영화의 영향
- 제　재: 영화시장의 구조, 영화 배급망, 영화 수입선의 편중 상황, 영화의 소재와 주제의 이데올로기적 함의
- 주제문: 미국의 대형 영화사들은 한국의 영화시장을 지배하고 있으며 그 결과 한국에서 경제적 이득을 얻을 뿐만 아니라 이데올로기적 영향도 미치고 있다.

주제는 글을 쓰는 필자가 적극적으로 발견하고 선택하고 설정하는 것이 바람직하다. 그러나 아무런 마음의 준비도 없는 상태에서 어떤 주제가 부과되고 글의 형식이나 분량에 제한을 받으면서 글을 써야 하는 경우도 많다. 이런 경우에 대비하는 한 가지 방법은 평소에 주제 목록을 작성해 보는 것이다. 즉, 갑자기 과제가 주어졌을 때 어떤 주제를 설정할 것인가를 고민할 것이 아니라 기회 있을 때마다 미리 내가 쓸 글의 주제를 저장해 두는 방법, 또 어떤 주제가 주어질 것인가를 걱정하기보다는 내가 쓰고 싶은 주제를 정리해 두는 방법의 하나가 주제 목록의 작성이다.

우선 내가 관심을 갖고 있는 주제에서 많은 사람들의 관심사가 되고 있는 주제에 이르기까지 다양한 주제의 목록을 작성해 두는 것이 좋은 글을 쉽게 쓸 수 있는 지름길이 된다. 또한 그것은 나의

사고력과 판단력을 넓히고 나아가 인생을 둘러싸고 있는 많은 문제를 고민하고 해결하는 능력을 키우는 계기가 될 수도 있다.

몇 분야의 주제 목록을 예로 들면 다음과 같다.

분야	주제 목록
나	나의 성장기, 나의 생활환경과 성격형성, 나의 취미, 나의 희망, 나의 직업관, 나의 인생관, 나의 우정관, 나의 애정관
가족	나의 가족사, 가족의 사회적 의미, 가족의 현대적 의미, 가정교육의 중요성, 부모의 역할, 가족윤리와 사회윤리, 가족관계와 사회관계, 핵가족화의 의미
대학	나의 대학생활, 대학생활의 의미, 대학에서 무엇을 배울 것인가, 대학생활과 동아리 활동, 대학과 취업, 대학의 사회적 기능
자연	자연과 인간의 삶, 물과 인류문명의 관계, 기후와 민족성, 환경문제와 인간의 삶의 질, 자연보호의 방안, 국토개발과 자연훼손, 동서양의 자연관, 인간과 자연의 조화, 지속가능한 발전
사회	사회의 기본구조, 사회변동의 원인, 사회적 불평등의 원인과 해소방안, 인구의 도시 집중, 여성의 사회적 활동, 지역 불균등 발전, 일탈과 범죄, 노인 문제, 언론의 사회적 기능, 산업사회의 물질문화
사상과 종교	한국의 전통사상, 한국인의 민족성, 민족종교와 반외세 운동, 유교의 사회관, 불교의 인생관, 가톨릭과 개신교의 차이, 나의 종교관, 민주주의의 이념과 현실, 자유의 한계와 책임, 동양사상과 서양사상의 유사성과 차이점
정치와 외교	공무원의 정치적 중립, 지역감정의 해소 방안, 정치민주화를 위한 제도적 선결요건, 남북분단의 역사적 배경, 남북통일의 방안, 한반도를 둘러싼 국제관계, 한미관계의 현대적 조명, 한일관계의 현대적 조명, 자주적 외교를 위한 국제관계의 정립
경제	경제자립과 기술혁신, 경제성장과 부의 재분배, 기업의 윤리, 재벌구조의 기능과 역기능, 바람직한 노사관계의 정립을 위한 제도적 요건, 과학기술 투자의 촉진방안, 공기업의 장점과 단점
문화	근대화와 전통문화, 전통예술과 서양예술, 외래문화의 수용, 한글 전용과 국한문 혼용의 장단점 비교, 대중문화의 본질과 기능, 정부의 문화정책에 대한 비판적 고찰, 언론의 상업주의화에 대한 진단과 처방, 바람직한 대학문화의 정립

⑤ 개요작성 연습

주제를 정하고 적절한 제재를 모으고 나면 이번에는 그 제재들을 어떻게 배열할 것인가 하는 문제가 등장한다. 물론 주제와 제재를 정할 때 어떤 식으로 글을 쓸 것인가에 대한 막연한 생각이 있었을 것이다. 그러한 막연한 생각을 좀 더 구체적이고 체계적인 방식으로 정리하면 글을 효율적으로 쓰는 데 큰 도움이 된다.

이처럼 글을 쓰기 전 준비과정으로서 미리 만들어 놓는 글의 윤곽을 흔히 개요 또는 아우트라인(outline)이라고 한다. 정해진 주제와 제재를 어떻게 풀어 나갈 것인가를 짜는 능력은 앞서 말했듯이 글쓰기의 3대 요소 중의 하나이다. 개요의 작성은 쉽게 얘기하면 예상목차의 구성이다. 주제와 제재를 선정하는 연습에 뒤이어 이 개요작성 연습 역시 평소에 해두면 막상 글을 써야 할 때 큰 도움이 될 것이다.

개요는 두말할 것도 없이 글의 설계도 구실을 한다. 즉, 글이 중심이 있고 짜임새가 있는 글이 될지 아닐지를 예견하게 해준다. 개요 없이 글을 쓰는 것은 설계도 없이 집을 짓는 것과 같이 무모하고 어리석은 일이다.

또한 개요는 그것을 만들어 가는 과정에서 우리에게 체계화 능력과 조직력 등을 길러 주는 효과도 갖는다. 즉, 개요는 우리의 사고를 체계화하는 훈련을 시켜줄 뿐만 아니라 분류와 배열하는 작업을 동해 논리직 사고도 훈련시켜 준다. 개요작성에 관한 상세한 내용은 3장에서 다루기로 하자.

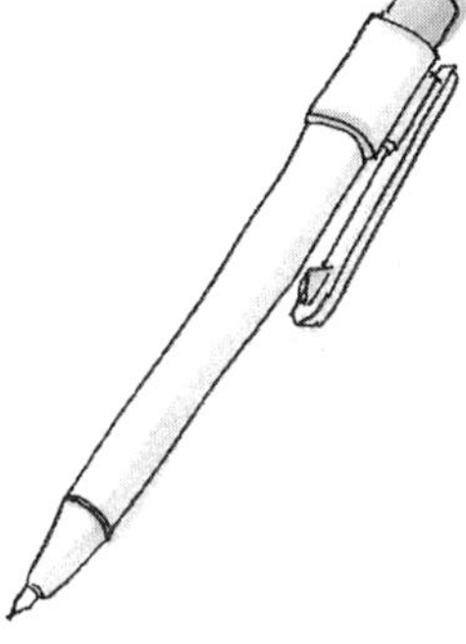

3장

글쓰기 단계별 요령과 방법

01

글쓰기의 태도와 조건

1. 글쓰기의 태도

이제 우리는 글쓰기의 단계별 요령과 방법에 대해 알아보려 한다. 주제를 선정하는 기획 단계에서부터 자료를 수집하고 분석하는 단계를 거쳐 실제로 글을 쓰는 단계에 이르기까지 하나하나 살펴볼 것이다. 하지만 그에 앞서 글쓰기에 임하는 자세와 좋은 글을 쓰기 위한 조건부터 알아보기로 하자.

① 재미있게 즐기면서 하라

여러분은 이미 글쓰기라는 바다 한가운데에 던져져 있다. 개헤엄이든 개구리헤엄이든 어떻게라도 헤엄을 치지 않으면 안 된다.

사정이 이렇다면 무엇보다 먼저 글쓰기 훈련을 제대로 된 헤엄을 배우는 계기로 활용하겠다는 적극적인 태도가 필요하다. 필요나 의무에 의한 것이라고 할지라도 적극적으로 재미를 느끼면서 할 필요가 있다는 것이다. 예컨대 글 쓰는 일을 일종의 놀이나 시합 또는 보물찾기로서 경험할 수 있다. 보물찾기의 상품은 즉석에서 선생님에 의해 주어지지만 글쓰기 훈련의 상품은 인생에서 두고두고 얻게 된다.

여하튼 글쓰기를 운명이라고 여기고 적극적으로 받아들이면서 재미있는 게임으로 생각하는 것은 삶을 사는 적극적인 방식이 되기도 한다. 귀찮기는 하지만 하지 않을 수 없는 것, 어렵지만 중요한 것이라고 생각하면서 오히려 그것을 게임이나 오락처럼 재미있고 즐거운 것으로 받아들이는 것이 삶을 적극적으로 사는 태도일 것이다.

② 적극적으로 하라

'용감한 자만이 미인을 얻는다'는 서양 속담이 있다. 글쓰기도 마찬가지다. 자신감을 갖고 적극적으로 임해야 한다. 잘못되면 어쩌나 하는 두려움에 사로잡혀서는 멋진 연인을 얻을 수 없다. 일단 과감하게 부딪쳐 보라. 프러포즈를 거절당하면 또 다른 시도를 하면 된다. '아픈 만큼 성숙해지고'라는 유행가 가사도 있지만 글쓰기 능력도 시행착오 속에서 자란다. 자신감과 적극성을 가지고 글쓰기에 임해야 할 것이다.

③ 창조적으로 하라

글쓰기는 일종의 창조적 행위이다. 즉, 글쓰기는 자신의 견문과 지식, 참고서적과 자료 등을 재료로 해서 새로운 작품을 만들어 내는 행위이다. 따라서 글쓰기는 예술가의 창조행위에도 비견될 수 있다. 예술가가 창조적 자세로 작품활동을 하듯 글쓰기도 창조적으로 해야 한다.

좋은 글, 특히 좋은 논문은 독창성(originality)이 생명이다. 남의 것을 적당히 베끼거나 남들이 해놓은 것을 구태의연하게 답습하는 것은 결코 좋은 글쓰기 태도가 아니다. 결국 중요한 것은 '나'를 잊지 않고 '나'를 살리는 것이다. '내가 본', '내가 생각한', '나만의' 것이어야 창조적인 글쓰기가 된다.

2. 글쓰기의 조건

가치 있는 글을 쓰기 위해서는 몇 가지 조건이 필요하다. 가장 엄격한 글쓰기라고 할 수 있는 논문을 염두에 두면서 글쓰기의 조건에 대해 살펴보기로 하자.

① 정확성

글이 담고 있는 정보는 정확해야 한다. 글에서 언급되는 통계자료나 수치, 인명, 저술의 표제, 각주나 참고문헌, 본문의 표현, 맞춤법 등 모든 사항이 정확하게 기술되어야 한다.

② 객관성

저자의 생각이나 감상이 글에 포함되는 것은 당연하다. 하지만 저자의 주관적인 직관이나 판단만으로 쓴 글은 좋은 글이 될 수 없다. 특히 논문의 경우가 그렇다. 예컨대 "나는 이 사건의 원인은 이렇고 결과는 그렇다고 믿는다"와 같은 식의 주관적인 표현은 논문에는 걸맞지 않다. 연구결과를 기술할 때는 반드시 사실이나 자료의 뒷받침이 있어야 한다. 또한 다른 사람의 연구결과를 인용할 때는 그 근거를 제시해야 한다.

③ 불편부당성(不偏不黨性)

글을 쓸 때에는 개인적인 편견이나 선입관은 버려야 한다. 예를 들어, 논문을 작성하면서 어떤 주제에 관한 여러 학설을 소개하고 비교할 때, 자기가 옳다고 생각하는 학설만을 부각하고 다른 학설은 상대적으로 소홀히 다루는 식은 좋지 않다. 물론 특정 학설에 대한 자신의 입장을 명백히 밝힌다면 그 학설을 부각시키거나 논의의 주된 근거로 삼아도 무방하다. 또한 특정 집단이나 조직에 대한 저자의 선호가 글의 내용에 투영되어서도 안 된다. 즉 '의식적으로' 특정 집단이나 조직에 유리하게 글을 이끌어 가서는 안 된다는 말이다.

④ 검증 가능성

글은 그 진위(眞僞)를 검증할 수 있어야 한다. 또 필요에 따라 누구든지 다시 시도해볼 수 있도록 기술해야 한다. 따라서 글을 쓸 때에는, 특히 논문을 작성할 때에는 자료의 출처와 연구방법 등을 밝혀야 한다.

⑤ 평이성

글은 읽는 사람이 쉽게 이해할 수 있도록 써야 한다. 아무리 좋은 내용을 담고 있다고 해도 다른 연구자나 독자가 그것을 이해할 수 없다면 무의미하다.

⑥ 독창성

독창성은 글이 갖추어야 할 조건 중에서 가장 중요한 것이다. 특히 논문의 가치는 독창성의 정도로 판정된다. 논문은 무엇인가 새로운 내용으로 학문 발전에 기여해야 하기 때문이다. 그러나 반드시 소재가 새로워야 한다는 것은 아니다. 이미 다른 연구자가 다룬 소재라고 하더라도 새로운 시각으로 접근하면 독창적인 것이 될 수 있다. 다른 사람의 것을 단순히 베끼거나 구태의연한 주장을 되풀이한다면 결코 좋은 글이 될 수 없다.

3. 글쓰기의 순서

글을 쓰는 데도 순서가 있다. 물론 꼭 지켜야 하는 것은 아니지만 더 효율적으로 글을 쓰기 위해서 사람들이 대체로 따르는 순서를 정리하면 다음과 같다.

① **주제선정**

분명하게 윤곽이 잡힌, 특정한 주제를 찾아낸다. 즉, 내가 정리하고 연구하고자 하는 사항이 무엇인가를 정한다.

② **자료수집**

주제에 관한 기존의 연구를 포함해서 전반적인 자료를 수집하고 정리한다. 즉, 지금까지 어떠한 주장이 있어 왔는지를 알아보고 주제와 관련된 자료나 사실 또는 사례를 수집한다.

③ **주제 재검토**

수집하고 정리한 자료를 참조해 주제를 다시 검토한다. 수집해서 정리한 자료의 종류와 성격을 파악해 과연 주제를 제대로 선정했는지 또는 주제에 접근하는 방식을 제대로 설정했는지 검토하는 것이다. 주제를 논하는 데 꼭 필요한 자료가 부족하거나 아예 없는 경우에는 주제를 다시 선정해야 한다.

④ **추가자료 수집**

주제와 자료의 연관관계를 중심으로 추가로 필요한 자료를 수집한다. 주제와 어떤 관련을 맺고 있으며 어떻게 활용할 것인가를 염두에 두면서 부족하거나 빠진 자료를 보충한다.

⑤ **자료분석**

이제까지 모은 자료를 읽고 검토하면서 분석한다. 그런 다음에는 나중에 활용할 수 있게끔 정리한다.

⑥ 글 작성

분석하고 정리한 자료를 바탕으로 초고를 작성한 후 퇴고한다.

초고 작성과 교정 및 교열 그리고 퇴고하는 과정은 4장에서 자세히 알아보도록 하고, 지금부터는 주제선정부터 차근차근 다시 살펴보겠다.

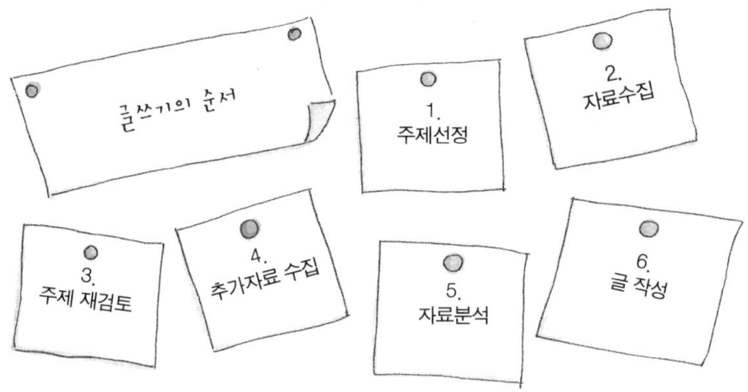

02

기획과 착안: 주제의 선정

1. 문제의 터전

좋은 글의 첫째 조건은 좋은 주제이다. 주제를 선정하기 위해서는 먼저 문제의 터전(problem area 또는 subject area)을 제한하고 압축하는 것이 필요하다. '문제의 터전'이란 문제나 주제라는 광맥이 파묻혀 있는 광상(鑛床)과도 같은 것이다. 문제의 터전을 재빨리 제한하고 압축해서 적절한 주제를 발견하는 것이 현명하다. 예컨대 시험답안을 작성하는 경우에는 수업시간에 배운 내용과 자신이 시험을 준비하면서 공부한 것이 바로 '문제의 터전'이나 '광상'이 되는 것이다. 리포트의 경우에는 대략적인 주제가 미리 주어지기 마련인데, 그 대략적인 주제가 바로 문제의 터전인 셈이다.

대개 처음 제대로 된 글을 쓰는 사람들이 빠지기 쉬운 유혹은 한 편의 글에서 너무 많은 것을 다루려는 욕심이다. 욕심이 크면 허우적거리다가 결국에는 지쳐 버리기 일쑤다. 숲을 그리려다가 숲속에서 길을 잃는 것보다는 나무 하나라도 제대로 그리는 것이 좋다.

뒤집어서 생각한다면, 분명하게 한정된 주제를 진지하게 다룬다면 글을 평가하는 선생님이나 심사위원보다 우월한 입장에 설 수도 있다. 즉, 그들이 보지 못한 자료를 제시하거나 그들이 미처 생각하지 못한 시각으로 주제를 분석할 수도 있는 것이다. 그런 경우 여러분은 자신이 다룬 문제에 대해 가장 잘 아는 전문가로 심사위원 앞에 서게 되는 것이다.

2. 상황별 주제선정

주제선정은 어떤 글을 쓰느냐에 따라 여러 상황이 있을 수 있다. 대표적인 경우로 논술형 시험, 리포트, 논문으로 나누어 살펴보기로 하자.

대학입시에서의 논술시험, 대학생활에서의 각종 논술시험, 입사시험에서의 논술시험 등 논술형 시험답안의 경우에는 대부분 주제가 미리 분명하게 주어진다. 그러나 여러 문제 가운데 한두 문제를 택해 써야 하는 경우에는 역시 주제선정의 과정이 필요하다. 물론 이때에도 주어진 것 가운데 주제를 정해야 하기 때문에 주제의 성격과 출제자의 의도를 정확하게 파악하는 일이 무엇보다 중요하다.

또한 주제를 어떻게 전개할 것인가, 주제 중에서 어디에 초점을 맞추어서 논의할 것인가 등을 결정해야 한다. 따라서 답안을 작성할 때에는 출제자의 의도를 파악하고, 주제를 전개하는 데 있어 초점이 되는 사항을 선택하는 등의 측면에서 주제선정이 이루어지는 셈이다.

리포트의 경우에도 대략적인 주제는 주어진다. 여러 개 중에서 하나를 선택하게 하거나 주제의 대략적인 범위를 제시하는 것이 보통이다. 하지만 문제의 터전은 주어지지만 구체적이고 한정된 주제가 주어지는 것은 아니다. 따라서 문제의 터전을 압축해서 구체적인 주제를 선정하는 작업이 필요하다. 리포트의 경우는 이하에서 설명할 주제선정의 과정을 잘 거쳐야 한다.

졸업논문이나 학위논문의 경우에는 주제가 미리 주어지지 않는다. 단지 주제가 전공과 일정한 관련을 지녀야 한다는 정도의 제한만 있을 뿐이다. 따라서 논문의 주제선정은 학생에게 재량권이 있다고 할 수 있다. 물론 지도교수와 상의해서 주제를 선정한다면 더욱 좋을 것이다.

3. 주제선정의 원칙

주제가 분명히 주어지는 논술시험이나 대략적인 주제만 주어지는 리포트와 논문 등 어떤 글을 쓰든, 주제를 선정할 때 고려해야 할 사항들은 대체로 다음과 같이 정리할 수 있다.

① 자신 관심과 흥미에 부합해야 한다

주제는 시험과목이나 이미 읽은 문헌과 관련이 있든, 혹은 주변의 정치적 · 문화적 · 종교적 환경과 관련이 있든 우선 자신에게 흥미로운 것이 좋다. 일상생활에서 품었던 의문이나 평소에 가지고 있던 관심이나 욕구와 관련된 것도 좋다. 요는 자신이 흥미와 관심을 느낄 수 있는 주제를 택해야 한다는 것이다.

논문 제출을 앞두고 있으면서도 학술적인 논문 쓰기에 아예 흥미가 없는 사람도 있을 수 있다. 하지만 어차피 해야 할 일이라면 그 속에서 흥미를 찾아내는 것이 급선무이다. 시작이 반이라지만 일에 대한 재미야말로 시작 못지않게 중요한 것이다. 이를 위해서는 자신의 관심과 흥미를 끌 수 있는 문제를 다룬 최근의 논문을 구해서 읽어 보는 것도 좋다. 자신의 관심과 흥미에 부합한다는 것은 자신이 그 주제에 대해 단편적이나마 알고 있다는 것을 뜻할 것이다.

② 자기의 능력으로 해결 가능한 주제를 선정해야 한다

아무리 좋은 주제라 할지라도 자신의 역량이 미치지 못해 해결할 가능성이 없다면 아무 소용이 없다. 이때 역량에는 주어진 시간이라는 요인도 포함되어야 한다. 말하자면 주어진 시간 안에 그 과제를 수행해낼 수 있어야 한다는 것이다.

또 작성자는 논문작성에 이용할 문헌을 다룰 줄 알아야 한다. 문헌이 지식수준에 맞는 것이어야 한다는 것이다. 읽지도 못하는 외국어 자료나 해석할 줄 모르는 통계자료만 있는 주제라면 아무 소용이 없다.

③ 뒷받침해줄 자료가 있어야 한다

논문작성에 이용할 자료나 문헌은 작성자가 찾아 실제로 손에 넣을 수 있는 것이어야 한다. 논문의 기본 조건 중의 하나가 객관성이며 그것은 자료에 의해 뒷받침된다. 아무리 좋은 주제라 할지라도 그것을 뒷받침해줄 자료가 존재하지 않거나 또 존재하더라도 구할 수 없는 것이라면 그 주제는 잘못 선정된 것이다. 물론 정리된 자료가 제대로 없다고 하더라도 자신이 자료를 재구성하고 새로이 만들어낼 능력이 있다면 무방하다.

④ 독자의 입장에서 읽을 가치가 있는 주제가 좋다

글쓰기는 개인적 행위가 아니라 사회적 행위이다. 따라서 글쓰기는 사회적 유용성이라는 맥락을 지니고 있다. 사회적으로 유용한 글을 쓰기 위해서는 먼저 참신하고 새로운 주제를 고르는 것이 좋다. 남이 이미 연구한 문제는 되도록 선택하지 않는 것이 좋다는 말이다.

물론 새로운 문제만이 연구할 가치가 있고 아직 세상에 등록되지 않은 문제만이 훌륭한 성과를 가져오는 것은 아니다. 이미 연구된 것이라도 새로운 시각과 방법으로 해석하거나 정리되지 않은 문제를 체계화한다면 그것도 좋은 연구가 될 수 있다. 그러나 새로운 주제에는 더 많은 문제들이 당신의 손길을 기다리며 널려 있는 법이다.

또 이왕이면 평범한 문제보다는 가치 있는 문제를 선정한다. 즉, 알려지지 않은 문제나 한 국면에 한정된 것보다는 여러 국면에 관련되는 문제, 주변적인 것보다는 핵심적인 문제 등을 다루는 것이 좋다는 것이다. 이러한 주제야말로 독자의 입장에서 읽을 만하고 또 관심을 둘 만한 주제이다.

앞서도 말했지만 글을 쓸 때는 언제나 가상의 독자 대중을 염두에 두어야 한다. 물론 논문이나 리포트는 실제적인 독자가 지도교수 한 사람뿐일지도 모른다. 그러나 무릇 글이란 한정된 사람만이 해독할 수 있는 암호 같은 것이어서는 안 된다. 독자 대중을 생각하면서 주제도 선정하고 글도 써야 한다.

⑤ 발전성이 있는 주제를 택한다

당면 과제로는 작은 것이라도 장차 다음 문제로 진전될 전망이 있는 문제를 택하는 것이 좋다. 비록 현재 작성하고 있는 리포트나 논문이 성적을 얻거나 졸업을 하기 위해 어쩔 수 없이 쓰는 것이라도 수동적으로 임하는 것은 결코 좋은 태도가 아니다. 주어진 과제는 가장 좋은 글쓰기 훈련의 기회이고, 나아가 장래의 글쓰기를 예비하는 기회이다. 예컨대 학기말 리포트 하나를 쓸 때에도 석사 논문이나 박사 논문를 염두에 두고 주제를 택하는 것이 좋다. 대학원에 진학을 하든 하지 않든 그것은 여러분의 발전적 사고를 위해 바람직할 뿐만 아니라 당면의 주제선정에도 큰 보탬이 된다.

⑥ 과제의 의도나 의미를 고려한다

과제로 주어진 글쓰기에서는 그 과제의 의미나 과제 부여자의 의도를 반드시 고려해야 한다. 예컨대 대학에서의 리포트의 경우

과제 부여자, 즉 담당교수의 의도를 고려하지 않으면 안 된다. 담당교수가 정리성 리포트를 요구했는가, 사회조사의 성격을 갖는 리포트를 요구했는가, 창조적이고 자율적인 사고를 요하는 리포트를 요구했는가에 따라서 연구주제의 선정도 제한받게 된다. 따라서 가능하면 주제를 선정하는 과정 중이나 선정 후에 지도교수와 면담하고 상의하는 것이 바람직할 것이다.

대학 졸업논문의 경우에는 대학생활을 종합한다는 의미를 지니고 있는 것이기 때문에 그것에 걸맞는 주제를 선정해야 한다. 따라서 너무 협소한 주제는 곤란하며 다소 총괄적인 주제가 좋을 것이다.

또한 주제는 주어진 혹은 요구하는 분량이나 수준에 적합한 것이어야 한다. 기말 리포트이든 졸업논문이든 그것이 요구하는 수준보다 높고 분량이 많은 것은 전혀 문제될 것이 없지만, 그러한 것에 미치지 못하는 것이라면 그 주제는 적합하지 않고 따라서 좋은 주제가 될 수 없는 것이다.

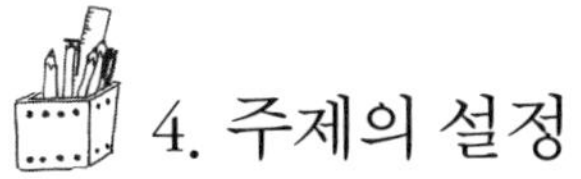

4. 주제의 설정 방식

주제가 주어지지 않은 상태에서 글을 한 편 써야 할 경우는 말할 것도 없고, 논술시험처럼 주제가 주어졌다 해도 정해진 짧은 시간 안에 난시 과거의 경험과 축적된 지식에만 의존해서 글을 써야 하는 경우에도, 주제를 어떻게 설정할 것인가는 문제가 된다. 왜냐하면 주제가 주어진다고 해도 대체로 가주제(假主題) 또는 막연한 주제인 경우가 많기 때문이다. 따라서 주제의 구체적인 설정 방식을 염두에 두지 않을 수 없다.

예컨대 '대학생의 현실참여'라는 주제로 글을 써야 할 경우를 상정해서 주제를 설정하는 과정을 단계별로 살펴보면서 주제설정 방식에 대해 생각해 보기로 하자.

① 막연한 주제의 설정

'대학생의 현실참여'라는 주제를 놓고 앞으로 써야 할 글의 중심 내용을 최초로 생각하는 단계이다. 이때는 주어진 것이든 선택한 것이든 막연한 주제로서의 '대학생의 현실참여'가 존재할 뿐이다. 이 막연한 주제를 가주제(假主題)라고도 한다.

② 문제의 정리

'대학생의 현실참여'와 관련된 여러 문제를 생각하고 정리하는 단계이다. 이 단계에서는 막연한 주제를 둘러싸고 있는 본질적인 문제에서 주변적인 문제에 이르기까지 생각나는 대로 간단히 메모를 해보는 것이 좋다. 또한 막연한 주제를 여러 시각에서 파악해 보고 그것을 둘러싸고 있는 환경과의 관계에 대해서도 살펴본다. 예를 들면 다음과 같은 의문문을 만들어 보는 것이다.

- 대학생의 현실참여란 무엇인가?
- 대학생의 현실참여는 어떠한 정당성을 갖고 있는가?
- 한국 사회에서 대학생의 현실참여가 갖는 의미는 무엇인가?

• 대학생의 현실참여 방식에는 어떠한 것들이 있는가?

• 대학생의 현실참여에 대한 나의 태도는 어떠한가?

③ 범위의 한정

이 단계에서는 앞 단계에서 정리한 문제들 가운데 가장 큰 관심을 가지고 있고 또 자신 있게 쓸 수 있는 문제를 선택해야 한다. 특히 주제를 뒷받침할 수 있는 제재를 두루 수집할 수 있는 시간과 환경이 주어지지 않았을 때는 정해진 시간 안에 충분히 처리할 수 있는 문제를 선택해야 한다.

④ 한정된 주제의 설정

이 단계는 한정된 문제의 범위를 구체화하고 내가 쓰고자 하는 핵심적인 내용을 집약해서 나타낼 수 있는 어구를 생각하는 단계이다. 예컨대 '대학생의 현실참여 방식에는 어떠한 것들이 있는가?' 하는 문제를 선택했다면, 대학생의 현실참여 방식, 대학생의 현실참여의 가능성과 한계 등과 같은 한정된 주제, 즉 진주제(眞主題)를 설정할 수 있을 것이다.

⑤ 주제문의 작성

한정된 주제에 대한 나의 의견이나 태도를 밝히는 완전한 문장을 작성하는 단계이다. 어떤 의미에서는 이 주제문이 작성되어야만 비로소 완전한 주제가 설정되었다고 할 수 있다. 왜냐하면 주제문은 글 전체의 방향을 지시하는 기능을 갖고 있기 때문이다.

'대학생의 현실참여 방식'처럼 추상적인 짧은 문구로 요약되는 주제는 글 전체가 다루게 될 문제의 범위를 지시하는 것이 보통이다. 그러나 '대학생의 현실참여는 당위성을 지니며, 그 방식에는 정치적인 것과 비정치적인 것이 있다' 또는 '대학생의 현실참여는 그 사회의 민주화 정도와 정치적 억압의 정도에 의해 제한된다'와 같은 주제문은 글 전체가 나아갈 방향을 지시하는 것이 일반적이다. 글 전체의 방향을 지시한다는 것은 주제문이 제재의 선택이나 글 전체의 통일성과 긴밀성의 유지에 크게 관여하게 된다는 것이다. 따라서 주제문의 작성 원칙은 다음과 같이 엄격해야 한다.

- 주제문은 완전한 문장이어야 한다.
- 주제문에는 나의 의견이나 관점이 명확하게 드러나야 한다.
- 주제문은 그 표현이 정확하고 구체적이어야 한다.
- 주제문의 내용은 확실한 근거에 의해 증명될 수 있는 것이어야 한다.

⑥ 주제의 세분

이 단계에서는 이미 설정한 한정된 주제와 작성한 주제문을 한 단계 더 진행시킨다. 한정된 주제와 주제문에서 일정하게 드러난 세부사항을 중심으로 주제를 세분하고, 그 세분된 주제의 주제문을 작성하는 것이다. 앞서의 예에서 보면 주제는 다음과 같이 세분할 수 있을 것이다.

- 대학생의 현실참여의 의미와 현실

- 대학생의 현실참여의 촉발 요인과 억제 요인
- 현실참여의 정치적 방식
- 현실참여의 비정치적 방식
- 개인적 차원의 현실참여
- 집단적 차원의 현실참여

그리고 이 세분된 주제들 각각에 대해 주제문을 작성할 수 있을 것이다. 이렇게 세분된 주제들은 자료를 모으는 데 길잡이가 되고 나중에 논문의 세부사항을 구성하는 데 기초가 될 것이다.

사족 같지만 덧붙이고 싶은 것은, 주제는 어디까지나 잠정적인 것이지 결코 최종적인 것이 아니라는 점이다. 주제는 연구조사 과정이나 실제 글을 작성하는 과정에서 언제든 바뀔 수 있다.

 5. 시간계획

주제선정이 끝난 뒤에 반드시 해야 할 것이 바로 시간계획이다. 어차피 시한은 주어져 있기 때문에 시간관리를 철저히 해야 한다. 공사일정도 없이 주먹구구식으로 공사를 하다가는 계약시한을 넘겨 큰 손해를 보거나 막판에 시한에 쫓겨 부실공사를 하기 쉽듯이 글쓰기도 철저한 시간계획을 가지고 진행해야 한다.

예컨대 시험답안을 작성할 때도 시간계획을 갖고 해야 한다. 먼저 시험시간의 10분의 1 정도를 개요작성에 할애해서 무슨 내용을 어떻게 정리할 것인가를 정해야 한다. 그런 다음에 답안의 서론, 본론, 결론에 각기 알맞은 시간을 할당한다. 이때 최종적인 검토나 시간상의 차질에 대비해 약간의 여유시간을 두는 것이 좋다. 시간계획을 가지고 답안을 작성해야만 아는 내용인데도 시간이 모자라 쓰지 못하거나 너무 조급하게 서둘러서 아는 내용을 충분히 전개하지도 못하고 일찌감치 답안작성이 끝나 버리는 사태를 예방할 수 있다.

사실 직장인은 말할 것도 없고 시간이 상대적으로 많은 대학생의 경우에도 리포트나 논문을 작성하는 데 활용할 시간은 그리 많지 않다. 강의시간이나 시험준비 기간, 동아리 활동, 교우관계 등등의 사이에 나는 길지 않은 시간을 활용해야 하므로 철저한 시간계획이 필요하다. 일반적으로 주제선택, 문헌이나 자료 찾기, 자료연구 등의 자료조사에 허용된 시간의 3분의 2를 사용하고, 초고 쓰기, 총점검, 퇴고 등의 논문작성에 나머지 3분의 1을 사용한다. 그리고 자료조사 기간의 약 80% 정도는 자료의 수집과 검토 및 연구에 할당해야 한다.

물론 글의 성격에 따라 시간할당은 얼마든지 달라질 수 있다. 요는 작업을 몇 개의 과정으로 나누어 시간배정을 하는 것이 효율적이라는 것이다. 실제로 논문을 작성할 때는 대략적인 예상목차나 개요를 몇 개의 부분으로 나누어 세부적인 시간배정을 해야 차질 없이 진행할 수 있다.

03 자료의 수집과 정리

여러분이 작성해야 할 글에는 시험답안부터 보고서 등의 리포트, 논문에 이르기까지 다양한 종류가 있지만 그 원리나 개요는 비슷하다고 할 수 있다. 자료를 수집하고 정리하는 작업 역시 비슷한 과정을 거친다. 따라서 여기에서도 가장 엄격한 글인 논문을 중심으로 정리해 보자. 리포트는 논문의 경우를 참조해서 간략히 정리하면 될 것이다.

시험답안을 작성하는 경우에는 시험준비 과정이 바로 자료의 수집 과정이다. 또 수집한 자료는 시험에 임하기 전에 이미 머릿속에 정리되어 있어야 한다. 물론 이때에도 자료는 체계화된 형태로 정리해야 한다. 단편적인 지식을 암기해 두는 것만으로는 별 도움이 되지 않는다. 시험준비 과정에서 세부적인 사항이나 단편적인 지식을 한 가지 큰 주제를 중심으로 정리해서 기억하는 방법이 유용하다. 미리 예상문제를 뽑아 답안을 작성해 보는 것도 좋은 방법이다.

1. 자료의 수집

① 자료의 중요성

논문에서 자료는 주장을 뒷받침해 주고 논의전개의 재료가 된다. 따라서 자료는 논문이라는 공사에서 벽돌이나 골재와 같은 것이다. 자료를 충분히 확보하고 또 그것을 잘 배합해 적재적소에 활용하는 것이 좋은 논문 쓰기의 기본이다. 물론 자료를 잘 활용한다고 해서 언제나 최상의 논문이 되는 것은 아니다. 하지만 최소한 부실공사가 되는 것은 막을 수 있다. 그런 점에서 자료가 얼마나 풍부한가, 또 실제로 그런 자료들을 확보할 수 있는가가 주제선정에서 기본적인 조건이 되었던 것이다.

② 기존 문헌에 대한 조사와 검토

연구주제가 선정된 뒤 제일 먼저 조사해야 할 것은 동일한 또는 유사한 문제를 다룬 이전의 연구성과이다. 즉, 쓰려는 글의 주제와 직접적으로든 간접적으로든 관련이 있는 문제를 다룬 이전의 연구성과를 조사하는 것이다. 기존의 연구문헌을 조사하는 과정에서는 그 내용의 면밀한 검토와 더불어 '기존 연구 목록'을 작성해야 한다. 이는 기존 연구의 내용을 파악하면서 중요한 자료를 선택하고 비판의 초점을 찾아내는 과정이라고 할 수 있다. 이 작업은 대체로 다음과 같은 기준을 가지고 하는 것이 좋다.

- 내가 다루려는 문제와 관련 있는 내용을 다루고 있는가?
- 어떤 문제를 제기해서 어떤 결론에 도달했는가?
- 결론은 언뜻 보기에도 타당한가?
- 결론은 충분한 자료에 의해 뒷받침되고 있는가?
- 자료는 신빙성이 있는가?
- 도달한 결론에 예외가 있는가?
  있다면 예외들이 납득할 만하게 해명되었는가?
- 필자는 어떠한 기본적인 전제에 입각해 있는가?
- 필자가 사용한 방법론에는 어떠한 문제점이나 결함이 있는가?
- 논의가 충분히 이루어지고 있으며, 논리적인 결함은 없는가?

이상과 같은 문제들을 면밀히 검토하면서 이전에 이루어진 성과에 대해 자신이 보탤 수 있는 것은 무엇인지 점검해 보지 않으면 안 된다. 주제선정이 끝난 이 시점에서는 결론이 어렴풋이나마 잡혀 있는 상태이므로, 자기의 결론과 같은 기존 연구가 있는지 먼저 확인하는 것은 당연하다. 이 확인작업을 하지 않으면 많은 경우 오랜 기간의 노력이 헛수고로 돌아가고 만다.

③ 참고할 문헌의 목록 작성

참고문헌 목록 작성은 앞의 기존 연구에 대한 조사에서 그 일부가 이미 시작된다. 참고문헌을 찾는 작업은 지도교수나 선배가 추천한 책이나 논문에서 출발할 수 있다. 그 문헌의 참고문헌란을 조사한 후 다시 그 참고문헌의 참고문헌을 조사하는 식으로 확장해 참고문헌 목록을 만들 수 있을 것이다.

참고문헌에 대한 추천을 받지 못한 경우에는 해당 분야의 참고문헌을 정리한 책을 조사해 자신의 주제와 관련된 문헌의 목록을 뽑아낼 수 있다. 대표적인 것으로는 국회도서관이 전자도서관을 통해 제공하는 '국회도서관 문헌정보'가 있다. 세분된 각 분야별로 단행본과 각종 잡지에 실린 논문에 이르기까지 거의 빠짐없이 잘 정리되어 있으므로 좋은 참고가 될 것이다. 또한 학위논문의 제목을 분야별로 정리한 '학위논문 총목록'도 있다. 국회도서관은 우리나라에서 가장 방대한 자료를 소장하고 있어 많은 도움을 받을 수 있다.

2. 자료 읽기

참고문헌 목록이 완성되면 문헌에 대한 연구에 들어가게 된다. 물론 참고문헌은 읽는 과정에서 계속 첨가되거나 삭제될 수 있다. 참고문헌을 읽을 때는 다음과 같은 점을 유념할 필요가 있다.

① 밑줄을 열심히 치라

밑줄은 책을 진정한 내 소유로 만든다. 책이 자기 것이고 골동품의 가치를 지니는 것이 아니라면 마음껏 밑줄을 치라. 밑줄은 자료 정리의 길잡이가 되고 다시 읽을 때 큰 도움을 준다. 그러나 너무 많은 밑줄은 좋지 않다. 밑줄이 너무 많으면 줄을 전혀 치지 않는 것과 다를 바 없다.

② 색이나 기호를 사용하라

자료를 정리할 때 용도에 따라 밑줄 색을 달리하거나 다른 기호를 사용해 표시하는 것도 좋다. 요약해야 할 부분, 인용해야 할 부분, 이해가 잘 안 되어 나중에 다시 돌아와서 읽어야 할 부분, 문제가 있거나 비판해야 할 부분 등을 구분하고 중요한 정도를 표시해 두면 나중에 자료를 정리할 때 무척 유용하다.

③ 의문점이나 아이디어를 기록해 두라

자료를 읽는 과정에서 의문점이나 착상이 떠오르면 반드시 그때그때 메모해 두어야 한다. 나중에 다시 읽을 때나 자료를 실제로 이용하고자 할 때는 생각나지 않을 수도 있기 때문이다. 이런 순간적인 착상들은 논문의 독창성을 높이는 데 한몫하는 경우가 많다. 자기 책이거나 복사물이면 여백을 활용하고, 빌린 책이면 별도의 카드나 노트, 컴퓨터 문서에 기록해 두자.

④ 복사한 자료는 그때그때 검토하라

복사는 알리바이가 될 수 없다. 자료를 복사해서 집에 갖다 둔다고 해서 자기 것이 되는 것은 아니라는 말이다. 시간에 쫓기지 않는다면, 이미 복사해 놓은 것을 읽고 평을 덧붙여 자기 것으로 만들기 전에는 새로운 자료를 복사하지 않는 것이 좋다. 물론 복사하기가 쉽지 않거나 그때그때 복사해 자료를 확보해 두는 것이 필요한 경우는 예외다.

⑤ 자료정리는 다 읽고 난 뒤에 하라

자료정리는 자료를 다 읽고 난 뒤에 하는 것이 좋다. 맥락을 잘 모르는 상태에서 무질서하게 정리하거나 결국에는 쓸모없는 것을 기록하는 등의 불필요한 수고를 덜 수 있기 때문이다.

자기 책이 아니라 밑줄을 긋거나 표시를 할 수 없는 경우에는 적어도 한 절(節) 단위로 다 읽고 난 다음에 독서카드나 컴퓨터에 정리하도록 한다.

3. 독서카드의 작성

자료정리의 첫 단계는 독서카드의 작성이다. 책이나 논문에 관한 참고문헌상의 정보, 책의 요약, 주요 부분을 인용, 판단이나 비판, 일련의 평을 적는 작업이다. 독서카드는 자기가 조사한 자료를 채록하는 곳일 뿐만 아니라, 순간순간 떠오르는 아이디어를 적어놓는 비망록의 역할도 하기 때문에 매우 중요하다.

자료의 채록은 되도록 카드나 파일노트에 하는 것이 좋다. 필요에 따라 편집할 수 있고 자료들이 뒤죽박죽으로 섞이는 것을 막을 수 있기 때문이다. 직접 펜으로 적을 수도 있고, 복사한 자료를 오려 붙여도 좋고, 컴퓨터로 작성한 내용을 출력해서 붙여도 좋다.

한편, 컴퓨터로 독서카드를 작성할 경우에는, 논문의 개요를 가능한 한 세부적이고 구체적으로 짠 다음에, 최소화된 각 소절(小節)을 하나의 독서카드처럼 상정하고 내용을 되는 대로 쭉 기록한다. 그런 다음 각 소절별로 활용하기 좋게 다시 편집해서 쓰면 된다. 이것은 필자가 즐겨 사용하는 방법이다.

① 독서카드에 들어갈 내용

우선 참고문헌의 서지 사항을 정확하게 기록한다. 제목과 저자 이름, 출판사와 출판연도 등의 서지(書誌) 사항을 적는다. 하지만 앞서 참고문헌 목록을 정확하게 작성해 두었다면, 카드에는 이 모든 사항을 일일이 기록할 필요 없이 자신이 알아볼 정도로만 기록하면 된다. 예컨대 '아무개(2010: 15-16)' 같은 식이다.

둘째, 책이나 논문 내용을 요약해 기록한다. 요약은 항목이나 사안별로 하는 것이 좋은데, 이 역시 자신이 알아볼 정도로 간략하게 하면 된다.

셋째, 인용할 필요가 있는 사항은 자세한 인용문을 기록해 둔다. 이때 인용문과 내용 재현을 혼동해서는 안 된다. 인용은 원저자의 말을 직접 가져오는 것이 논의를 전개하는 데 더 효과적이거나 내용에 대한 세부적인 논평을 할 때에만 하는 것이지 무턱대고 하는 것이 아니라는 말이다. 별도로 인용문만을 모은 인용카드를 만드는 것도 한 방법이다.

또 인용할 때 주의를 기울여야 할 사항은 1차 자료와 2차 자료의 구분이다. 1차 자료는 직접 조사해 얻은 결과이거나 저자의 원문에서 구한 것으로서 2차 자료보다 신뢰성이 더 크다. 예를 들면 저자의 원문을 인용하는 것은 1차 자료이고 저자가 다른 문헌에서 인용한 것을 재인용하는 것은 2차 자료이다. 특히 인문사회과학에서는 이 둘의 구분이 무척 필요한데, 가능하면 1차 자료를 구하는 것이 바람직하다. 2차 자료에 의존할 경우에는 잘못된 인용을 다시 인용할 위험이 다분하기 때문이다.

넷째, 자신의 의견이나 논평을 덧붙인다. 이것은 요약의 처음이나 끝에 붙이고, 요약과는 구별되게 적는 것이 좋다. 그리고 문체는 전보를 보낼 때처럼 간략한 것이 좋다.

다섯째, 활용 목적에 따라 카드를 구분하는 표시를 해둔다. 카드의 윗부분이나 밑부분에 자신이 쓰려는 글과 관련된 부분에 연결짓는 표시를 하거나 색을 칠한다. 이것은 나중에 논문작성을 위해 카드를 정리할 때 도움이 된다.

② 독서카드의 작성요령

카드 작성은 노트 기록과는 다르다. 카드는 이용하기에 편리하게 작성해야 한다. 무엇보다 중요한 점은 편집 가능하게 작성해야 한다는 점이다. 카드 작성과 관련해 일반적으로 알려진 사항을 정리해 보자.

첫째, 카드 한 장에 한 가지 내용만을 적는다. 카드에 두 가지 혹은 그 이상의 내용을 적으면 이용하기 불편하다. 특히 카드를 일정하게 순서 지은 다음에 카드의 내용에 따라 원고를 작성하는 경우 필요한 사항을 놓치기 쉽다.

둘째, 카드는 되도록 앞면만 사용한다. 뒷면은 눈에 잘 띄지 않는다. 만약 관련되는 내용이 긴 경우에는 여러 장의 카드를 사용하고 카드 윗부분에 일련번호를 붙인다. 고리로 낄 수 있는 카드의 경우에는 넘기면서 볼 수 있기 때문에 뒷면을 사용해도 무방하다. 그러나 이 경우에도 앞면에 '뒷면에 계속'이라는 표시를 해두는 것이 좋다.

셋째, 카드에는 필요한 사항을 정확하고도 완전하게 적어야 한다. 해독이 불가능할 정도로 갈겨써서는 안 되며, 일단 적은 다음에는 잘못 읽을 염려가 없는지 확인해 보아야 한다. 특히 구하기 어려운 책은 필요한 자료를 완벽하게 채록해야 한다. 필요한 책이 자기 주변에 늘 가까이 있을 때는 그 책의 쪽수만을 적어 두면 되겠다.

넷째, 인용문은 구별할 수 있게 기록해야 한다. 완전 인용을 하는 경우에는 반드시 따옴표를 써서, 요약한 내용이나 의역한 내용 또는 자기의 의견을 적어 놓은 것과 혼동되지 않도록 해야 한다. 명백히 자기의 의견일 경우에는 별도의 표시를 해두는 것이 좋다.

다섯째, 카드마다 나름대로 표제어를 붙인다. 카드의 분량이 많아질 경우에는, 나중에 분류를 하거나 논문을 작성할 때 이용하기 편리하도록 내용에 적절한 표제어를 달아 둔다.

여섯째, 외국어나 한문으로 된 자료는 원문을 정확히 기록해야 한다. 이 경우 자료를 채록할 때 원문을 정확하게 기입해야 하며, 내용이 얼른 보아 식별하기 어려울 때는 번역을 첨가해 내용을 정확히 파악할 수 있게 해야 한다. 그리고 이를 논문에 인용하거나 이용할 때에는 가능한 한 우리말로 제시하는 것이 독자의 편의를 위해 바람직하다. 원문이 필요한 경우에는 괄호 속에 원문을 첨부하거나 주(註)에서 원문을 제시하는 방법도 가능하다.

일곱째, 문헌의 서지사항은 정확히 기입해야 한다. 연구문헌이나 자료문헌은 어느 것이나 그 서지사항을 완벽히 확인해서 정확하게 기입해야 한다. 저자 이름이나 필자 이름(또는 기관 이름 등), 책이나 논문의 제목, 출판장소(흔히 도시 이름), 출판사, 출판연도, 논문의 경우에는 그것이 실린 잡지나 학술지의 이름과 그 논문이 실린 쪽수의 처음과 끝 등을 적어야 한다.

물론 참고문헌 목록에서 서지사항이 완벽하게 작성되어 있으면, 독서카드에는 저자나 필자의 이름과 발간연도만을 적어도 무방할 것이다. 발간연도는 같은 사람의 글이 여러 개 있을 수도 있으므로 그것을 구분하기 위해 필요하다. 같은 사람의 글이 같은 연도에 여러 개 있을 경우에는 2010a, 2010b, 2010c 또는 2010ㄱ, 2010ㄴ, 2010ㄷ 등으로 표기한다.

4. 자료의 분류와 정리

자료의 수집과 채록은 면밀한 연구계획에 따라 혹은 일정한 논리적 순서에 따라 체계적으로 진행하는 경우가 아니라면 대개 무작위로 이루어진다. 자료의 분류와 정리는, 이렇게 무작위로 수집한 자료를 일정한 범주나 내용 또는 부류나 성격에 따라 나누는 것을 말한다. 면밀한 연구계획이나 순서에 따라 수집한 자료라고 하더라도 그 양이 많아지고 그 분야에 대한 자신의 시야가 넓어짐에 따라 처음에 예상했던 것과는 다른 양상을 띨 때에는 수집한 자료를 다시 분류하지 않으면 안 된다.

이때 가장 먼저 수행해야 할 작업은 자료의 가치를 점검하고 결정하는 일이다. 수집한 자료라고 해서 다 연구에 필요한 것은 아니기 때문이다. 자료가 자기의 가설이나 예상과는 다른 결과를 나타내고 있다면 그것은 주제의 재조정이나 가설 재정립의 한 계기가 되기도 한다. 해당 논의를 전개하는 데 도움이 되지 않거나 전혀 관련이 없는 자료라면 나중의 활용을 위해서 따로 보관해 두어야 할 것이다. 또한 논문의 본문에서 다루는 것이 좋은지, 아니면 단순히 주에서 다룰 것인지도 생각해 두어야 한다. 자신의 논지를 입증하는 데 동원해야 할 자료인지, 반대되는 이론을 반박하는 데 이용할 자료인지도 판단해 두어야 한다. 자료의 가치를 점검하는 일은 자료의 정리와 병행할 수도 있다.

수집한 자료를 분류하고 정리하는 데 어떤 절대적인 기준이 있는 것은 아니다. 다만 연구의 주제나 연구자의 관심 또는 연구대상의 성격에 따라 대체로 다음과 같은 분류방식을 택할 수 있다.

① 시간적인 순서에 따른 정리

이것은 주로 내용이 시간상의 변화를 보이는 경우나 역사적인 문헌을 다룰 때 매우 효과적인 정리방법이다. 역사적인 사건인 경우,

우선 시간적인 순서에 따라 분류한 다음, 다른 방법으로 다시 세부적인 분류를 하는 것이 좋다. 시간적인 변화를 다루는 실험이나 관측 또는 의식구조의 변화 등을 다룰 때에도 이 방법이 필요하다.

② 공간적인 순서에 따른 정리

이것은 시간의 흐름은 일단 정지시키고 지역적인 차이에 따른 변화나 사회적인 위상에 따른 차이를 다루는 경우에 효과적인 분류 방식이다. 예를 들면 자료를 계층별로 분류한다든지 지역별로 분류하는 것이 바로 이 방식이다.

③ 현상별 분류

일정한 시대, 일정한 지역에 국한된 문제라고 하더라도 그 안에는 이질적인 내용의 현상들이 있을 수 있다. 이때에는 그 현상의 논리적인 순서에 따라 자료를 정리한다. 여기에서 논리적 순서란 간단한 현상에서부터 복잡한 현상으로, 잘 알려졌거나 쉬운 현상에서부터 잘 모르는 현상이나 어려운 현상으로, 구체적인 현상에서부터 일반적인 현상으로 등의 순서, 또는 이러한 방법의 역순을 말한다.

④ 문제별 분류

연구의 주제가 학계에서 제시하고 있는 어떤 문제를 해결하려는 것인 경우, 그 문제의 순서에 따라 자료를 분류하는 것을 말한다. 문제에 대한 논리적 순서는 앞서 말한 현상에 대한 논리적 순서와 유사하다.

⑤ 원인과 결과로 분류

인과관계에 따른 현상의 추적이나 논리의 수립 또는 실험결과의 제시 등을 목적으로 하는 연구의 경우, 이 방법이 흔히 쓰인다. 단순히 자료를 제시하는 경우에도 연구자의 추리에 따라 원인에 해당하는 자료를 앞에 세우고 결과에 해당하는 자료를 뒤에 세우는 것이 효과적이다.

⑥ 연역적 방식 또는 귀납적 방식으로 분류

연역적 방식에 따른 자료의 정리는 일반적인 사실 뒤에 그 결과로 생기는 특수한 사실들을 놓는 것을 말하며, 귀납적 방식에 따른 분류는 특수한 사실을 먼저 놓고 그 결과로 발생하는 일반적 사실을 뒤에 놓는 것을 가리킨다. 논지를 어떠한 방식으로 전개하는 것이 가장 효과적인가를 고려해 둘 중 하나를 선택하면 된다.

5. 카드의 종류

이상과 같은 자료정리 작업이 끝나면 우리는 다음과 같은 여러 종류의 카드를 갖게 될 것이다.

- 참고문헌 카드: 참고문헌의 서지사항을 기입한 카드로 서지카드라고도 한다.
- 독서카드: 자료의 내용을 요약하고 정리한 카드로, 항목별 또는 주제별로 정리할 수 있다.

- 인용카드: 인용할 필요가 있는 부분을 따로 기입한 카드이다. 물론 독서카드에 통합하는 것도 가능하지만 되도록 별도의 인용카드를 작성하는 것이 효과적이다.
- 작업카드: 여러 가지 생각과 연구계획을 어떻게 연결시킬 것인가, 문제를 어떻게 다룰 것인가 등과 관련된 아이디어를 적어 두고, 비판할 사항이나 보충해야 할 사항 등 그때그때 떠오르는 단상을 적어 두는 비망록과 같은 것이다.

이상의 카드에는 각각 연구계획과의 관계를 적어 두면 더욱 좋다.

04

구상과 계획: 개요의 작성과 확장

논문이나 리포트는 물론이고 시험답안을 작성할 때도 반드시 개요(outline)를 작성해야 한다. 문제를 받으면 먼저 시험시간의 10분의 1 정도를 할애해서 답안을 '서론, 본론, 결론'의 형식으로 몇 가지 세부 주제로 나누고 그 각각에 어떤 내용을 써넣을 것인가를 간단하게 답안지의 여백이나 뒷면에 메모한다. 그래야만 필요한 사항을 빠뜨리지 않고 다 적고 시험시간을 적절히 안배할 수 있다.

리포트나 논문의 경우에는 개요를 작성하는 데 좀 더 상세한 과정이 필요하다. 다음의 내용은 그 과정에 대한 설명이다. 개요의 작성이 왜 필요한지, 어떻게 작성하는 게 좋을지 등에 대해 자세히 알아보도록 하자. 단, 책을 읽고 요약하는 리포트의 경우에는 그 책의 편제에 따르면 된다.

1. 개요의 작성은 필수

자료정리가 끝나면, 논문 전체의 윤곽을 확정함과 동시에 세부적인 개요를 작성해야 한다. 글을 실제로 쓰기 전에 준비과정으로서 미리 만들어 놓는 글의 윤곽을 흔히 개요(槪要) 또는 아우트라인(outline)이라고 한다. 물론 이것은 자료수집 이전이나 자료정리 도중에도 일부 또는 전부를 작성할 수 있다.

여하튼 좋은 글을 쓰기 위해서는 반드시 개요를 작성해야 한다. 개요는 건물을 지을 때의 설계도와 같은 것으로서 좋은 글을 쓰기 위해서는 반드시 필요하다. 간단한 개요작성은 예상목차를 짜는 것과 크게 다르지 않다.

① 제목, 예상목차, 서문

연구 초기에 해야 할 일은 제목을 정하고 예상목차를 작성하고, 서문을 구상하는 것 등이다. 이런 작업들은 결국 넓은 의미의 '개요의 작성'이라고 할 수 있다. 말하자면 개요의 작성은 단순히 예상목차의 구성만을 이야기하는 것이 아니라 연구에 대한 확실하고도 세부적인 상(像)을 정립하는 것이다.

여행계획을 짜는 것처럼 연구계획을 작성하라. 일반적으로 연구계획은 잠정적인 목차의 형태를 지니게 된다. 이 목차가 각 장의 내용을 요약하는 형태를 띠면 더 좋다. 연구계획은 더 정확히 말하면, 제목과 목차와 서문을 말한다.

제목이 좋으면 이미 많은 것을 얻은 셈이 된다. 이때 제목이란 논문의 '비밀' 제목 또는 잠정 제목으로서, 나중에 보통 부제(副題)로 나오는 것이다. 대개 물음표를 붙인 이 비밀 제목은 연구계획의 주된 부분이 된다. 예를 들어 '대학생의 현실참여'에 관해 글을 쓴다고 할 때, 이 비밀 제목은 '대학생의 현실참여를 촉진하는 요인과 억제하는 요인은 무엇인가?'와 같은 것이 될 수 있다. 이 물음들을 얻은 다음에는 논문의 각 부분을 어떻게 구성할 것인가를 생각한다. 그리하여 예상목차가 작성된다.

제목과 예상목차 작성 다음 단계는 서문을 구상해야 한다. 서문은 목차를 설명하는 글에 다름 아니다. 이 임시 서문(서문은 논문이 완성되기 전에 여러 번 다시 쓰게 되므로 이 서문은 그야말로 임시이다)은 자신의 생각을 일정하게 계획의 중심선으로 향하게 한다. 따라서 임시 서문은 자신이 이미 분명한 생각을 가지고 있는지를 스스로 확인할 수 있다는 데 의의가 있다.

우리나라에서는 글쓰기 훈련을 받을 기회가 별반 없기 때문에 가능한 한 일찍 쓰는 시도를 해야 한다. 그러기 위해서 가장 좋은 것은 자기 자신의 연구 초안을 쓰는 것이다. 서문을 쓸 수 있다는 것은 어떻게 시작해야 하는지를 알고 있다는 것이다. 또 어떻게 시작해야 하는지를 알고 있으면 일 전체가 어디로 가야 하는지에 대해 적어도 희미하게나마 예상하고 있다는 것이다. 바로 이 예상을 바탕으로 해서 완성된 논문에 대한 논평을 쓰듯이 서문을 쓰면 된다.

② 글의 기본구성

개요를 짜려면 먼저 글의 기본구조를 염두에 두어야 한다. 종류에 따라 일정하지는 않지만 글은 대개 서론, 본론, 결론의 구조를 가진다. 서론과 결론은 상대적으로 짧고, 본론은 다시 몇 개의 부분으로 갈리면서 길어지는 것이 일반적이다.

서론은 글의 첫인상을 결정하므로 특히 신중을 기해야 한다. 여러 가지 제재 가운데 어느 것을 서론에서 활용할 것인가를 개요를 짤 때 숙고해야 한다.

본론은 대개 서론이나 결론에 비해 그 비중이 크게 마련이다. 따라서 본론에 배당될 제재는 먼저 같은 성질의 것을 한데 묶는 분류 작업부터 해야 한다. 그런 다음 분류된 제재들을 각각 본론의 한 부분으로 배열하는 절차를 밟으면 좋을 것이다.

결론은 새로운 제재를 필요로 하는 경우도 있으나 대개 그때까지의 이야기를 종합하며 마무리 짓는 방식으로 전개하기 마련인데, 개요를 짤 때 무엇으로 결론 부분을 구성할 것인가도 확실히 해두는 것이 좋다.

본론이 몇 개의 부분으로 구성되느냐에 따라 글의 구성이 이른바 3단 구성이나 4단 구성 또는 5단 구성 등으로 얼마든지 달라질 수 있다. 또 긴 글에서는 서론이나 결론 역시 다시 몇 개의 부분으로 나누어 구성할 수 있다. 그러나 글의 기본적인 틀은 이상에서 말한 서론, 본론, 결론의 형식이므로 개요도 이 틀에 맞추어 짜는 것이 일반적이다.

만일 개요가 다 짜여 예상목차가 확고히 확립되어 있다면 글의 작성은 첫 부분부터 시작하지 않아도 된다. 자료가 많이 갖추어진 부분이나 자신 있는 부분부터 먼저 시작해도 무방하다.

 2. 개요의 형식

개요는 층위적으로 짜야 한다. 아주 단순한 예를 하나 들어 '서울의 산과 하천'이라는 글을 쓴다고 해보자. 그런데 개요를 다음과 같은 식으로 구성한다면 그것은 사고를 체계화하는 데 아무런 도움도 되지 않고 글을 조직화하는 데 길잡이도 되지 못한다.

제목	서울의 산과 하천
개요	1. 서울의 산 2. 북한산 3. 도봉산 4. 남산 5. 관악산 6. 대모산 7. 서울의 하천 8. 한강 9. 청계천 10. 중랑천 11. 탄천 12. 안양천

이 글의 개요는 예컨대 다음과 같은 식으로 체계화되어야 한다.

제목	서울의 산과 하천
개요	1. 서론 2. 서울의 산 1) 한강 이북의 산 (1) 북한산 (2) 도봉산 (3) 남산 (4) 수락산 (5) 인왕산 2) 한강 이남의 산 (1) 관악산 (2) 삼성산 (3) 대모산 (4) 우면산 3. 서울의 하천 1) 한강 2) 한강 이북의 하천 (1) 청계천 (2) 중랑천 3) 한강 이남의 하천 (1) 탄천 (2) 사당천 (3) 안양천 4. 결론

앞에서 보면 1, 2, 3, 4가 같은 층위를 이루고 1), 2), 3)은 그것대로 (1), (2), (3), (4), (5)는 또 그것대로 같은 층위의 하위 부분을 이루고 있다. 이처럼 개요를 짤 때는 각 항목의 관계가 등위관계인지 주종관계인지를 가려서 층위를 바로 하여 짜는 일이 무엇보다도 중요하다.

층위를 두고 분류할 때 주의해야 할 일 중의 하나는 어느 층위에 한 항목밖에 없을 때는 그 층위는 설정하지 말아야 한다는 것이다. 즉, 1) 밑에 (1)이 하나밖에 없을 때는 (1)은 설정하지 않아야 한다. 대등한 짝인 2) 또는 2)와 3)이 있을 때 1)이 설 수 있고, 대등한 (2)나 (3)이 있을 때 (1)이 설 수 있는 것이다.

잘 구성된 개요의 예를 하나 들어 보기로 하자. 다음의 개요는 형식이 잘 갖추어진 것으로서 개요를 짤 때 모델로 삼아도 좋을 만하다. 완결된 개요에는 제목과 주제문이 있는 것이 원칙이다. 여기에 쓰인 기호는 앞의 개요와는 다른데, 층위간의 구분이 가능한 형식이면 어느 쪽이나 괜찮다.

제목	술의 장점과 단점
주제문	술은 장점과 단점을 함께 지니고 있으므로 잘 활용해야 한다.
개요	Ⅰ. 서론: 술과 인간 생활의 밀접한 관계 Ⅱ. 술의 장점 1. 정신적인 면 1) 괴로움의 망각 2) 상상력의 촉진 3) 기분전환 2. 생활적인 면 1) 교제의 촉진 2) 잔치나 모임의 흥취 고조

<table>
<tr><td>개요</td><td>3. 생리적인 면
1) 혈액 순환의 촉진
2) 긴장된 신경의 이완과 피로 회복

Ⅲ. 술의 단점

1. 정신적인 면
1) 현실도피의 도구화
2) 기억력의 감퇴

2. 생활적인 면
1) 시간과 돈 낭비
2) 주벽(酒癖)의 발생
3) 일의 능률 저하

3. 생리적인 면
1) 중독의 가능성
2) 다른 질병과의 연쇄작용

Ⅳ. 결론

1. 술에 대해 우리가 취해야 할 태도
2. 실천방안</td></tr>
</table>

 3. 개요의 성장

개요는 각 작업의 단계마다 작성해서 계속 수정하고 보완해 가는 것이 좋다.

먼저, 주제를 선정하고 그것을 몇 개의 부분으로 세분하는 단계에서 '개략적인 개요'를 작성한다. 여기서는 주제를 다루기 위해 어떤 제재들을 활용할 것인지, 그 제재들을 어떻게 논리적으로 배열할 것인지 정도를 정하는 단계이다. 앞의 '술의 장점과 단점'이라는 글을 예로 든다면, '서론/술의 장점/술의 단점/결론' 정도의 구성을 염두에 두는 것이다.

그런 다음, 자료를 수집하고 조사하는 단계에서 앞의 개략적인 개요를 좀 더 발전시킨다. 이것은 '잠정적인 개요'라고 하겠다.

자료수집을 끝내고 그 자료를 연구 · 검토하고 나면 주제를 어떻게 다루어야 할 것인지에 대한 확실한 견해가 생길 것이다. 이 단계에서 잠정적인 개요를 수정하고 보완해서 '최종 개요'를 작성하게 된다. 물론 개요는 어디까지나 글의 계획서일 뿐이므로 실제 글의 작성 과정에서 얼마든지 바뀔 수 있다.

 4. 화제개요와 문장개요

개요는 숫자나 부호 다음에 간단히 한두 단어로 제목만 붙이는 경우도 있지만 그것을 완전한 문장으로 작성하는 경우도 있다. 전자를 '화제개요'(topic outline), 후자를 '문장개요'(sentence outline)라고 한다. 이 중 더 일반적으로 쓰이는 것은 화제개요이다. 그러나 글의 방향을 더 명료히 지시해 준다는 점에서는 문장개요가 더 나을 것이다. 문장개요는 글을 쓰는 데 더욱 직접적인 바탕이 된다.

어떤 개요든 둘 가운데 한 가지 형식으로 일관해야 한다. 앞에서 예로 든 '서울의 산과 하천'과 '술의 장점과 단점'은 모두 화제개요이다. 문장개요의 예를 들어 보면 다음과 같다.

<table>
<tr><td>제목</td><td>만화의 장점과 단점</td></tr>
<tr><td>주제문</td><td>만화는 여러 가지 장점을 지니고 있지만 현재 교육적으로 역효과를 보이는 부분도 많기 때문에 이에 대한 개선책이 필요하다.</td></tr>
<tr><td>개요</td><td>Ⅰ. 만화는 아동에게 큰 영향을 미친다
1. 만화는 아동의 생활과 밀접한 연관을 지니고 있다
2. 만화에 대한 사회적 우려가 팽배하고 있다

Ⅱ. 만화는 몇 가지 장점을 지니고 있다
1. 만화의 표현면의 장점은 다음과 같다
1) 그림과 문자가 결합되어 있어 표현효과가 크다
2) 생략과 단순화를 통해 전달효과가 크다

2. 만화의 내용면의 장점은 다음과 같다
1) 동화 따위를 쉽게 축소해 소개할 수 있다
2) 상상력을 키우는 내용을 지니고 있다

Ⅲ. 만화는 다음과 같은 단점을 지니고 있다
1. 만화의 표현면의 단점은 다음과 같다
1) 만화의 표현은 대개 저속하고 선정적이기 쉽다
2) 만화에는 맞춤법에 위배되는 표현이 많다

2. 만화의 내용면의 단점은 다음과 같다
1) 비윤리적 내용을 거르지 않고 있다
2) 가치관의 혼란을 조장한다
3) 지나치게 흥미 본위로 되어 있다

Ⅳ. 결론: 만화를 교육적으로 활용하기 위한 개선책이 필요하다
1. 만화의 장점을 최대한 살리고 단점은 규제해야 한다
2. 만화의 교육적 활용을 위해 교육 관계자와 학부모의 관심이 요구된다
3. 만화를 교육적으로 활용하기 위한 방안이 강구되어야 한다</td></tr>
</table>

05

문단의 전개 요령

1. 문단의 의미

들여쓰기에 의해 나누어지는 글의 부분을 흔히 '문단'이라고 한다. 그러니까 문단은 어떤 통일된 이야기를 기준으로 토막 낸 글의 단위라고 할 수 있다. 글이 몇 개의 작은 이야기로 이루어졌을 때 그 작은 이야기 하나하나를 대표하는 것이 곧 문단인 것이다. 문단은 이처럼 글을 구성하는 중요한 단위이므로 글을 쓸 때는 반드시 문단 나누기에 유의해야 한다.

한편, 문단의 중심개념은 글의 주제와 구별해서 화제 또는 소주제라고 한다. 글의 주제가 그러하듯 화제도 완결된 문장으로 진술해야 하는데, 이 문장을 화제문(話題文) 또는 소주제문이라고 한다.

전형적인 문단은 화제문 하나를 중심으로 몇몇 문장이 모여서 성립한다. 다시 말하면 문단은 화제문 하나로만 성립하지 않고, 화제문과 그 화제문을 구체화하고 뒷받침하는 문장들로 구성되는 것이 기본이다.

문단을 나무라 하면 화제문은 줄기인 셈이다. 줄기와 더불어 가지가 있고 잎이 있어야 나무의 모습을 갖추듯이 화제문으로 대표되는 중심 관념을 확대하고 구체화하는 세부적인 이야기들이 덧붙어야 비로소 문단의 모습을 갖추게 된다.

2. 문단의 전개

한 문단을 화제문에서 더 세부적인 이야기로 확대해 가는 일을 문단의 전개 또는 발전이라고 한다. 문단이 줄기에 가지와 잎까지 갖추어야 한다는 말은 문단이 충분히 전개(발전)되어야 한다는 말이다. 문단을 만들 때는 화제문을 잘 만드는 일 못지않게 문단을 충분히 발전시켜 나가는 일에도 유의해야 한다. 문단의 전개에서 유의해야 할 사항은 다음과 같다.

① 문단전개의 유의사항

첫째, 문단은 반드시 한 가지 중심관념만을 포함해야 한다. 다른 말로 표현하면 문단은 화제문을 하나만 포함하고 있어야 한다. 만일 문단이 하나 이상의 중심관념을 포함하고 있다면 그것은 별도의 문단으로 나뉘어야 한다.

둘째, 문단은 통일성을 유지해야 한다. 이것은 비록 문단이 전체 글에서는 작은 한 부분에 불과할지라도 그 자체로 완전한 독립성을 지니고 있어야 한다는 말이다. 문단은 화제문을 중심으로 통일성을 지닌 이야기들로 꾸며져야 한다. 따라서 그 통일성을 깨는 이야기를 문단에 포함시키지 않아야 한다. 그리하여 문단은 한 가지의 중심관념을 중심으로 통일되고 독립된 글의 단위를 이루어야 한다.

셋째, 문단은 연결성을 지녀야 한다. 연결성이란 문단 속의 부분들이 논리적으로 연결되어야 한다는 것을 의미한다.

넷째, 문단은 적절하게 발전되어야 한다. 이는 문단이 말하려고 하는 내용을 충분히 말해야 한다는 것을 의미한다. 한두 문장으로만 이루어진 문단은 제대로 된 문단이라고 할 수 없다.

② 문단의 전개방식

문단의 전개방식은 다음과 같이 네 가지로 유형화할 수 있다.

일반적인 것의 구체화 _ 가장 널리 쓰이는 전개방식인데, 먼저 일반론적인 진술을 한 다음 그것을 풀어서 설명하거나 실례를 들거나 증거를 제시해 독자의 이해를 돕는 방식이다. 문단의 첫머리에 화제문이 놓이는 이른바 두괄식 문단 전개방식이 이 유형에 속한다. 다음 예문은 이 방식의 전형적인 예이다.

국가의 개입은 한국 언론의 성격과 발전과정을 규정하는 가장 중요한 변수라고 할 수 있다. 한국 언론이 공익기관이나 공론기구로 정착되지 않고 자본주의적 기업형태나 국공영의 매체로 전환된 것은 국가의 정책 특히 언론기업 육성정책에 힘입은 바 크다. 뿐만 아니라 언론이 '비판의 칼날'을 잃고 '제도언론'으로 정착하게 된 것도 국가의 통제와 특혜 부여라는 양면작전에 기인한 바 크다고 할 수 있다.

구체적인 것의 일반화 __ 이 전개방식은 일반적인 것을 구체화하는 것과는 정반대의 순서를 밟는 방식이다. 즉, 먼저 개별적인 사항을 진술하고 그것에서 귀납되는 일반적 진술로 마무리 짓는 방식이다. 이 방식을 따르면 화제문이 문단의 끝 부분에 놓이는 미괄식 문단이 된다. 예컨대 앞의 예문을 이 방식으로 서술하면 다음과 같다.

한국 언론은 공익기관이나 공론기구가 아니라 자본주의적 기업 또는 국공영 매체로 전환되었다. 여기에는 국가의 정책 특히 언론기업 육성정책이 중요한 한 요인으로 작용하였다. 또한 한국 언론은 '비판의 칼날'을 잃고 지배체제 내에 안주하는 '제도언론'으로 변모하였다. 국가는 언론을 제도언론으로 전환하기 위해 한편으로는 각종 특혜를 부여하면서 다른 한편으로는 강력한 통제를 실시하는 이른바 '당근과 채찍'의 수법을 동원하였다. 이와 같은 점에서 국가는 한국 언론이 자본주의적 기업으로 성장하면서 동시에 제도언론으로 변모하는 과정에 가장 큰 영향력을 행사한 변수라고 할 수 있다.

시간적 질서 _ 이 전개방식은 굳이 예문을 들지 않아도 이해되는 방식이다. 예컨대 신문의 제조 과정을 설명하려면 이 방식을 사용하면 된다.

공간적 질서 _ 이 방식 역시 굳이 예문을 들지 않아도 이해할 것이다. 예컨대 서울시의 공장 분포에 대해 기술하려 한다면 이 방식을 따르면 된다.

06

글쓰기의 규칙과 방법

1. 제목 붙이는 법

제목은 글의 얼굴이다. 따라서 제목을 붙일 때는 세심한 주의를 기울이지 않으면 안 된다. 제목에는 그 글이 다루고 있는 주제의 범위와 다루는 방법, 논의의 성격 등이 명확하게 드러나야 한다. 그렇다면 복합적이고 체계적인 글인 논문을 중심으로 제목 붙이는 방법에 관해 알아보자.

① 문제의 범위를 정확히 드러내는 제목

논문의 경우, 제목은 다루려고 하는 문제의 범위를 넘어서서는 안 되며 연구의 주제와 다소라도 성격을 달리하는 것이어서도 안 된다. 예컨대 〈블루 벨벳〉이라는 컬트영화 한 편을 다루면서 "컬트영화에 대한 연구"라는 제목을 붙이면 독자를 현혹하는 결과밖에 되지 않는다. 부제(副題)로 그 범위를 한정하는 방법도 있으나 리포트나 소논문의 경우에는 되도록 논문의 주제목에 논문의 범위가 명시되도록 하는 것이 바람직하다. 따라서 위의 예와 같은 경우는 "〈블루 벨벳〉에 나타난 데이비드 린치의 성향과 컬트영화의 특성에 대한 연구"와 같은 식으로 제목에서 그 범위를 한정해 주는 것이 좋다.

② 논의의 성격을 명확히 하는 제목

논문의 제목은 "~(에 대한) 연구", "~에 대한 고찰", "~소고", "~에 대하여", "~ 시론", "~에 대한 새로운 고찰" 등과 같은 방식으로 붙일 수 있다. 이때 작은 문제에 대해 단편적인 의견을 진술한 내용의 논문에 "~ 연구"와 같은 제목을 붙여서는 그 성격을 왜곡하게 된다. "~ 연구"라는 제목은 연구의 심도나 범위가 클 경우에 붙이는 것이 일반적이다.

③ 되도록 간결한 제목

논문 제목은 단어형, 어구형, 문장형으로 붙일 수 있다. 단어형은 문제의 범위를 정확하게 드러낼 수 없기 때문에 흔히 쓰이지는 않는다. 문장형도 극히 드문데, 제목이 갖추어야 할 간결성의 원리에 어긋나기 때문이다.

제목을 붙일 때에는 정확성의 원리와 간결성의 원리가 조화를 이루도록 배려하지 않으면 안 된다. 예를 들어 '한국 언론과 국가의 관계'를 주제로 택했다면 "한국 언론"이란 단어형 제목은 주제의 범위를 적절하게 지시해 주지 못한다. 또한 "국가는 언론에 가장 큰 영향을 미쳤다"와 같은 문장형의 제목은 학술논문의 제목으로는 적합하지 않다. 이 경우 제목은 "한국 언론에 대한 국가의 개입에 관한 연구"와 같은 식이 되어야 한다. 문장형의 제목은 주로 잡지의 기사나 에세이에서 많이 쓰인다.

④ 신선하고 예리한 맛을 풍기는 제목

위에서 말한 조건을 다 갖추고서도 진부한 제목이 있는가 하면 참신한 제목도 있다. 이왕이면 신선하고 예리한 맛을 풍기는 제목을 선택하는 것은 당연한 일이다. 다만 너무 멋을 부려서 문제의 성격을 불투명하게 만드는 것은 금물이다.

2. 글쓰기의 몇 가지 원칙

지금까지 우리는 기획과 주제선정, 자료 수집과 정리, 개요작성 등을 모두 살펴보고, 문단을 전개하는 요령까지 익혔다. 또 제목을 어떻게 붙이는 것이 좋을지에 대해서도 살펴보았다. 이제 할 일은 본격적으로 글을 쓰는 것이다.

글을 쓸 때, 특히 논문을 작성할 때 활용할 수 있는 원칙 또는 유의해야 할 점들이 몇 가지 있다. 여기에서는 그것에 대해 알아보도록 하자.

① 개념의 정의

글을 쓸 때 염두에 두어야 할 가장 일반적인 규칙은 글에서 중심 역할을 하는 전문개념은 모두 정의되어야 한다는 것이다. 예컨대 '한국의 대중문화'에 관해 연구한다면 '대중문화'에 대한 개념정의를 반드시 해야 한다.

대중문화에 대한 개념규정은 매우 다양하며 명확하지도 않다. 대중문화는 '대중사회에서 형성되는 문화'로 정의되기도 하고, '대중이 수용하는 문화'를 지칭하기도 하며, '대중매체에 의해 매개되는 문화(mass mediated culture)'를 가리키기도 한다. 또는 단순히 문화의 대중화 현상을 지칭하기도 한다. 따라서 쓰려는 글의 주제에 따라 대중문화에 대한 나름대로의 명확한 개념정의를 한 다음에 논의에 들어가야 한다.

이를테면 '대중문화란 자본주의체제 내에서 기업이나 대중매체에 의해 상품으로 대량생산되고 대중에 의해 대량소비됨으로써 생산주체의 이윤획득과 전체 사회의 이데올로기적 재생산에 기여하는 자본주의적 문화이다'와 같은 식이다.

또한 대중문화와 관련되는 문화현상은 매우 다양하다. 신문, 방송, 잡지, 영화, DVD, 연극, 만화, 가요, 서적 등이 다 대중문화와 관련된다. 따라서 자신의 대중문화 개념과 관련되는 현상들이 어디까지인지, 그리고 대중문화 중에서 어떤 현상들을 주로 다룰 것인지도 밝혀야 한다.

② 친절한 서술

글을 쓸 때 독자도 동일한 연구를 했다는 생각에서 출발해서는 안 된다. 독자가 우리의 논문을 통해 최초로 이 주제에 접했다고 가정하고 가능한 한 최대로 친절하게 써야 한다.

물론 독자가 지도교수나 심사위원과 같이 몇몇 전문가로 한정된 경우는 예외다. 이럴 때에는 그 학문 공동체의 기본 관습에 따르면 된다.

③ 적절한 문단 나누기

문단은 논의를 명확하게 해주고 글의 맥락을 짚는 데 도움을 준다. 따라서 적절한 문단 나누기는 글을 쓰는 데 반드시 필요한 것이다. 문단을 적절히 나누지 않고 장황하게 나열하면 글의 생동감이 사라진다.

④ 초고는 최대한 풍성하게

이것은 첫 번째 과정, 즉 초고를 쓰는 과정에만 적용되는 원칙이다. 초고를 쓸 때에는 일단 머릿속에 떠오르는 것은 모두 적는 것이 좋다. 추후에 원고정리 과정에서 뺄 것은 빼고 보충할 것은 보충해야 하는데, 초고가 풍성할수록 추후 작업이 용이해진다. 여하튼 초고는 머릿속에 떠오르는 것 중 어느 하나도 놓치지 않는다는 자세로 작성한다.

⑤ 글쓰기의 시작

예상목차가 확실히 설정되어 있다면 굳이 1장부터 시작할 필요는 없다. 자신 있는 것이나 준비가 많이 된 것, 또는 재미있는 것부터 시작해도 아무 문제가 없다. 재미있고 능률적인 글쓰기를 위해 쓰고 싶은 부분부터 시작해 보자. 이는 작업의 효율성을 높이는 방법이기도 하다.

⑥ 일반적인 사실의 서술

'1945년에 제2차 세계대전이 끝났다' 또는 '대중매체는 현대인이 정보를 얻는 가장 주된 통로이다'와 같은 일반적인 사실을 역사가나 언론학자의 글을 인용해서 설명할 필요는 없다. 말하자면 일반적으로 알려져 상식으로 되어 있는 것은 전거(典據, 문헌상의 근거)가 필요하지 않다는 것이다.

⑦ 인용은 1차 자료에서

의견이나 주장의 원천을 명확하게 밝히고, 2차적인 증거나 2차적인 자료를 제시하는 것은 삼가는 것이 좋다. 재인용된 내용은 가능하면 원래 문헌을 찾아서 직접 인용하는 것이 좋다. 그렇게 해야만 잘못 인용되었거나 편의대로 편집해서 인용한 것을 재인용할 위험을 피할 수 있기 때문이다.

3. 문장의 표현방법

논의의 내용이나 논리적 일관성 못지않게 그 내용을 드러내는 표현방법 또한 글의 질과 수준을 결정하는 데 큰 몫을 차지한다. 문장의 표현방법과 관련해서는 다음과 같은 원칙을 염두에 두면 좋을 것이다.

① 정확한 문장

문장표현은 문법적으로 정확해야 한다. 학술적 용어나 술어의 사용 역시 정확하고 적절해야 하며 논리적으로 정연한 문장이어야 한다. 문장이 이렇게도 읽힐 수 있고 저렇게도 읽힐 수 있게 써서는 절대로 안 된다. 누가 읽더라고 동일한 의미로 읽히도록 써야 한다.

② 간결한 문장

글의 핵심은 자기의 주장이나 생각을 정확하고 이해하기 쉽게 전달함으로써 독자를 설득하는 데 있다. 따라서 대개의 경우 문체는 간결할수록 좋다. 특히 논문의 경우에는 간결체와 건조체가 적합하다. 간결체는 되도록 적은 어구로 내용을 압축해서 표현하는 문체이기 때문에 문장이 짧고 간결해 독자에게 선명한 인상을 준다. 건조체는 미사여구를 자제하고 내용만을 충실하고 정확하게 전달하는 문체이다.

특히 논문은 웅변이 아니기 때문에 만연체나 강건체(剛健體)로 표현될 성질의 글이 아니며 수필이나 시 또는 소설이 아니기 때문에 우유체(優柔體)나 화려체도 적합하지 않다. 논문은 오직 내용을 충실하고 정확하고 효과적으로 전달할 수 있는 간결한 문체가 좋다. 또한 지나칠 정도로 비슷한 말의 반복이나 불필요한 부연이나 중첩은 피해야 한다.

③ 통일성 있는 문장

문장은 짧든 길든 중심문제 하나만을 다루도록 통일성을 지녀야 한다. 또한 각 문단도 한 가지 화제를 중심으로 통일성을 지녀야 한다.

문체 역시 마찬가지다. 논문 전체에 걸쳐 문체를 통일해야 한다. 자주 사용하는 낱말이나 문구의 표현방법도 동일해야 한다. 동일한 대상을 지칭하면서 어떤 때는 예컨대 '지역'이라고 하고 어떤 때는 '지방'이라고 하는 식은 곤란하다. 특히 인명이나 지명 등의 고유명사의 경우에는 반드시 표기를 통일해야 한다. 장(章)이나 절(節) 등에 쓰이는 기호는 물론이고, 문장 속에서 사실이나 현상을 열거할 때도 그 방법을 통일해야 한다.

④ 평이한 문장

문장의 정확성, 간결성, 통일성은 문장의 평이성을 위한 1차적 조건이다. 일반적인 말로도 쉽게 표현할 수 있는 문구나 내용을 지나치게 어려운 한자 표현이나 외래어를 동원해 쓰는 것은 좋지 않다. 아무리 내용이 좋은 논문이라고 하더라도 독자가 이해하기 어렵게 썼다면 그것은 잘 쓴 논문이라고 할 수 없다. 우리말로 된 글을 마치 외국어로 된 글처럼 읽게 만든다면, 그것은 필자가 내용을 잘 이해하지 못하고 있거나 알고 있어도 제대로 표현할 능력이 없다는 것을 드러낼 뿐이다.

⑤ 신중한 문장 표현

극단적이거나 단정적인 표현을 경계하고, 최상급 수식어를 쓰는 표현을 피해야 한다. 예컨대 자기가 지지하는 이론이나 입장에 대해 '가장 올바른', '절대적으로 옳은' 등의 수식어를 사용하거나, '이 주장은 터무니없다'든지 '이것이 옳다는 점은 명약관화하다' 등 단정적으로 표현하는 것은 학문적으로 바람직하지 못하다. 자기 주장을 분명히 드러내는 것은 좋지만, 항상 자기의 견해가 최상의 견해이라거나 가장 정당한 주장이라고 주장하는 것은 지나친 일이다.

특히나 인문사회과학에서는 절대적인 것은 없는 법이므로 극단적 표현이나 최상급 수식어를 피해야 한다. 마찬가지로 단정적 표현 또한 학문적인 태도가 아니다. 물론 명백한 근거나 증거를 제시할 경우에는 단정적 표현도 가능하다. 다만 별다른 근거를 제시하지 않은 채 단정적이고 극단적인 표현을 하는 것은 금물이라는 것이다.

⑥ 경어와 경칭, 3인칭의 사용

다른 사람의 글이나 다른 사람의 주장을 인용할 때 경칭을 쓸 필요는 없다. 그렇게 한다고 실례가 되는 것은 전혀 아니다. '아무개 씨', '아무개 교수', '아무개 님'과 같은 표현 대신 그냥 '아무개'라고 하면 된다. 또한 '그 분'이라고 할 필요도 없다. 그저 '그'라고 하면 된다. 인용되는 사람이 자신의 지도교수라 해도 마찬가지다.

 4. 표기방법

원고를 쓰는 과정에서 구두점이나 기호, 숫자를 비롯해 한자나 외국어의 표기방법에 유의해야 한다. 특히 학술적인 글은 모든 사항에 엄격해야 하며 일관성을 유지해야 한다. 일관성을 유지하지 못하면 그로 인해 독자들에게 혼란을 주기 쉽고, 때로는 문장을 잘못 이해하게도 만든다. 따라서 여기에서는 표기를 통일하는 데 특히 주의를 기울여야 할 몇 가지 사항들에 대해 알아보자.

① 용어

용어의 표기를 통일해야 한다는 것은 두말할 필요가 없다. 하지만 실제로 글을 쓰다 보면, 또 다른 사람의 글을 읽다 보면 용어의 표기가 통일되어 있지 않은 경우가 더러 있다.

먼저, 동일한 낱말의 표기방법을 통일해야 한다. 예컨대 한 낱말을 표기하는데 한글과 한자를 섞어서는 곤란하다. '한국言論', '表記방법'과 같은 식은 곤란하다는 것이다.

다음에, 인명이나 지명 또는 국명 등의 표기방법을 통일해야 한

다. 특히 외국 이름의 경우 여러 가지가 혼용되는 것을 자주 보게 되는데, 가능하면 한글맞춤법의 외래어표기법을 참조해 통일해서 표기해야 한다. 그리고 그 나라의 발음에 가깝게 표기해야 한다. 예컨대 유명한 사회학자인 Max Weber는 베버, 웨버, 웨어버 등으로 표기되는데, 그는 독일인이니까 막스 베버로 표기하는 것이 맞다. Kal Marx도 칼 맑스, 칼 마르크스, 카를 마르크스 등으로 표기되는데, 외래어표기법에 따르면 카를 마르크스로 표기해야 한다. 하지만 필자 생각에는 칼 맑스가 원래의 발음에 더 가까운 듯하다. 게다가 맑스라는 표기는 우리글의 풍부한 표기능력을 잘 나타내는 경우이다. 마르크스라는 표기는 표기능력이 부족한 일본글에서 マルクス라고 표기하는 것에 영향을 받은 것으로 보인다.

여하튼 표기는 한 가지로 통일하지 않으면 안 된다. 그리고 그 이름이 처음 나왔을 때 괄호 속에 원어를 표기해 두는 것도 잊지 말아야 할 것이다.

② 숫자

일반적으로 숫자는 만 단위로 잘라, 1,234,567의 경우 123만 4567로 표기한다. 하지만 숫자 역시 아라비아 숫자와 한자를 섞어 쓰면 혼동하기 쉽다.

통계적 수치나 수량을 나타내기 위한 숫자는 아라비아 숫자로 쓰는 것이 편리하다. '100%', '인구 1,000명당 200명'과 같은 경우가 그것이다.

또 종류를 나타내는 우리말에는 아리비아 숫자나 한자를 섞어

쓰지 않아야 할 때가 있다. 즉 '두 가지 물건'을 '2가지 물건'이나 '二가지 물건'과 같은 식으로 써서는 안 된다. 이는 발음을 해보면 금방 알 수 있는 문제다. '두 가지 물건'을 '이가지 물건'이라고 쓴 셈이 되는 것이다.

수식어나 관용어에 수사가 들어 있는 경우, 이것을 아라비아 숫자나 한글과 한자의 혼용으로 표기해서는 안 된다. 대략적인 숫자를 표기할 때는 다음과 같은 점에 유의해야 한다. '두셋'을 '2, 3'이나 '2~3'으로 표기해서는 안 되고, '대여섯'을 '5, 6'이나 '5~6'으로 표기해서도 안 되며, '2백만에서 3백만'을 '2, 3백만'이라고 표기해서도 안 된다.

단위가 높은 숫자를 나타낼 때는 짧게 표기하는 방법도 생각해야 한다. 예컨대, '1,500,000,000원'은 '15억 원'이라고 표기하는 것이 쓰는 사람 입장에서도 편리하고 독자 편에서도 알아보기 쉽다. 또 숫자를 중간에서 잘라 행을 바꾸거나 숫자의 단위명을 분리시켜 행을 가르는 일이 없도록 주의해야 한다.

③ 약자와 약어와 약칭

학술적인 글에서는 되도록 약자를 사용하지 않는 것이 좋다. 그러나 긴 용어가 자주 반복될 때는 약자를 사용하지 않을 수 없다. 그럴 경우에는 그 용어가 맨처음 나올 때 괄호 속에 약자를 표기하고 이후에는 그 약자를 사용한다는 것을 명시해야 한다. 예를 들어 '전국언론노동조합연맹'이란 용어가 자주 사용되는 경우, 다음과 같은 방식으로 쓰면 된다.

6월 항쟁의 성과에 힘입어 각 언론사에서 언론노동조합이 결성되고 또한 전국언론노동조합연맹(이하 언노련)이 결성되어 유화 국면에서 일정한 성과를 거두기도 했다. 특히 언노련은…….

외국 인명의 경우에는 처음 나올 때는 성과 이름을 함께 써주고 그 다음부터는 성만 표기하면 된다. 이때 그 이름의 원어를 괄호 속에 명기하고 되도록 그 연대도 표기하는 것이 좋다. 예를 들면 다음과 같다.

막스 베버(Max Weber, 1864~1920)는 〈프로테스탄트 윤리와 자본주의 정신〉이란 논문에서 종교적 관념이 현대 자본주의의 출현에 미친 영향을 강조했다. 베버는 주장하기를…….

한편, 한 저자의 여러 저작에 관해 논의하거나 여러 저작을 증거자료로 동원하는 경우에 약어는 매우 편리하다. 예컨대 칼 맑스(카를 마르크스)의 여러 저작에 관해 논의할 경우 다음과 같은 식으로 논문의 맨 앞에 표기해 두고 약어를 사용하는 것이 가능하다.

SW: Selected Works
MEW: Marx Engels Werke
DI: Deutsche Ideologie
DK: Das Kapital

④ 한자나 번역어, 외래어의 원어

한자의 경우에는 한글로만 표기할 경우 혼동하기 쉬운 것이 많다. 이때는 괄호 속에 한자를 표기해 주는 것이 좋다. 예를 들면 '정의(正義)에 대한 정의(定義)는 여러 가지일 수 있다', '자유와 민주가 자본주의의 기본이념이라는 견해에는 얼마든지 이론(異論)이 있을 수 있다', '이상(李箱)의 시(詩)에서 엿볼 수 있듯이' 등과 같은 경우에 한자를 괄호 속에 넣어 주는 것이 이해에 도움을 준다. 물론 괄호 속에 한자를 넣지 않고 직접 한자를 쓰는 것도 가능하다. 그러나 한자는 분명한 독해에 도움을 주는 선에서만 표기하는 것이 좋다.

번역어나 외래어의 경우도 되도록 괄호 속에 원어를 기입하는 것이 독자에 대한 예의다. 특히 번역어의 경우에는 원어를 표기해 두지 않으면 큰 혼란을 일으키기 쉽다. 물론 학계에서 공식화된 번역어의 경우는 원어를 꼭 표기할 필요는 없지만, 일반적인 경우 번역어에는 되도록 원어를 병기해 두는 것이 독자의 편의를 위해서나 오독(誤讀)을 피하기 위해서나 좋다. 예를 들면 '집적(concentration)과 집중(centralization)은……', '담론(discourse)의 질서는……', '탈현대주의(postmodernism)의 특징은……' 등과 같은 식이다.

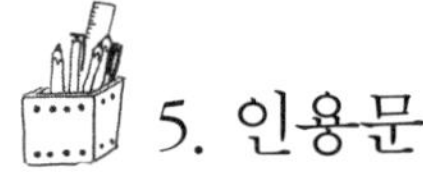 5. 인용문

설명이나 해석을 할 때 자신의 말이 아니라 자료 그 자체로써 말하는 편이 독자의 이해를 위해 훨씬 유용할 경우에 사용하는 것이

'인용'이다. 인용에는 두 가지 경우가 있다. 글을 인용하고 나서 그것을 논의하고 해석하는 경우와, 자신의 해석을 뒷받침하기 위해서 글을 인용하는 경우이다. 어느 쪽이든 인용을 할 때는 다음과 같은 원칙을 염두에 두어야 한다.

① 인용할 때 지켜야 할 원칙

분석하고 해석하는 부분의 인용 _ 이 경우는 인용되는 부분의 표현이나 내용 또는 개념 등을 분석하고 해석해야 하기 때문에 앞뒤 관계를 좀 더 상세히 알 수 있도록 자세히 인용하는 것이 좋다.

길이에 따른 인용 형식 _ 인용문이 두세 줄을 넘지 않으면 문단 속에서 따옴표로 처리할 수 있다. 긴 인용문은 본문에서 끌어내려 문단의 크기를 작게 해 돋보이게 한다. 예를 들면 다음과 같다.

• 짧은 인용문일 경우

국가는 언론인 강제해직과 언론통폐합을 사후 정당화하고 언론의 이탈을 방지하기 위해 언론기본법을 제정했다. "언론인 강제해직과 언론통폐합이 계엄이라는 비상상황에서 잠재적인 저항세력을 제거하는 정지작업이라면, 언론기본법은 계엄해제 후에도 저항의 가능성을 차단하기 위한 제도적인 안전판이었다." (한국사회언론연구회, 1989: 176)

• **긴 인용문일 경우**

이상에서 보면, 1960년대 언론기업의 형태는 주식회사 형태가 주종을 이루고 있음을 알 수 있다. 그러나 임근수는 이에 대해 다음과 같이 언급하고 있다.

주식회사라고는 하나 대개의 경우 명목에 불과한 것이며 실질적으로는 개인회사나 다름없는 것이다. 이러한 기업형태는 자본주와 경영자가 일치되어 미분화상태에 있으며 따라서 경영과 편집의 갈등도 심화되기 쉬운 것이다. 한국 언론의 큰 문제 중의 하나가 경영과 편집의 갈등인 바, 이것은 기업의 소유형태가 미분화된 단계에 있다는 데에서 발생하는 것으로 볼 수 있다는 점이다. 또한 명목상의 주식회사 형태는 자본의 미분화로 인하여 신문, 통신 기업 자본의 독립성 유지가 보장되기 어려운 약점이 될 수도 있다는 점도 지적할 수 있을 것이다. (임근수, 1969: 18～19)

원문에 충실한 인용문 _ 인용할 때에는 원문의 의도를 왜곡하는 일 없이 그대로 반영해야 한다. 만약 인용문 중 특정 부분을 강조하고 싶을 때는 반드시 그 강조를 자신이 했다는 것을 명시해야 한다. 또 말을 첨가했을 때도 마찬가지다. 다음 예문을 참조하라.

이승만 정권 아래에서 언론의 정론성(政論性)이 쉽사리 전면에 나설 수 있었던 까닭을 이상우는 다음과 같이 지적하고 있다.

첫째, 상업주의의 출발이 일천했기 때문, 둘째, 한국 신문의 정론성이 뿌리 깊은 전통을 형성하고 있었기 때문, 셋째, 권력이 이미 국민으로부터 유리되어 대중의 관심과 기호는 반정부에 있었기 때문이다. (특히 세 번째 이유를 감안하면) 이 무렵 신문의 강한 정론성은 그대로 독자에 영합할 수 있었고 이것은 또 다른 의미의 상업성과 일치되었다고 볼 수 있다(밑줄과 괄호 속은 필자). (이상우, 1968: 80)

외국 저자가 연구대상일 때 _ 원문이 외국어로 된 경우 번역한 글을 인용하는 것이 일반적이나, 외국 저자가 연구의 대상일 때는 원어를 괄호 속에 넣든 번역문을 괄호 속에 넣든 반드시 원어를 같이 써주는 것이 필요하다.

저자와 출처를 밝혀야 _ 인용문의 저자와 출처를 밝힐 때는 각주(脚註)의 형식을 취해도 좋고 내주(內註)의 형식을 취해도 좋다. 그러나 어떤 형식으로든 반드시 그 출처를 밝혀야 한다.

② 인용할 때 지녀야 할 입장과 태도

2차문헌의 인용 _ 일반적인 경우 2차문헌의 본문은 되도록 인용하지 않는다. 그러나 그 저자가 권위 있는 사람이거나 그 해석이 유력한 것일 때는 인용해도 좋다. 다시 말해, 원자료가 아닌 2차문헌의 본문은 그것이 권위가 있어서 우리의 견해를 뒷받침하거나 확인해줄 수 있을 때만 인용한다.

자명한 것의 증명 __ '1948년 8월 15일에 대한민국 정부가 수립되었다', '1950년 한국전쟁이 발발했다', '매스컴은 현대인이 정보를 얻는 가장 주된 통로이다'와 같이 일반적으로 알려진 사실은 역사가나 언론학자의 글을 인용해서 설명할 필요가 없다.

인용의 목적 __ 인용하는 사람은, 인용을 통해서 인용된 저자의 견해에 자신이 동의한다는 것을 알리는 셈이다. 물론 비판이나 분석을 위해 인용하는 경우는 예외다. 따라서 인용을 할 때는 신중해야 하고 인용의 목적을 항시 염두에 두어야 한다.

정확한 인용 __ 인용하는 행위는 재판에서 증거를 제시하는 것과 같다. 따라서 그 지시하는 바가 매우 정확해야 하고 누구나 그것을 관련 문헌에서 확인할 수 있도록 해야 한다.

재인용 __ 원칙적으로 다른 사람의 인용을 다시 인용하는 것은 하지 않는 것이 좋다. 특히 진지한 학술적 논문에서는 재인용을 해서는 안 된다. 더욱이 자신의 연구대상인 저자를 다른 저자의 인용을 통해 재인용하는 것은 절대로 해서는 안 된다. 재인용을 할 경우 잘못 인용되거나 편의대로 인용된 것을 그대로 인용할 위험이 있다. 더욱이 간접적 원자료에서 재인용하고는 마치 원본을 보고 인용한 것처럼 꾸미는 것 역시 절대로 해서는 안 될 일이다.

원본을 구할 수 없어 부득이 재인용할 수밖에 없는 경우에는 반드시 누구의 글에서 재인용했는지를 밝혀야 한다. 재인용하는 요령은 다음과 같다.

> 이에 대한 김○○의 주장은 다음과 같다. "이 사건의 발단과 전개와 결말을 볼 때 ……라고 볼 수밖에 없다." (김○○, 1994: 336. 이○○, 2004: 23에서 재인용)

6. 주석

우리는 누구나 글을 쓸 때 어떤 형태든 기존의 글을 참고하게 된다. 특히 학문적인 글을 쓸 때에는 기존의 연구업적에 의존하게 된다. 따라서 저자와 출처를 밝히고 인용을 한다. 기존의 연구를 논의나 주장의 근거로 삼지 않고 비판의 대상으로 삼는 경우에도 그 대상의 출처를 밝히지 않으면 안 된다. 이때 사용하는 것이 주석이다. 학문적인 글에서 주석(註釋)은 이처럼 필수적인 부분을 차지한다.

① 주석의 기능

주석의 여러 가지 기능은 다음과 같이 정리할 수 있다.

첫째, 주석은 자신이 행하고 있는 논술의 정당성을 뒷받침하거나 명시하기 위해 보충설명하거나 부연설명하는 데 사용된다.

둘째, 주석은 인용문의 출처를 밝히는 데 이용된다. 참고로 한 사실을 명시하기 위해 출처에 관한 완전한 정보, 즉 저자명, 저서명, 잡지명, 권수, 출판사, 출판연도, 면수 등이 들어간다.

셋째, 주석은 글에서 다루어진 견해에다 그것을 뒷받침하는 다른 참고문헌상의 언급을 덧붙이는 역할을 한다. 예컨대, 다음과 같이 '이 견해에 대해서는 다음을 참조하라'는 등의 정보를 줄 때 쓰인다.

각주 1) 이것과 관련해서는 김 아무개(2009: 102)와 이 아무개(2010: 53)도 참조하라.

넷째, 주석은 논문 자체와 다른 논문에 대한 참조를 지시하는 일을 한다. 또 다루고 있는 대상과 관련되는 내용이 그 글의 다른 부분이나 다른 문헌에 있음을 알려줌으로써 독자에게 편의를 제공하기도 한다.

다섯째, 주석은 본문에서 다루기 곤란한 문제를 처리하기 위해 사용된다. 본문에서 다룰 경우 논의의 흐름을 방해하거나 군더더기가 될 가능성이 큰 경우에 주석을 이용한다. 즉, 글 속에서 개진되는 주장과 관련해서 인용할 만한 중요성을 지니지만 직접 본문 속에 넣기는 곤란한 인용문을 처리할 때 주석을 이용하면 된다. 또 인용문을 원어로 제시해야 할 때 그 번역문을 주석에 실을 수도 있고, 본문 속에 번역문을 실었을 때 원문을 검토할 수 있도록 원문을 주석에 실을 수도 있다.

여섯째, 주석은 글에서 확인된 것을 확장하는 일을 한다. 중요하기는 하지만 글의 주제에 비춰볼 때는 주변적인 내용, 또는 현재의 주제와는 크게 관련이 없지만 논의를 확장해 또 하나의 주제로 삼을 만한 내용을 전개하는 데 주석을 이용할 수 있다.

일곱째, 주석은 글의 한계를 제시하는 일을 한다. 우리는 자신의 글에 대해 다른 사람이 이견(異見)을 가질 수 있다는 점을 잘 알고 있다. 따라서 현재의 자기 주장이 갖는 한계를 분명히 제시하는 것이 올바른 태도이다. 이 경우 주석을 이용하면 편리하다.

여덟째, 주석은 학문적인 빚을 갚는 역할을 한다. 우리가 어느 책에서 문장이나 아이디어를 빌려왔을 경우 그 책이 무엇인지를 밝히는 것은 빚을 갚는 일과 같다. 또 어떤 저자의 정보를 이용했을 때 그 저자의 이름을 밝히는 것도 빚을 갚는 일이라고 할 수 있다.

② 각주와 미주와 내주

주석에는 크게 각주(脚註)와 미주(尾註)가 있다. 해당 면 아랫부분에 주를 다는 것을 '각주'라고 하고, 글이나 장(章)의 맨 끝에 주를 다는 것을 '미주'라고 한다. 이 밖에 본문 속에서 괄호 안에 주를 처리하는 '내주(內註)'가 근래에 들어 많이 쓰인다. 그러나 내주는 참고문헌에 대한 간단한 정보만을 지시하는 데 쓰이기 때문에 한계가 있다.

필자의 생각으로는 독자의 편의를 위해 미주보다는 각주를 사용하고, 간단한 참고문헌상의 정보는 내주로 처리하는 것이 좋다고 본다. 또한 내주를 사용하면 주석에 필요한 각종 기호(ibid., op. cit., loc. cit. 등)를 번거롭게 사용할 필요도 줄어들 것이다. 예를 들면 다음과 같은 방식이다.

자본주의의 발전에 따라 전통적인 정당화 원천들(교회, 가족)이 쇠퇴하게 되고 의식산업 또는 문화산업이 그것들을 대체해 새로운 사회화 매체로 등장하게 되었다.[1] 이것은 한편으로는 개인이 지배하던 생활영역을 시장의 이해관계가 지배하게 된다는 것을 의미한다. "사회적 경험연관의 객관성과 그것에 대한 주관적 전유 사이의 통일성의 해체, 즉 주관적 요인의 필연적 자립화와 제도적 객관화 속에 이데올로기성의 근본적 조건이 놓여 있다. 이러한 자립화된 계기의 담지자 중에서 가장 중요한 것이 바로 대중매체이다." (Droge, 1974: 89)

1) 전통적인 사회과학은 가족이 일차적인 사회화를 담당하고 대중매체가 이차적인 사회화를 담당하는 것으로 간주했다. 그러나 대중매체는 출생시부터 존재하며 결코 이차적인 사회화 매체가 아니다.

위 예문의 맨 마지막 부분에 괄호 속에 표기된 부분, 즉 '(Droge, 1974: 89)'가 내주의 형식이고 선 아래의 작은 번호 '1)' 이하가 각주이다.

위의 예문에서는 본문과 관련되는 참고사항은 각주로 처리해 글을 읽어 나가면서 곧바로 참조할 수 있도록 했으며, 참고문헌에 관한 서지사항은 간단히 내주로 처리했다. 물론 글의 끝에는 참고문헌에 관한 완벽한 서지사항을 담고 있는 '참고문헌 목록'이 있어야 한다. 각주에 참고문헌에 관한 서지사항을 일일이 표기하는 것은 거추장스러울 뿐만 아니라 일종의 낭비라고 할 수 있다.

7. 참고문헌 목록

참고문헌 목록은 반드시 작성해야 한다. 특히 내주의 형식을 취하는 경우에는 반드시 참고문헌에 관한 정보가 완벽하게 제시되어야 한다. 여기에서는 필자가 앞에서 권유한 각주와 내주의 형식을 취했을 경우에 참고문헌 목록을 어떻게 작성해야 하는지에 관해 몇 가지 예를 드는 것으로 그치기로 하겠다. 참고문헌에 대한 정보는 다음과 같은 식으로 정리하는 것이 좋다.

① 한글 문헌의 경우

논문: 필자명(연도), "논문명", 발행처의 이름, 〈책이름〉, 몇 권 몇 호.

책: 저자명(연도), 〈책이름〉, 발행장소, 출판사명.

강현두(1987), "매스미디어문화와 청소년", 서울대 사회과학연구소, 〈사회과학과 정책연구〉, 제9권 제1호.

김삼웅(1989), 〈한국곡필사〉, 서울, 신학문사.

② 영미 문헌의 경우

영미 문헌의 필자나 저자명은 성을 먼저 표기하고 이름은 뒤에 약자로 표기하는 것이 보통이나.

논문: 필자명(연도), "논문명", 책의 편집자 이름, 책이름(이탤릭체), 출판사명, 발행장소.

책: 저자명(연도), 책이름(이탤릭체), 출판사명, 발행장소.

Altheide, D. L.(1976), *Creating Reality: How TV News Distorts Events*, Sage Publications, California.

Curran, J.(1979), "Capitalism and Control of the Press", in J. Curran et. al.(eds.), *Mass Communication and Society*, Sage Publications, California.

Curran, J. et. al. eds.(1977), *Mass Communication and Society*, Sage Publications, California.

③ 같은 저자의 여러 글을 참고한 경우

한 사람이 같은 해에 여러 개의 글을 쓴 경우에는 연도 뒤에 'a, b, c'나 'ㄱ, ㄴ, ㄷ' 등을 첨가하면 된다.

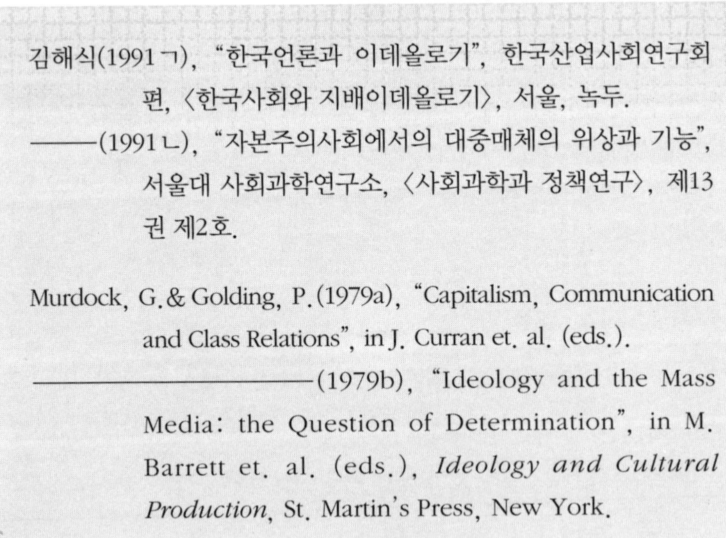

김해식(1991ㄱ), "한국언론과 이데올로기", 한국산업사회연구회 편, 〈한국사회와 지배이데올로기〉, 서울, 녹두.

——(1991ㄴ), "자본주의사회에서의 대중매체의 위상과 기능", 서울대 사회과학연구소, 〈사회과학과 정책연구〉, 제13권 제2호.

Murdock, G.& Golding, P.(1979a), "Capitalism, Communication and Class Relations", in J. Curran et. al. (eds.).

————————(1979b), "Ideology and the Mass Media: the Question of Determination", in M. Barrett et. al. (eds.), *Ideology and Cultural Production*, St. Martin's Press, New York.

8. 서론과 결론의 의미

지금까지는 주로 학술적인 글을 쓸 때 필요한 세부사항에 관해 이야기했다. 그러나 중요한 것은 실제로 글을 어떻게 써 나가는가 하는 것이다.

본격적으로 글을 쓰기 전에 서론을 미리 한번 써보는 것도 좋다. 그렇게 하면 주제에 대한 자신의 생각을 더욱 분명히 할 수 있고, 또 자료를 어떻게 모으고 논의를 어떻게 전개할 것인가에 관한 분명한 상(像)이 생기게 된다. 즉, 주제를 다루는 데 어떤 면이 부족한지, 어떤 측면을 어떤 범위에서 다루어야 하는지, 어떤 방향으로 논의를 전개해야 하는지에 대해 감을 잡게 된다.

본격적으로 원고를 쓰기 시작하면, 우선 앞서 써놓은 서론을 검토해 본다. 자료를 수집하고 검토하는 과정에서 그리고 개요를 작성하는 과정에서 생긴 주제를 다루는 방식의 변화나 전개방식의 변화 등을 반영해서 서론을 수정한다. 물론 이 서론은 나중에 초고가 완성된 다음에 전체적인 균형을 맞추어서 다시 수정하고 조정해야 한다. 서론에서는 이야기해 놓고 실제로는 다루지 않거나 서론에서 이야기하지 않은 것을 다루게 되는 경우도 얼마든지 가능하기 때문이다. 따라서 본론과 결론을 다 쓴 다음에 서론을 정리하는 것도 한 방법이 될 수 있다.

서론에는 다음과 같은 사항이 들어가는 것이 보통이다.

- 문제제기: "이러한 문제가 중요하다."
- 기존 연구에 대한 검토: "지금까지는 이 문제를 이러저러하게 다루었다."
- 연구의 방법과 분석틀: "나는 다음과 같은 방법과 시각으로 이 문제를 다루겠다."
- 논문의 구성: "글은 이렇게 짜겠다."

물론 간단한 글에서는 문제제기, 논문의 구성(글에서 다루게 될 내용의 소개)만으로도 충분할 것이다.

결론에는 논의의 요약, 연구의 결론, 논문의 한계, 앞으로의 과제, 제안이나 제언 등이 들어간다. 간단한 글에서는 논의의 요약과 연구의 결론만으로도 충분하다.

서론과 결론의 양은 본론의 양과 균형을 맞추는 것이 좋다. 필자의 생각으로는 간단한 리포트에서는 서론: 본론: 결론의 비율을 1: 3: 1 정도, 학기말 리포트나 졸업논문에서는 1: 5: 1 정도로 하는 것이 좋을 듯하다. 물론 이 비율은 절대적인 것이 아니라 하나의 예에 불과하다.

다만 명심할 것은 서론과 결론도 논문이라는 건축물에서는 빠져서는 안 될 중요한 구조물을 구성하고 있다는 사실이다. 많은 학생들이 서론과 결론을 형식적인 것으로 생각하고 크게 비중을 두지 않는 경향이 있는데 이것은 좋지 못한 습관이다. 글을 건축물에 비유하자면 서론: 본론: 결론의 균형을 적절하게 잡는 일종의 심미안이 필요한 것이다.

9. 글쓰기의 실제 과정

글의 내용을 구성해서 한 편의 완성된 원고로 만드는 것은 어렵고 지루한 과정이다. 어떻게 하면 원고를 빠른 시간 안에 효율적으로 쓸 수 있는가에 대한 조언은 매우 유용하고도 필요한 정보이겠지만 그 해답은 간단하지 않다. 여기에서는 필자가 즐겨 사용하는 방법을 소개함으로써 여러분에게 도움을 주고자 한다. 필자는 대개 다음과 같은 단계를 밟아 글을 쓴다.

① 1단계: 개요에 따라 자료 배치하기

이 단계에서는 작성된 개요의 각 항목 앞부분에 그 항목에 들어가야 할 사항을 생각나는 대로 적는다. 그런 다음에 수집, 정리된 자료를 그 밑에다 배치한다. 그렇게 하면 들어가야 할 사항 중에서 어떤 것에 관한 자료가 빠져 있는가를 알아낼 수 있다. 다음과 같은 방식이다.

1. 디지털화와 방송환경의 변화

1) 매체기술의 발달과 방송환경의 변화

- 매체기술의 발달 동인
- 매체기술과 매체동학의 선택적 친화성
- 기술적 가능성과 사회적(제도적) 가능성

- 변동의 동인(動因): 자본주의적 원리의 세계화, 반면 자국에서는 공영방송 강조. 자민족 중심주의의 관철, 문화의 세계화 · 동질화
- 세계적 수준에서는 상업화 · 상품화의 논리
- 정보보다는 오락을 중심으로 한 정보화 · 멀티미디어화
- 매체기술의 발달로 인한 세계화 · 무국경화가 관건
- 매체기술의 발달로 인한 다매체 · 다채널화(이윤추구의 기회 증대, 선택의 폭 증대)
- 매체기술의 발달로 인한 수용자 통제의 가능성 증대: 이윤 동기와 결합 가능할 때만 개화

• 디지털화(위성방송, 케이블TV, 지상파방송)

방송의 디지털화는 아날로그 시스템에서 디지털 시스템으로의 기술적 변화뿐만 아니라 방송의 개념과 존재방식은 물론 방송 서비스의 영역과 방송과 수용자의 관계, 그리고 방송산업의 구조 등에 일대 혁신을 가져오는 일종의 패러다임 전환의 성격을 갖는다.(강상현, 1997: 1)

• 아날로그 테크놀로지의 두 가지 주요 결함

(1) 매우 한정된 수의 채널을 공급할 수 있을 뿐이다.
(2) 수용자들이 방송서비스를 통제하거나 그것과 상호작용할 수 있는 가능성을 제약한다.(BBC, 1996: 11)

➡ 디지털 테크놀로지의 가능성

(1) 수용자들에게 전달할 수 있는 서비스의 수를 대폭 증대시킬 수 있다.
(2) 수용자들은 원하는 프로그램을 원하는 시간에 선택할 수 있는 통제권을 가지게 된다. 그리고 궁극적으로 수용자 스스로

가 자신의 시청 편의에 따라 프로그램을 편성할 수 있으며 (자기편성, self-scheduling), 프로그램 제공자들과 쌍방향적인 커뮤니케이션을 할 수 있게 되며, 심지어는 프로그램 내용을 스스로 창작할 수도 있게 된다.(BBC, 1996: 13)

• 매체의 디지털화
21세기는 디지털 혁명의 시대로 일컬어질 만큼 디지털 기술이 미디어의 발전에 획기적인 변화를 가져올 것으로 예상된다.
첫째, 미디어의 디지털화는…… 사업다각화를 도모할 수 있다.
둘째, 미디어의 디지털화…….
셋째, 미디어의 디지털화는…… 가능하게 한다. (김대호, 1996: 30-31)

② 2단계: 구멍 메우기

여기에서는 앞 단계에서 빠져 있는 부분에 관한 자료를 다시 찾아서 정리한다. 만약 그 부분에 관한 자료가 없거나 구할 수 없는 경우 글 전체에서 큰 무리가 없으면 그 부분은 제외하고, 반드시 들어가야 할 부분이라면 자신의 추론과 사고로 채우기로 결정한다.

이 단계에 이르면 글의 개요를 작성하는 정도가 아니라 각각의 소항목에서 어떤 내용을 어떤 방식으로, 어떤 순서로 다룰 것인지에 관한 것도 상세하게 정해지게 된다.

③ 3단계: 첨삭과 연결

먼저, 실제로 배치된 자료를 논리적으로 연결시킨다. 아직까지는 완전한 문장이 되지 않아도 좋고 또 원자료 그대로 배치해도 좋다. 이렇게 하면 자신이 수집, 정리한 자료를 온전히 글의 체제 속에 배치할 수 있게 될 것이다.

이 작업이 끝나면 자료의 활용방법을 결정한다. 인용으로 처리할 것인지, 내용을 자신의 표현으로 바꾸어 처리할 것인지, 각주 부분으로 넘길 것인지 등을 결정해 표시한다.

다음에는 앞에서부터 차례로 읽어 가면서 글을 만들어 나간다. 초고를 작성하는 것이다. 뼈뿐인 자료에다 자신의 생각과 견해로 살을 채우고 또 자신의 논리대로 피를 돌게 하면서 논문이라는 유기체를 만들어 나간다. 이 과정에서는 불필요한 자료는 제거하고 필요하지만 빠진 부분은 자신의 생각과 견해로 보충한다. 중요한 것은 자료는 어디까지나 뼈, 그것도 불완전한 뼈에 불과하다는 사실과, 논문을 논문답게 하기 위해서는 자신의 생각과 견해로 부족한 뼈를 보충하고 살을 붙이고 피를 돌게 해야 한다는 사실이다.

④ 4단계: 완성된 초고를 읽으며 퇴고하기

이때는 한 발짝 떨어져서 마치 남의 글을 읽듯이 가벼운 마음으로 또 객관적인 자세로 읽어 내려가는 것이 좋다. 여기에서는 문장이나 맞춤법에 관한 교열도 중요하지만, 자기의 생각과 자료가 잘 구분되어 서술되었는지 검토해야 한다. 또 논의의 전개가 너무 수집된 자료만을 따라가지는 않았는지, 자료의 경계를 넘어서서 독창적이고 자유로운 사유를 해냈는지를 검토해야 한다.

이상의 방식이 매우 간편하고 효율적인 방식이기는 하지만, 배치된 자료를 중심으로 글을 구성해 가기 때문에 자칫 논의가 자료의 한계 내에 머무를 위험이 있다. 말하자면 자료가 자신의 사유를 제한할 위험이 있다는 것이다.

따라서 앞서 이야기했듯이 자료를 배치하기 전에 들어가야 할 사항을 자료에 구애받지 않고 생각나는 대로 적어 보는 작업이 꼭 필요하다. 이 점에만 주의한다면 한 번 권장해볼 만한 방식이라고 생각한다.

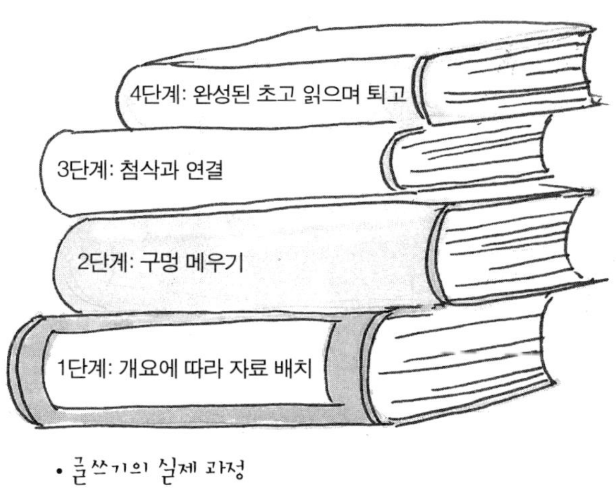

• 글쓰기의 실제 과정

4장

글다듬기

01 교정과 교열

02 문장의 퇴고

03 기본적인 문법과 맞춤법

01

교정과 교열

글이란 결국 상호적인 과정을 전제로 한다. 일기처럼 혼자 보기 위한 글을 제외하면 글은 다 독자라고 하는 상대방을 전제로 한다. 따라서 글은 일정한 약속 위에서 쓰지 않으면 안 된다. 말하자면 글에도 법이 있다는 것이다.

사회의 법이 지켜지지 않으면 사회질서가 혼란해지듯이 글의 법이 지켜지지 않으면 글을 통한 의사소통 자체가 혼란해진다. 따라서 글을 쓸 때는 한 문장 한 문장이 글의 법, 즉 문법에 맞아야 한다. 문법에 어긋나는 글을 쓰는 것은 일종의 탈법행위를 저지르는 것과 같다고도 할 수 있다.

문법은 문장을 이루는 가장 기본적인 규칙이다. 어떤 문장이든 문법이라는 장치를 통과해야만 제대로 된 문장이 될 수 있다. 이장에서는 정확하고 적절한 문장과 글을 쓰기 위해 필요한 사항들을 살펴보기로 하자.

초고(草稿)를 완성한 다음에 일차적으로 해야 할 일은 잘못된 부분이나 어색한 부분을 고치는 일이다. 무엇보다도 오자(誤字)나 탈자(脫字)를 찾아내어 바로잡아야 한다. 잘못된 글자가 있거나 빠진 글자가 있으면 우선 무성의하게 느껴지고 글에 대한 신뢰감도 떨어지기 마련이다. 최소한 오자와 탈자는 없도록 해야 할 것이다.

이렇게 초고를 검토하면서 바로잡고 다듬는 일로는 교정(校訂)과 교열(校閱)이 있다. 대개 인쇄나 출판의 직전 단계에서 원고를 검토하는 일을 가리키는 말로, 교정은 오자나 탈자, 맞춤법, 띄어쓰기 등의 세부적인 부분에 집중하는 일을 가리키는 반면, 교열은 그런 세부적인 부분과 함께 문맥이나 주어와 술어의 호응관계, 표현의 적절성 등 보다 넓은 관점에서 원고를 검토하는 일을 말한다.

교정과 교열은 일반적으로는 남의 원고를 다루는 일을 가리키지만, 자신의 원고를 교정하고 교열하는 일도 저자로서 해야 할 일이다. 스스로 하는 교정과 교열은 좀 뒤에 살펴볼 퇴고(推敲)와 유사한 작업이라고 할 수 있다.

문제는 자기가 쓴 글의 잘못이나 허점은 자기 눈에는 잘 보이지 않는다는 것이다. 비록 하수라 할지라도 옆에서 훈수 두는 사람이 바둑을 두는 고수보다 수를 더 잘 보는 경우와 같다. 정작 바둑을 두는 사람은 국면을 객관적으로 보기보다는 자기 생각이나 욕심에 따라서만 보기 쉽기 때문이다. 글도 마찬가지이다. 아주 간단한 오자인데도 자기 눈에는 안 보이는 경우가 많다.

그런 점에서 글을 잘 쓰는 친구나 선배한테 교정과 교열을 부탁할 것을 권하고 싶다. 친구끼리는 서로의 글을 바꿔서 교정과 교열을 해주는 것도 좋을 것이다. 글은 다듬으면 다듬을수록 좋다고 할 수 있다. 친구나 선배의 도움을 받아서 초고를 잘 다듬기를 바란다.

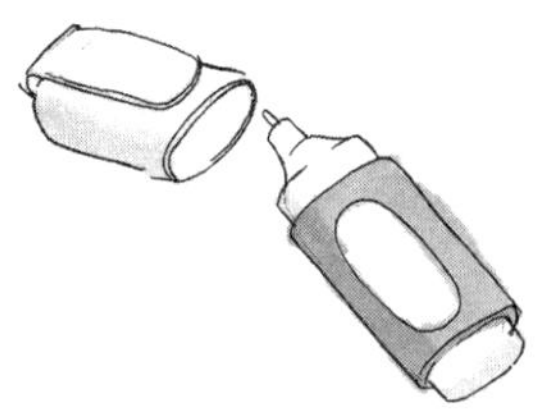

02
문장의 퇴고

① 퇴고의 유래

퇴고(推敲)란 글의 초고가 완성된 다음에 재차 읽어 가면서 고치는 일련의 작업을 말한다. 이것은 당나라의 시인 가도(賈島)가 말을 타고 가다가 '僧敲月下門'(승고월하문, 스님이 달빛 아래 문을 두드린다)이라는 시구를 얻어 '밀 퇴(推)'로 할까 '두드릴 고(敲)'로 할까 골똘히 궁리하다가 우연히 마주친 당대의 대문장가 한유(韓愈)의 권고로 고(敲)로 정했다는 고사에서 유래한 말이다.

좋은 글을 만들기 위해서는 단어 하나 문장 하나에도 세심한 주의를 기울여 숙고하면서 글을 다듬어야 한다는 것을 이 퇴고의 유래에서 느낄 수 있다.

② 퇴고의 필요성

퇴고는 작게는 오자(誤字)를 고치거나 빠뜨린 글자를 써넣는 일에서부터 더 알맞은 표현을 찾기 위해 고심하는 일까지 여러 단계가 있을 수 있다. 퇴고는 다시 읽고 고치는 것이 가능한 글의 특성 때문에 있을 수 있는 글 고유의 절차이다. 말은 입에서 떠나면 다시 거두어들일 수 없고 따라서 말에서 퇴고란 불가능하다. 그런 점에서 다시 읽어볼 수 있고 다시 가다듬을 수 있는 특권을 저버리고 퇴고를 성실히 하지 않는 것은 글 쓰는 사람의 올바른 자세라고 할 수 없다.

글의 마무리 단계에서 한 번이라도 더 읽고 한 번이라도 더 손질하겠다는 자세 이상으로 필요한 것도 없다. 퇴고는 글의 최종 마무리 작업이다. 마무리를 하지 않고 거친 상태로 글쓰기 작업을 끝내는 것은, 좀 지저분한 연상이기는 하지만, 화장실에서 볼일을 보고 난 다음에 그냥 나오는 것과 마찬가지로 찜찜한 일이다.

옛날부터 내려오는 명문장은 모두 여러 번 퇴고의 과정을 거친 것들이 많다. 중국 송(宋)나라 시대의 명문장가 소동파(蘇東坡)가 〈적벽부〉(赤壁賦)라는 유명한 글을 짓고 났을 때의 일이다. 한 친구가 찾아와 며칠 만에 글을 지었느냐고 물었다. 그러자 그는 지금 단번에 지었다고 말했다. 그래서 그 친구는 '과연 천재적인 문필가로구나' 하고 감탄했다. 그런데 소동파가 잠깐 밖을 나간 사이에 자리 밑 두두룩한 데를 들춰 보니 고치고 또 고친 초고가 한 삼태기나 쌓여 있었다고 한다. 이것은 소동파 같은 명문장가도 지난한 퇴고의 과정을 거쳐서 글을 썼음을 보여주는 이야기이다. 거짓말로

뽐내는 것은 배울 게 없지만 퇴고의 정신만은 배울 만할 것이다.

구양수(歐陽脩)라는 중국의 문호는 다듬어 쓰기를 자랑으로 여기고 누구보다도 애써서 그것을 실천했다고 한다. 그는 초고를 쓰고 나면 그것을 반드시 벽에 붙여 놓고 들어가고 나올 때마다 읽어 보고 고쳤다고 한다. 또 러시아의 작가 투르게네프는 어떤 작품이든지 쓰게 되면 곧장 발표를 하는 것이 아니라 책상 속에 넣어 두었다가 석 달에 한 번씩 꺼내 보고 고쳤다고 한다.

이러한 퇴고의 정신이야말로 그들을 위대한 문장가로 만드는 데 크게 기여했다고 할 수 있다. 하물며 우리 같은 범인(凡人)이야 퇴고에 더욱 정진해야 함은 두말할 필요도 없을 것이다.

③ 퇴고할 때의 유념 사항

퇴고는 작게는 단어 하나에서부터 크게는 글 전체의 흐름에 이르기까지 세심하게 해야 한다. 퇴고를 할 때는 큰 줄기부터 시작해 세부적인 사항의 검토로 나가는 것이 효율적이다. 퇴고할 때 유념해야 할 사항을 정리하면 다음과 같다.

첫째, 주제의 전개가 제대로 되어 있는지 확인한다.

- 주제가 올바르게 부각되어 있는가?
- 글의 구성이 주제와 긴밀한 관계를 유지하고 있는가?
- 세부적인 복자에 맞추어 주제의 전개방식이 논리적인 일관성을 지니고 있는가?

둘째, 글의 전개나 논의의 흐름에는 문제가 없는지 확인한다.

- 글이 명확하고 조리 있는가? 첨삭하거나 표현을 바꾸고, 중복된 부분을 단순화하며, 말의 순서를 바꿔야 할 부분은 없는가?
- 서술이 논리적 일관성을 유지하고 있는가?
- 논리의 비약이 없고, 문단과 문단 사이가 매끄럽게 연결되었는가? 특히 문단의 첫머리에 나오는 접속사가 알맞게 쓰였는가?
- 강조하고 싶었던 점과 상술하고 싶었던 점이 애초의 의도대로 잘 되어 있는가?
- 효과를 높이기 위해 더 나은 문체로 바꿀 곳이 없는가?

셋째, 세부적인 사항들을 확인한다.

- 문장들이 문법적으로 정확한가?
- 부적절한 단어가 쓰인 데는 없는가?
- 오자, 탈자, 틀린 맞춤법, 잘못된 구두점은 없는가?

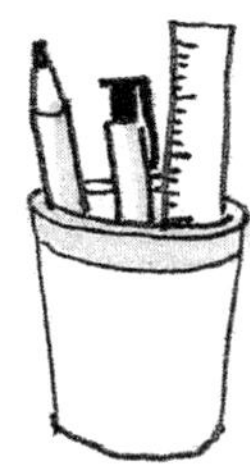

03

기본적인 문법과 맞춤법

교정과 교열, 나아가 퇴고를 하려면 기본적인 문법과 맞춤법을 알아야 한다. 이번에는 우리나라 사람들의 글에서 흔히 찾아볼 수 있는 비문법적인 문장이나 문법적으로 결함이 있는 문장, 맞춤법에 맞지 않는 표현들은 유형별로 살펴봄으로써 문법에 관한 기초지식을 갖추어 보자.

1. 부정확한 문장의 유형들

① 주어를 빠뜨린 문장

다음 예문에서 보듯이 우리말은 서양말에 비해 주어가 자주 생략되는 언어다. 이것은 우리말의 특성이기도 하다.

- 사랑해요.
- 어디 갔었니?
- 묵은해를 보내고 새해를 맞는 것을 송구영신이라고 한다.

위의 예문에는 각각 '나는', '너는', '우리는'이 생략되어 있다. 이처럼 우리말은 주어가 생략되어도 문법적으로도 문제가 없고 의사소통에도 전혀 지장이 없는 경우가 많다.

그러나 그렇다고 해서 아무 때나 주어를 생략할 수 있는 것은 아니다. 필요한 주어를 빠뜨리면 문법적으로 어색한 문장이 되거나 뜻이 제대로 전달되지 않는 경우가 많다. 다음 예문에서 그것을 느껴 보고, 밑줄 친 부분에 생략된 주어를 화살표 뒤에 적절히 넣어 두었으니 참고하기 바란다.

- 아무것도 모른 채 시위 대열에 마구 휩싸여 다녔다. 그렇지만 돌아보건대 나의 세계관을 형성하는 데 많은 영향을 미쳤다.

➡ ……돌아보건대 그 경험은 나의 세계관을…….

- 생활비가 없어서 친구 하숙집에 돈을 꾸러 가곤 했는데 마음씨 좋은 충청도 아주머니였다.

➡ ……가곤 했는데 그 집 주인은 마음씨 좋은…….

- 이러한 성취동기는 국가경제의 성장을 위해서뿐만 아니라 개인의 진취적 삶을 위해서도 반드시 필요하다. 그러므로 개인생활의 밑바탕에

서 작용하여 그 근본을 좌우하는 생활 철학의 기본문제라고 할 수 있다. 아닌 게 아니라 개인의 성취를 현실화하는 토대로서도 필수적인 존재인 것이다.

➡ …… 그러므로 성취동기는 개인생활의…… 아닌 게 아니라 성취동기는 개인의 성취를…….

② 앞뒤 호응이 깨어진 문장

주어와 서술어는 한쪽에서 부르면 다른 한쪽에서 대답하는 문장 구성의 두 주역이다. 따라서 주어와 서술어가 제대로 호응하고 있지 않으면 그 문장은 온전한 문장이 될 수 없다. 다음 예문들을 보라. 이번 역시 밑줄 친 부분을 화살표 뒤에 적절히 고쳐 두었다.

- 아뢰올 말씀은 다름이 아니라 김모 씨의 장남 김 아무개 군과 이모 여사의 장녀 박 아무개 양이 여러 친지를 모시고 화촉을 밝히게 되었음을 아뢰는 바입니다.

➡ '아뢰올 말씀은 다름이 아니라'를 생략하거나, '……화촉을 밝히게 되었다는 사실입니다'로 고쳐야 한다.

- 한 가지 더 첨가하고자 하는 것은 공영방송이 시청률 제고에만 급급하다는 것을 보아서도 잘 알 수가 있다. ➡ ……점이다.
- 풍부한 지식은 어떠한 물질적 재산보다 더 큰 도움이 될 것이다. 이 점을 생각하지 않더라도 지식이 충만하다는 그 생각만으로도 마음의 풍족함과 앞으로 일을 자신 있게 해나갈 수 있는 용기를 북돋워 주는 일일 것이다.

➜ ……생각하지 않더라도 우리는 지식이 충만하다는 ……용기를 북돋울 수 있을 것이다.

한편, 국어에는 호응관계를 주의해야 할 단어들이 많다. 다음 예문에서 밑줄 친 부분은 서로 호응관계에 있다.

- 왜냐하면 인간은 사회적 환경의 영향을 받기 때문이다.
- 그렇다고 해서 인간이 오로지 환경의 영향만을 받는 것은 아니다.
- 사회학자라면 모름지기 개인적 요인뿐만 아니라 사회적 요인까지도 분석해야 한다.

이처럼 흔히 쓰이는 호응관계가 지켜지지 않는 예는 많다. 실제로 '왜냐하면'으로 시작된 문장이 '때문이다'로 끝나지 않는 경우가 많다. 두 단어 사이에 서술되는 부분이 긴 경우에 더욱 그러하다. 문장이 다소 길 때는 앞뒤가 잘 호응하고 있는지를 반드시 점검하는 자세가 필요하다.

③ 조사를 잘못 쓴 문장

특수조사 은/는 _ 우리말에는 여러 종류의 조사가 있는데 그 중 가장 용법을 혼동하기 쉬운 조사는 특수조사인 '은/는'이다. 특히 주격조사 '이/가'가 쓰일 수 있는 자리에 '은/는'이 쓰였을 때 주격조사와 어떻게 다른 의미를 가지는지 분명치 않다. 예컨대 다음 문장을 영어로 번역하면 똑같은 문장이 되지만 우리말에서는 다소 차이가 있다.

- 나는 진정한 민주주의자다.
- 내가 진정한 민주주의자다.

'은/는'의 이러한 미묘한 용법 때문에 이 조사를 잘못 쓰는 일이 종종 있다. 다음 예문을 살펴보자. 여기에서도 밑줄 친 부분의 적절한 형태를 화살표 뒤에 제시해 두었다.

- 1960년대 이래 한국은 끊임없는 경제성장을 거듭해온 것은 우리가 인정해야 하는 사실이다. ➡ 한국이
- 실상 우리는 언론에 대한 특별한 관심을 쏟는 것은 언론이 갖는 이러한 기능 때문이다. ➡ 우리가
- 개성은 문화를 흡수하여 자기의 숨은 능력들을 개발하고 발달시키는 데서 교양은 형성된다. ➡ 개성이

비록 그 용법이 미묘해 손에 쉽게 잡히지는 않지만 '은/는'은 분명히 '이/가'와 구별되는 독자적인 용법을 가지고 있다. 위의 예문에서 보면 대개 포괄문(• 한국이 끊임없는 경제성장을 거듭해온 것, • 우리가 언론에 대한 특별한 관심을 쏟는 것, • 개성이 문화를 흡수해서 자기의 숨은 능력들을 개발하고 발달시키는 데) 안에서 주어는 '은/는'이 부적합하다.

또 '누가 왔니?'라는 물음에 대해 '형은 왔어요'라는 대답도 부

적절하다. '옛날 옛날 마음씨 착한 총각은 있었습니다'처럼 이야기 첫머리에서 '은/는'이 쓰여도 어색하다.

평가수준을 보이는 조사 _ 국어에서 조사의 적절한 사용은 매우 중요하다. 따라서 조사의 뉘앙스(nuance)를 익혀 두는 것이 필요하다. 다음 예문에서 보듯이 조사 한 자의 차이가 전체 글의 뜻이나 어감을 좌우하기도 한다.

- 글씨만 잘 썼다.
- 글씨는 잘 썼다.
- 글씨를 잘 썼다.
- 글씨도 잘 썼다.

'글씨만 잘 썼다'는 것은 글씨 이외의 다른 것은 형편없다는 뜻을 품고 있다. '글씨는 잘 썼다'는 말은 아직 단정할 수는 없지만 다른 것에는 별 재주가 없고 글씨는 잘 썼다는 뜻이다. '글씨를 잘 썼다'는 것은 다른 재주와 상관없이 글씨 자체는 잘 썼다는 뜻이다. '글씨도 잘 썼다'는 것은 다른 재주도 좋고 더불어 글씨도 잘 썼다는 뜻이다. 이렇게 볼 때 '만 → 는 → 를 → 도'의 순으로 갈수록 평가의 수준이 높아짐을 알 수 있다.

명사를 가려 써야 하는 에게/에 _ 이외에 '에게'도 잘못 쓰이는 일이 종종 있다. 조사 '에게'는 '에'와 달리 유정명사(有情名詞)에만 쓰인다. 무정명사(無情名詞) 다음에는 '에'가 와야 한다. 유정명사란 인간이나 동물을 가리키고 무정명사란 인간 이외의 조직이나 기관, 감정을 나타내지 못하는 식물이나 무생물 따위를 가리킨다. 다음 예문을 보면 그 차이를 보다 분명하게 알 것이다.

- 선수들에게 작전을 지시했다. (○)
- 장관에게 요구한다. (○)
- 개에게 먹이를 주었다. (○)
- 하급부대에게 작전을 지시했다. (×)
- 당국에게 요구한다. (×)
- 미국에게 항의했다. (×)
- 정부에게 건의했다. (×)

소유격 조사 '의' _ 소유격 조사인 '의'의 남용에 대해서도 짚고 넘어가자. 우리말에서 '의'는 원래 소유격으로만 쓰인다. 그런데 근래에 와서 쓰이지 않아도 될 곳까지 쓰이는 경우가 늘고 있다. '의'는 문장을 간략하게 만드는 장점이 있지만, 반면 문장을 어색하게 만들기도 한다. 다음 예문들은 '의'를 잘못 사용한 예들이다.

- 나의 사랑하는 조국 ➡ 내가 사랑하는 조국 / 사랑하는 나의 조국
- 농민의 주인 된 삶을 위한 모임 ➡ 농민이 주인 되는 삶을 위한 모임
- 영식이의 여름방학 숙제로 제출한 그림
  ➡ 영식이가 여름방학 숙제로 제출한 그림

기타 주의해야 할 조사 _ 이 밖에도 '와(과)의', '에의', '(으)로의', '에서의' 등 일본어식 조사가 많이 쓰이고 있다. 때때로 학술적인 글에서는 이런 일본어식 조사가 불가피한 경우도 있다. 말이 지나치게 늘어져서 전달하고자 하는 의미가 잘 들어오지 않을 때 말의 경제성을 따져 사용하는 경우, 말의 수식관계를 분명히 하기 위해 사용하는 경우가 그것이다. 그러나 일반적으로 이러한 조사들은 사용하지 않는 것이 좋다. 특히 다음 예문에서처럼 사용하는 것은 반드시 피해야 할 것이다.

- 노조대표와 사장과의 협상 결과 ➡ 사장의
- 인간과 역사 발전에의 신뢰 ➡ 발전에 대한
- 부장은 그에게 지방으로의 전출을 강요했다.
  ➡ 지방으로 전출할 것을/지방으로 전출하라고
- 통일방안 논의과정에서의 민족 구성원 전체의 참여 보장 ➡ 과정에서

④ 동질성이 파괴된 문장

두 개나 그 이상의 짧은 문장을 묶어 접속문을 만들 때 비문법적인 문장이 되지 않도록 조심해야 한다. 접속문에서 나타나는 비문법적인 문장은 대개 두 가지 유형으로 나눌 수 있다. 하나는 접속문을 구성하는 두 문장이 동질적으로 접속되지 않음으로써 나타나는 유형이다. 다른 한 경우는 '⑤ 부당하게 생략된 접속문'에서 보기로 하고, 여기에서는 동질성이 파괴됨으로써 어색해진 예문을 보기로 하자.

- 장학금을 타기 위해서라기보다는 자칫하면 망각하기 쉬운 대학생의 직분, 즉 열심히 학문의 진리를 탐구해야겠다.

➜ '대학생의 직분'과 대등한 자격을 가지는 명사구가 뒤에 와야 하는데 그것이 없어서 이상한 문장이 되었다. 또 '위해서라기보다'에 비교되는 말이 뒤에 와야 하는데 그것도 없다. 이 문장은 예컨대 이렇게 고칠 수 있다. '……대학생의 직분, 즉 진리의 탐구에 매진하기 위해 더욱 열심히 공부해야 하겠다.'

- 자연보호법안은 산에 쓰레기를 버리거나 취사 행위와 고성방가 행위를 엄중히 처벌하는 내용을 담고 있다.

➜ '산에 쓰레기를 버리거나'와 같은 자격을 가진 말이 뒤에 와야 하는데 거기에 해당하는 말이 없다. 이 문장은 이렇게 고칠 수 있다. '……산에 쓰레기를 버리거나 취사를 하거나 고성방가를 하는 행위를…….' / '……산에서 쓰레기 투척 행위나 취사 행위나 고성방가 행위 등을 하는 것을…….'

한편 두 문장을 대등하게 접속시키는 어미인 '-고'와 '-며'를 내용상으로 대등하지 않은 두 문장 사이에 씀으로써 조응이 깨어지는 문장도 있다.

- 대학은 현대 교육제도의 최고학부이며 OO대학교의 교육목표는 OO대학교 학칙 중 총칙 제1조에 다음과 같이 명시되어 있습니다.

➜ …… 최고 학부이다. OO대학교의…… .

- 동아리 활동은 공부에는 큰 도움이 되지 않았고 동아리 활동을 열심

히 못한 점이 후회된다.

→ …… 않았다. 그러나 동아리 활동을……. / ……않았지만 동아리 활동을…….

⑤ 부당하게 생략된 접속문

접속문을 비문법적 문장으로 만드는 두 유형 가운데 나머지 한 유형은 접속되는 두 문장 중의 일부를 잘못 생략함으로써 생기는 것이다. 접속문을 만들면서 공통되는 요소가 아닌 것조차 생략하는 실수를 범하는 경우이다.

- 인간은 자연을 지배하기도 하고 복종하기도 한다.

→ …… 자연에 복종하기도 한다.

- 비판이론은 종전의 보수적인 이론을 비판한 것이라 하여 크게 주목받았을 뿐만 아니라 반대도 컸다.

→ ……그것에 대한 반대도 컸다.

- 언론은 사회 각 방면에서 일어나는 사건의 신속한 보도와 공정한 해설을 개진해야 한다.

→ ……사건을 신속하게 보도하고…….

⑥ 피동문의 과용

요즘 우리말에서는 일본어나 영어의 영향으로 피동문이 많이 쓰인다. 피동문은 상황을 객관적으로 표현하는 데 유용하기는 하지만 일반적으로는 글의 생동감을 죽이는 경우가 많다. 심지어 억지 피동문이나 이중 피동문을 만들어 쓰는 경우도 많은데, 이것은 우리말을 망치는 것으로서 반드시 고쳐야 할 일이다.

〈불필요한 피동문〉

- 열차가 곧 도착됩니다. ➡ 도착합니다.
- 고도로 발달된 인류의 문명 ➡ 발달한

〈억지 피동문〉

- 이 공장은 그동안 우수한 제품이 많이 만들어지고 수출용 생산 공정뿐만 아니라 내수용 생산 공정까지 마련되어 가고 있다.
  ➡ ……제품을 많이 만들고 …… 마련하여…….
- 이렇게 나가는데야 그녀의 마음이 변해지겠지. ➡ 변하겠지.
- 싸늘하게 식어진 그의 표정을 생각하면 지금도 아찔하다. ➡ 식은

〈이중 피동문〉

- 이 문제는 쉽게 해결되어지지 않을 것으로 보인다. ➡ 해결되지
- 요즘에는 진지하게 읽혀지는 책은 별로 인기가 없다. ➡ 읽히는

⑦ 잘못된 인용문

인용에는 직접인용과 간접인용이 있고, 그 방식이 서로 다르다는 것은 누구나 잘 알고 있는 사실이나. 그러나 간접인용의 방식을 잘못 알고서 말을 할 때나 글을 쓸 때 실수를 저지르는 사람들이 의외로 많다. 다음은 간접인용을 직접인용처럼 잘못 쓴 예들이다.

- 그 후 각 대중매체에서는 가정교육이 중요한 기초이다라는 것을 지적하기 시작했다. ➡ 기초라는
- 여기에서 말하는 논문은 일정한 형식을 갖추고 학술적인 목적으로 작성된 글이다라고 정의할 수 있다. ➡ 글이라고
- 그 선배는 나만 보면 대학생의 본분이 무엇이냐라고 묻곤 했다.
  ➡ 무엇이냐고

인용되는 말이 중요한 말인 경우에는 따옴표 등을 사용해서 직접인용하는 것이 바람직하다. 특히 학술논문의 경우에는 인용되는 부분을 정확하게 지적해야 하므로 더욱 직접인용이 필요하다고 하겠다.

2. 문장과 단어

글이 좋고 나쁘다는 것은 상당 부분 어휘력에 의해 좌우된다고 여러 차례 강조했다. 특히 학술적인 글에서 자신의 견해와 주장을 제대로 전달하기 위해서는 적절한 어휘와 개념의 사용이 필수적이다. 또한 글을 쓰고자 할 때 자주 막히는 것은 대개 어휘력 부족에서 비롯되는 경우가 많다. 어휘력은 많은 단어를 아는 것을 가리키기도 하지만 단어를 정확하게 사용하는 것 역시 포함한다.

정확한 문장을 만들기 위해서는 그 문장을 구성하는 기본단위인 단어를 적절히 선택해서 써야 함은 두말할 필요도 없다. 문장에 필

요한 요소를 빠뜨린다든가 반대로 불필요한 군더더기를 덧붙여도 온전한 문장이 되지 못한다. 또 어순이 틀려도 비문법적인 문장이 되며, 단어 하나를 잘못 써도 문장 전체가 부적절한 문장이 되는 수가 있다.

단어는 문맥에 맞게 선택되어야 하고 문장 내의 다른 요소들과 조응되어야 한다. 단어를 잘못 선택해서 좋지 못한 문장을 만든 실례를 들어 보면 다음과 같다.

- 그 늙은 관리는 사후대책까지 마련해 놓을 정도로 영악했다.

➡ '영악'이란 단어는 대개 아이들에게 쓴다. 이 경우에는 '노회'라는 단어가 더 적절하다.

- 나름대로 열심히 과외 아르바이트를 했지만 학생의 성적이 상승하지 않아 결국 해고되고 말았다. ➡ 오르지
- 나는 원래 내가 장래에 되고자 했던 진로와는 무관한 학과에 진학하게 되었다.

➡ 생각했던 진로와는 / 장래에 갖고자 했던 직업과는

한편 국어에 없는 단어를 억지로 만들어 쓰는 경우도 있다. 전체적으로 어려운 단어를 써서 글을 좀 그럴듯하게 만들어 보려다가 오히려 글을 망친 경우이다. 글은 무엇보다도 자연스러운 것이 가장 좋다. 글을 멋있게 보이려고 멋을 내거나 유식한 체하려고 미사여구나 어려운 한자어를 쓰는 것은 별로 좋지 않다. 스포츠에서도 어깨에 잔뜩 힘을 주는 것은 좋지 않다고 이야기하듯이, 글을 쓸

때도 어깨에 힘을 빼는 것이 필요하다. 말하자면 지나친 멋내기는 오히려 글을 촌스럽게 만들 우려가 있다. 다음 예를 살펴보자.

- 야당과 재야의 인사들은 대통령 연임제 개헌이 장기집권 음모와 관련된다고 주장하면서 단임제를 계속 유지할 것을 주창했다. 그러나 장기적인 안목에서 볼 때 대통령 연임제가 민주주의 발전을 위해 더 바람직한지도 再考의 문제이다. ➡ 재고해볼 문제이다.
- 고등학교 시절까지만 하더라도 내 성격은 매우 내성적이었다. 대학에 입학한 뒤에 나는 내 성격을 외성적으로 바꾸기 위해 여러 가지로 노력하였다. ➡ 외향적으로
- 나는 그녀의 마음 깊숙한 근저에 자리 잡은 은폐성을 부수고 그 속에 내 영상을 각인시키기 위해 각고의 노력을 기울이고 있다.

➡ …… 깊숙이 자리 잡고 있는 벽을 부수고 그녀의 마음속에 내 영상을 새기기 위해 피나는 노력을 기울이고 있다.

적절한 단어의 선택과 관련해 '것'의 남용 문제를 지적해 두고 싶다. 다음 예문에서 '것'을 좀 더 적절한 실질명사로 바꿀 수 없는지를 궁리해 보기 바란다. 덧붙여 '것'을 '거'로 쓰는 일도 주의해야 한다. '거'는 구어체에는 어울리나 일반적으로 학술적인 글에서는 글의 품격을 떨어뜨리므로 사용하지 않는 것이 좋다.

- 진정한 사랑은 어떠한 것일까? 물론 누구나 한번쯤 생각해 보는 흔한 것이다. ➡ ……어떠한 사랑일까? …… 흔한 질문이다.

• 그녀는 미모와 학식이라는 두 가지 장점을 가지고 있다. 그러나 나는 그녀와 견줄 만한 <u>것이</u> 별로 없는 것 같다. → 장점이

이 밖에 용법에는 틀리지 않더라도 다음 예문에서처럼 진부한 상투어를 씀으로써 글을 버리거나 미사여구 때문에 글의 생동감을 떨어뜨리는 경우도 있다. 화살표 뒤의 표현이 최선의 표현은 아니겠지만 더 자연스럽게는 느껴질 것으로 생각한다.

• 내가 실의에 빠져 있을 때 그녀의 도움은 사막의 오아시스와 같이 반가운 것이었다.

→ '사막의 오아시스와 같이'는 너무 진부한 표현이다. 그냥 '참으로'라든지 '눈물겹도록'과 같은 표현이 더 자연스럽고 무난할 것이다.

• 빨간 앵두와 같은 그녀의 입술, 은쟁반에 옥구슬 굴리는 듯한 그녀의 목소리는 나를 황홀한 무아지경 속으로 몰고 갔다.

→ 그녀의 예쁘고 단아한 입술과 고운 목소리는 나를 무척이나 감동시켰다.

• 인간지사 새옹지마라고 하지만 청천벽력과도 같았던 교통사고 덕분에 나는 경국지색의 미인 간호사를 만나는 행운의 주인공이 되었다.

→ 아무리 사람 일이 알 수 없는 것이라고는 하지만 나는 예기치 않은 교통사고를 당한 덕분에 오히려 대단히 아름다운 간호사를 만나는 행운을 잡게 되었다.

물론 비속어나 은어 또는 유치한 단어를 씀으로써 글의 품격을

떨어뜨리는 일도 조심해야 한다. 적절한 단어 하나하나가 결국 좋은 문장을 만들고 좋은 글을 만든다. 좋은 단어를 찾기 위해 몇 시간이라도 투자하는 자세가 필요하다. 또 평소에 자신의 어휘력을 높이도록 착실히 공부해 두어야 할 것이다.

3. 맞춤법과 구두점

① 혼동하기 쉬운 맞춤법

한글맞춤법은 어렵기도 하거니와 혼동하기도 쉬워서 틀리기 쉽다. 그러나 최소한 다음과 같은 초보적인 것을 틀리는 일은 없어야겠다.

ㅚ/ㅙ/ㅞ - 되/돼, 꾀/꽤 _ '되어/되면'을 '돼어/돼면'으로, 반면에 '돼/됐다'를 '되/됬다'로 잘못 표기하는 일이 종종 있다. 이것은 'ㅚ'를 단모음으로 발음하지 못하는 지역 출신들이 'ㅚ'음과 '왜'음을 구별하지 못하는 데서 생기는 오류인 것으로 보인다. 그런데 '돼/됐다'는 '되어 → 돼, 되었다 → 됐다'의 과정을 밟은 형태이다. 그러므로 어간 '되-'에 어미 '-어'가 결합된 형태인지 아닌지를 따져 보면 어느 쪽이 맞는 표기인지 쉽게 구별할 수 있다.

좀 더 쉽게 구별하려면, 어간 '되-'에 어미 '-어'를 붙여 어색하면 '되'이고 어색하지 않으면 '돼'라고 생각하면 된다. 예를 들어, '됬다'인지 '됐다'인지 혼동되면 '되-'에 '-어'를 붙여 보면

'되었다'가 되고 자연스러우므로 이것은 '됬다'가 아니라 '됐다'인 것이다. '되고'인지 '돼고'인지 혼동되면 어간 '되-'에 어미 '-어'를 붙여 보면, '되어고'가 되므로 틀렸다는 것을 금방 알 수 있고, 따라서 '돼고'가 아니라 '되고'가 맞다는 것을 알게 된다. '되어'가 자연스러우면 '돼'가 맞고, '되어'가 부자연스러우면 '되'가 맞다는 것이다.

한편 '꽤 어렵다'의 '꽤'를 '꾀'로 하고, 반면에 '꾀가 많다'의 '꾀'를 '꽤'로 잘못 쓰는 수도 있다. 역시 'ㅚ'와 'ㅙ'의 발음을 구별하지 못하는 데서 말미암은 것으로 생각된다. 이 경우에는 눈으로 두 형태를 따로따로 기억해 두는 수밖에 없을 것이다.

ㅐ/ㅔ - 대/데. 채/체 _ 'ㅐ'와 'ㅔ'의 발음이 점차 그 차이가 작아지는 경향이 있어 이 두 모음을 혼동해서 표기하는 경우도 자주 발견된다. '도대체'를 '도대채'나 '도데체' 또는 '도데채'로 적는 경우가 그것이다. 특히 '잘난 체하다'의 '체'를 '채'로, '가만히 앉은 채 보았다'의 '채'를 '체'로 잘못 적은 경우도 흔히 볼 수 있다.

또 '왠지'를 '웬지'로, '웬일이니, 웬 사람들이 이렇게 많지'의 '웬'을 '왠'으로 잘못 적는 경우는 참 많이 보인다. 이것은 '왠지'가 '왜인지'의 줄임말이라는 것만 기억하면 쉽게 해결할 수 있다. 나머지 경우에는 대개 '웬'이라고 생각하면 된다.

맞춤법은 많은 경우 발음과 상관없이 무조건 외워야 한다. 발음으로 구별하기 어렵더라도 각 단어의 철자를 하나씩 외워 두면 평소 맞춤법 때문에 어려움을 겪는 일은 한결 줄일 수 있을 것이다.

앞서 국어를 외국어처럼 공부하라고 말했지만 국어 단어도 외워야 한다는 의식전환이 필요하다. 영어 단어 외우는 노력의 10분의 1만 투자하더라도 충분할 것이다.

는지/런지(른지) _ '-는지'를 '-런지'로 잘못 쓰는 경우도 종종 있다. 국어에 '-런지'라는 어미는 없다. 따라서 '갈런지'나 '잘 될런지 모르겠다'의 '-런지'는 전적으로 틀린 표기로서 '-는지'로 써야 한다. 이것은 '가는지, 갔는지, 잘 되었는지' 등에 쓰이는 바로 그 '-는지'이다. 그 '-는지'가 '갈, 될' 등의 'ㄹ' 때문에 '-른지'로 발음되는데, 이것이 다시 '갔던지'의 '-던지'에 유추되어서인지 흔히 '-런지'로 잘못 표기되고 있다. '-런지' 또는 '-른지'는 잘못된 표기이므로 이것들은 늘 '-는지'로 고쳐 적어야 한다.

함으로써/하므로써 _ 뒤에 '써'가 결합된 경우에는 '-므로써'라는 표기는 있을 수 없다. '품행이 방정하므로 표창함'이나 '모두 모였으므로 곧 출발하겠다'에서 어미 '-므로' 다음에는 '써'가 결합될 수 없다. '써'는 조사 '으로/로' 다음에만 결합되어 '죽음으로써 나라를 지켰다'나 '돌로써 머리를 내리쳤다'처럼 쓰인다.

따라서 '하므로써'라는 표기는 성립하지 않는다. '으로써'는 조사이기 때문에 앞에 명사가 직접 오거나 명사형이 와야 한다. 따라서 '함으로써/됨으로써/읽음으로써'라야 맞지 '하므로써/되므로써/읽으므로써'는 틀린 것이다. 다음 예문들이 '으로써'를 올바르게 사용한 문장들이다.

- 충분한 자료와 근거에 의해 뒷받침됨으로써 논문의 과학성이 확보된다.
- 독서를 열심히 함으로써만 지적 생산의 기초를 마련할 수 있다.

으로서/으로써 __ 앞에서 본 '으로써(로써)'는 '으로서(로서)'와 혼동되는 경우도 많다. '서'가 '써'로 발음되는 경우가 많아 결국 발음상으로 구별이 잘 되지 않아서일 것이다. 그러나 두 조사는 그 용법이 판이하게 다르다. '으로써'는 앞의 예문에서 보듯이 수단이나 도구를 나타내는 반면, '으로서'는 다음 예문에서 보듯이 자격을 나타낸다.

- 지성인으로서의 위치를 망각해서는 안 된다.
- 이 부분은 혼동되기 쉬운 맞춤법을 설명하는 곳으로서 꼼꼼하게 잘 익혀 두면 크게 도움이 될 것이다.
- 대학생의 현실참여는 대학생이라면 누구나 한 번은 생각해 보는 문제로서 대학생활의 성패 여부와 밀접한 연관을 지닌다.

'으로써'와 '으로서'의 '써'와 '서'는 대부분의 경우 생략할 수 있다. 두 조사를 구별할 자신이 없을 때는 '써'와 '서'를 빼고 쓰는 방법을 택해도 무방하다. 그러나 위의 첫 예문에서처럼 '의' 앞에 있는 '서'는 생략하기 어려운데, '의'를 취하는 조사는 주로 '으로서'이며 '으로써'는 극히 드물다는 것도 두 조사의 차이일 것이다.

안/않 _ 부정을 나타내는 부사 '안'을 '않'으로 잘못 표기하는 일도 종종 있다. '안 가겠니'나 '안 먹겠어'의 '안'은 '아니'의 준말로서 'ㅎ' 받침을 붙여서는 안 된다. '가지 않겠다'나 '무섭지 않다'의 '않-'은 '아니하-'의 준말이기 때문에 '하-'의 'ㅎ'을 취하며, 실제 발음에서도 '않겠다, 않다'에는 'ㅎ'이 있음이 쉽게 확인된다. 따라서 '않 가겠다' 따위의 초보적인 오류는 절대로 범해서는 안 된다.

이와 유사한 것으로 '옳/올'이 있는데 '올바르다'를 '옳바르다'로 쓰는 잘못도 종종 눈에 띈다. '올바르다'는 짜는 베의 '올이 바르다'에서 온 말로서 '옳다/그르다'의 '옳다'와는 전혀 다른 말이다.

② 띄어쓰기

국어의 맞춤법 가운데 띄어쓰기는 아직 확고히 자리 잡히지 않은 상태에 있다고 할 수 있다. 교과서와 전문서적 사이에서도 일치되지 않는 경우가 있고, 잡지나 신문의 띄어쓰기는 그때그때 편의에 따라 운용되는 형편이다. 이것은 우선 '한글맞춤법 통일안'의 띄어쓰기 규정이 불명확한 데에 그 원인이 있을 것이다.

또 한 가지 원인은 단어라는 단위가 명쾌히 선을 긋기 어려운 특성을 가지고 있다는 점에 있다. 한 예로 형식명사(불완전명사) '줄, 바, 데, 만큼, 켤레, 개' 등은 단어라는 인식이 잘 생기지 않는다. 더구나 '너만큼'의 '만큼'은 조사이고, '할 만큼은 했다'의 '만큼'은 명사라는 구분은 그리 쉬운 일이 아니다. 또 '초등학교, 민주국가, 살펴보다' 등이 복합어인지 구(句)인지, 그리고 붙여 써야 할지 띄어 써야 할지 구분하기는 더욱 어렵다. 교과서에서조차 '초등 학교'와 '고등 학교'는 띄어 쓰고 '중학교'와 '대학교'는 붙여 쓰는 혼란을 빚고 있는 것도 그 때문일 것이다.

띄어쓰기는 이처럼 결코 쉬운 일이 아니다. 그러나 노력하고 정성을 기울이면 상당한 수준까지는 그 어려움을 극복할 수 있다. 문제는 그리 어렵지 않고 분명하면서 쉬운 곳에서도 띄어쓰기를 잘못하는 사람들이 많다는 점이다. 조사는 앞 단어에 붙여 쓴다는 규정은 명백한 것인데 띄어 쓰는 일이 많고, 분명한 복합어인데 띄어 쓰는가 하면 복합어일 가능성이 전혀 없는 단어들을 붙여 쓰는 일도 많다.

다음 예문들에서 띄어쓰기가 틀린 곳을 바로잡으면서 스스로 띄어쓰기의 방법을 잘못 알고 있지는 않은지 점검해 보기 바란다. 다음 예문 중에서 밑줄 친 부분은 다 잘못된 것이다. 띄어 쓴 것은 붙여야 하고 붙인 것은 띄어 써야 한다.

- 나도 올해 부터는 공부를 열심히 하기로 결심했다. ➡ 올해부터는
- 나는 그 선배로 부터 질책을 들은적이 있다. 그 선배는 후배들 뿐만 아니라 선배들도 존경심을 품을만한 훌륭한 사람이었다.
  ➡ 선배로부터 …… 들은 적이 …… 후배들뿐만 …… 품을 만한
- 자만심과 독선속에서 나 자신 밖에 모르던 나에게 그 선배의 충고는 좋은 가르침이 되었다. ➡ 독선 속에서 …… 자신밖에
- 연애는 커녕 데이트 조차 한번 해본 적이 없던 나는 그녀의 적극적인 태도에 당혹감을 느낀 것은 사실 이었으나 나 자신이 여성에게 호감

을 줄수도 있다는데 대하여 행복해지지 않을 수 없었다.

➡ 연애는커녕 데이트조차 한 번 …… 사실이었으나 …… 줄 수도 있다는 데 …….

• 대중연설의 경험이 없던 나는 당혹감과 불안감을 가질 수 밖에 없었지만 일단 연설을 시작하고 부터는 별로 당황하지않고 무사히 잘 끝낼수 있었다. 연설을 끝내고 단상을 내려오는 데 그녀가 웃는 얼굴로 손을 흔드는 것이 보였다. 나는 아는체 해야 할 지 모르는체 해야 할 지 무척 망설였다. 그녀와 안지도 며칠 밖에 되지 않고 만난 것도 한 번 밖에 되지 않아서 상당히 겸연쩍었기 때문이다.

➡ 수밖에 …… 시작하고부터는 …… 당황하지 않고 …… 끝낼 수 …… 내려오는데 …… 아는 체해야 할지 모르는 체해야 할지 …… 안 지도 며칠밖에 …… 한 번밖에 …….

숫자의 띄어쓰기 _ 숫자를 아라비아 숫자로 쓸 때는 뒤에 오는 '원'이나 '개', '명'과 같은 단위를 붙여 쓸 수 있다. 예를 들면 '10,000원', '1,234개', '250명'과 같이 쓰면 된다.

숫자를 한글로 쓸 때는 '만, 억, 조' 단위로 띄어 써야 한다. 예를 들면, 숫자 '1,234,567,890,000'은 '일조 이천삼백사십오억 육천칠백팔십구만'이라고 써야 한다는 것이다. 그러나 금액을 적을 때는 위조나 변조를 방지하려는 뜻에서 모두 붙여 쓰는 것을 관례로 하고 있다.

그런데 한글 숫자 뒤에 단위를 나타내는 의존명사가 올 때는 어떻게 할까? '백만 명', '천만 원', '오백 개' 등과 같이 띄어 써야 한다. 한글로 쓰는 경우에도 이미 한 단어처럼 굳어진 경우는 예외로 치는데, '일학년, 삼층, 여섯시' 등과 같은 예를 들 수 있다.

제(第)의 띄어쓰기 _ 목차를 쓸 때 '제'와 숫자와 그 뒤에 오는 '장'이나 '절'의 띄어쓰기는 어떻게 해야 할까? '제'와 숫자는 붙여 쓰는 것이 맞고, '장'이나 '절'은 띄어서 써도 되고 붙여서 써도 된다. '제1 장'도 맞고 '제1장'도 맞다는 것이다.

중(中)의 띄어쓰기 _ '가운데 중(中)'의 경우, 한 단어로 굳어진 경우가 아니면 띄어 쓰게 되어 있다. 즉, '무엇 가운데서'라는 뜻으로 쓰일 경우 띄어 써야 한다는 것이다. 예를 들면, '이 친구가 내 친구들 중에서 가장 친한 친구다', '나는 꽃 중에서 장미가 제일 좋다' 등과 같은 식이다.

'수업 중에 떠들지 마라', '샛강에 다리를 건설 중이다'와 같은 경우, 하나의 단어로 굳어진 것이 아니기 때문에 '수업'과 '건설' 다음의 '중'은 띄어서 쓰는 것이 맞다. 그렇지만 '은연중', '무의식중', '한밤중'과 같은 표현들은 이미 한 단어로 굳어진 것이기 때문에 붙여 쓴다.

간(間)의 띄어쓰기 _ '사이 간(間)'이 '사이'나 '관계'의 뜻으로 쓰일 때는 의존명사이기 때문에 띄어 쓰는 것이 맞다. 예를 들면 '이성과 감성 간의 차이', '대전과 통영 간의 고속도로 건설', '남녀 간의 사랑'과 같은 경우 '사이'나 '관계'의 뜻으로 쓰인 의존명사이기 때문에 띄어 써야 한다.

하지만 어떤 단어 뒤에 '간'이 붙어 한 단어로 굳어져서 사전에 한 단어로 올라 있는 경우에는 붙여서 쓴다. '부부간', '동기간', '고부간', '인척간', '다소간', '조만간', '다년간'의 경우는 붙여 쓰는 것이 맞다.

또 '사이 간(間)'이 '기간'을 나타내는 명사 뒤에 올 때는 '동안'이라는 뜻으로 쓰인 말로서 붙여 쓴다. '이틀간', '며칠간', '십여 년간', '한 달간' 등으로 써야 한다는 것이다.

이름의 띄어쓰기 _ 맞춤법에서는 성과 이름, 성과 호(號) 등은 붙여 쓰고, 이것에 덧붙는 호칭이나 관직명 등은 띄어 쓰도록 하고 있다. 그러니까 '홍길동', '이율곡'과 같이 쓰고, '홍길동 장관', 율곡 이이', '충무공 이순신' 등과 같이 쓴다는 것이다. 다만 '남궁', '황보', '제갈' 등의 성은 '남' 씨나 '황' 씨, '제' 씨와 혼동될 수 있기 때문에 성과 이름을 띄어 써도 된다.

③ 한자와 숫자

엄밀히 따지자면 한자를 바로 쓰는 문제는 맞춤법의 범위에 속하지 않을지도 모른다. 그러나 아직 한글만으로는 우리의 문자 생활이 영위되지 않기 때문에 한자를 잘못 쓰는 문제는 늘 한글맞춤법을 틀리는 일 못지않게 비중 있는 문제로 다루어진다.

적어도 학술적으로 엄격한 정의가 필요한 개념이나 혼동되기 쉬운 단어는 괄호 속에라도 한자를 표기할 필요가 있다. 한자는 한

글자마다 고유한 의미를 가지고 있는 표의문자이기 때문에 한자를 잘못 씀으로써 독자에게 주는 혼란은 한글맞춤법이 틀려서 주는 혼란보다 훨씬 크다고 할 수 있다. 따라서 일단 한자를 쓸 경우에는 국어사전을 찾아보거나 검색을 해보아 정확히 써야 한다.

우리가 보통 한자를 틀리는 것은 대개 그 한자를 잘 몰라서라기보다 평소 그 단어의 한자를 지레짐작으로 잘못 알고 있기 때문인 경우가 많다. 이처럼 그 단어를 구성하고 있는 한자를 다른 글자로 잘못 알고 있다는 것은 그 단어의 의미를 정확히 알고 있지 못하다는 뜻도 되므로, 한자를 틀리는 일은 결국 자신의 공부가 부족하다는 점을 드러내는 일일 것이다.

틀리기 쉬운 한자의 대표적인 예들을 보면 다음과 같다.

- 한글 全用 ➡ 專用
- 공부에 全念했다 ➡ 專念
- 조상들이 남긴 훌륭한 詩調들 ➡ 時調
- 기초 과정도 충실히 移行하여야 ➡ 履行
- 不定確한 지식 ➡ 不正確
- 代立시켜 題視해 보면 ➡ 對立, 提示
- 그 개념에 대한 정확한 定意가 무엇인가? ➡ 定義
- 지도교수의 定年退任을 앞두고 ➡ 停年退任
- 이론들 사이의 關系와 이론의 體係 ➡ 關係, 體系
- 〈言語分釋〉 제10集 ➡ 分析, 輯

요즘은 한자를 본문에 바로 쓰기보다는 괄호 속에 병기하는 것이 보통이다. 어떤 경우든 한자를 밝히는 까닭은 분명하고 정확한 이해에 도움이 되기를 바라기 때문이다. 따라서 한자를 밝히는 수준을 적절히 판단하는 것이 바람직하다. 예를 들면, '지자체(地自體)', '정의(正義)에 대한 정의(定義)', '지(知)와 부지(不知)를 떠나 많은 이론(異論)이 있을 수 있지만', '이상(李箱)의 시(詩)' 등과 같이 다른 단어와 혼동될 염려가 있거나 다르게 읽힐 염려가 있는 경우에만 한자를 병기하는 게 좋다는 말이다.

그런 의미에서 친구(親舊), 국가(國家), 사회(社會), 생활(生活) 등 문맥만으로도 전혀 혼동될 염려가 없는 경우는 한자를 병기할 필요가 없다. 물론 '국가(國家)'와 '국가(國歌)', '사회(社會)'와 '사회(司會)'의 경우처럼 혼동될 염려가 있을 때는 반드시 한자를 병기해야 한다.

아라비아 숫자의 사용도 주의를 요한다. 아라비아 숫자는 시각적으로도 도움을 주는 매우 경제적인 문자이다. 가령 '사일구'나 '일천구백사십오년'보다는 '4.19'나 '1945년'이 훨씬 시각적으로 분명하다. 또한 '고삼시절'이나 '삼남일녀'를 '고3시절'이나 '3남1녀'라고 표기하는 것이 숫자와 다른 단어를 잘 구분해서 훨씬 뜻이 잘 들어오게 한다.

그러나 아라비아 숫자를 쓰면 곤란한 경우가 있다. 국어의 수사(數詞)는 '일, 이, 삼…… '과 같은 한자어계(漢字語系)가 있는가 하면, '하나, 둘, 셋……' 또는 '한, 두, 세……' 계열의 고유어계(固

有語系)가 있다. 예컨대, '1달'처럼 아라비아 숫자로 쓰면 '일달'로 읽어야 되고 '한 달'로 읽을 수가 없다. 따라서 다음 숫자들은 한글로 고쳐 써야 한다.

- 그녀는 방년 20살의 대학교 일학년생이다. ➡ 스무 살 / 20세
- 우리 일행은 여자 3사람, 남자 4사람으로 구성되어 있었다.
  ➡ 여자 세 사람, 남자 네 사람 / 여자 3인, 남자 4인
- 사람은 누구나 눈 2, 코 1, 입 1를 가지고 있다.
  ➡ 눈 둘, 코 하나, 입 하나를

④ 구두점

영작문 시험에서 마침표나 쉼표 하나를 빠뜨림으로써 그 문장 전체가 틀렸다는 판정을 받은 일이 있을 것이다. 그러나 국어에서는 구두점이 영어에서처럼 큰 비중을 차지하지 않는 것이 일반적이다. 한편으로는 아직 구두점에 대한 우리의 전통이 약하기 때문일 것이고, 다른 한편으로는 국어는 어미가 세분화되어 있어 어미만으로도 한 문장이 끝났는지 아닌지, 또 끝나되 평서문인지 의문문인지를 알아차릴 수 있기 때문일 것이다.

그러나 우리 문장에서도 구두점을 바르게 찍어야 함은 의문의 여지가 없다. 마침표가 없는 문장도 온전치 못하거니와 꼭 필요한 쉼표를 빠뜨림으로써 문장의 독해에 혼란을 주는 일은 피해야 한다. 적절히 쓴 따옴표 하나로 문장이 얼마나 더 분명해지는지도 눈여겨볼 필요가 있다.

여기에서는 구두점 전반에 관해서 이야기하기보다는 다음 예문들에서 특히 쉼표와 따옴표 등의 구두점이 얼마나 적절한 구실을 하는지만 살펴보기로 하겠다.

- 부산과, 진주를 중심으로 한 서부 경남 일원에 홍수 주의보가 내렸다.
- 극동지역에서 항상 강세를 유지하던 한국 축구는, 남아공 월드컵을 대비하여 꾸준히 실력을 향상시켜 온 일본 축구와 힘겨운 한판 승부를 벌여야 할 것으로 보인다.
- 불교의 교리에 따르면 사람은 각자 그 쌓은 공덕에 따라 선 · 악, 행 · 불행에 도달한다고 한다.
- 앞 문장에서 '첫'은 관형사이지만 '풋-', '맨-'은 접두사에 속한다.
- 서양 철학과 동양 철학은 우선 자연을 대하는 입장에서 차이를 보인다. 서양에서는 자연에 대립해 자연을 인간의 의지대로 정복하고 이용해서 '인간의 자연'으로 만들고자 하는 기독교적 자연관이 지배적이었고, 동양에서는 인간이 자연의 인과법칙에 순응해 자연 속의 일부분인 '자연의 인간'이 되고자 하는 도교적 자연관이 지배적이었다.
- 그는 "그 사상가의 역사관은 '인간 문명은 도전과 응전 속에서 부침을 거듭한다'고 보는 일종의 순환론적 역사관이다"라고 주장한다.
- 사람들이, 많은 도시를 다녀 보면 문화와 풍습의 다원성을 경험하게 될 것이다.
- 그 독선적이고 방자한, 대통령의 측근은 인사문제를 개인의 자의에 좌우되게 만들었다.

4. 틀리기 쉬운 단어와 표현

이번에는 평소에 틀리기 쉬운 단어나 표현을 공부해 보기로 하자. 이들은 대부분 제대로 쓰려면 외우는 것 외에 다른 방법이 없는 경우다. 하지만 흔히 쓰는 단어와 표현이므로 몇 번만 주의를 기울여 쓴다면 금방 익히게 될 것이다.

내노라/내로라 _ '그 자선파티에는 내노라하는 스타들이 다 모였다'는 문장은 무엇이 틀렸을까? '내노라'가 아니라 '내로라'가 맞다. '내로라'는 '나이로라'의 준말로 '바로 나다'라는 뜻이다. '내노라'를 마치 '내놓으라'의 준말로 착각하여 혼동하는 경우가 많은데, '내로라하는'이 맞는 말이다.

'-로라', '-이로라'는 말은 '-다'의 뜻을 가진 연결형 서술격 조사이다. 그래서 '-이다'나 '아니다'와 같은 말의 뒤에 붙여서, 말하는 사람이 자신을 의식적으로 들어올려 말할 때 쓴다. '전국노래자랑에는 동네에서 노래라면 내로라하는 사람들이 다 나온다', 또는 '자신의 착오가 아니로라 주장하고 있다'와 같이 쓰는 것이다.

'-노라'는 자기의 동작을 의식적으로 들어올려 말할 때 쓰는 종결어미이다. '노래의 날개위에 그대를 보내노라' 또는 '왔노라, 싸웠노라, 이겼노라'와 같이 동사의 어간 뒤에서만 쓴다.

야반도주/절체절명/풍비박산 _ '밤중을 틈타 도망가다'는 뜻으로

'야밤도주'라고 쓰는 경우가 종종 있는데, '야'가 밤 야(夜)이다 보니 이런 실수를 범하는 듯하다. 그러나 가운데 반(半)을 써서 '야반도주'(夜半逃走)라고 하는 것이 맞다.

'몸이 잘라지고 목숨이 끊어질 정도로 절박하고 위기일발인 상황'을 가리킬 때 '절대절명'이라고 쓰는 경우도 많은데, '절체절명'(絕體絕命)이 맞다.

'완전히 부서져서 사방으로 날아 흩어진다'는 표현으로 '풍지박산'이라고 쓰는 경우도 많다. '집안이 풍지박산이 났다'는 표현이 대표적인 경우이다. 맞는 표현은 '풍비박산'(風飛雹散)인데, 직역하면 '바람에 날리고 우박에 흩어진다' 정도가 된다.

내가 아시는 / 여쭤보시다 _ '내가 아시는 분도 고대사에 관심이 많으셔', '선생님께서 제게 여쭤보시더군요'와 같이 표현하는 사람이 의외로 많다. '내가 아시는'이라고 표현하면 '아시는' 사람이 '나'이기 때문에 나를 높이는 말이 되고 만다. '내가 아는 분'이라고 표현해야 맞다. 또 '여쭤보다'는 '물어보다'의 존댓말이기 때문에 내가 선생님께 여쭤볼 수는 있어도 선생님께서 나에게 여쭤볼 수는 없다. '선생님께서 제게 물어보시더군요'가 맞다.

계시다/있으시다 _ '어렸을 때부터 재능이 계셨군요.' 여기서 잘못된 표현은 무엇일까? '있다'라는 말에는 존재와 소유, 두 가지 의미가 있다. 존재의 경우에는 높임말이 '계시다'이고 소유의 경우에는 높임말이 '있으시다'이다. 존재의 경우는 '아버지께서는 집에 계십니다'와 같이 높이고, 소유의 경우에는 '어렸을 때부터 재능이 있으셨군요'와 같이 높이는 것이 맞다.

또 어른이 하신 말씀 자체는 높임의 대상이 될 수 없다. 예컨대 '좀 전에 말씀이 계셨지만'이라는 표현은 '말씀'을 높이고 있는데, 이것은 옳은 표현이 아니다. '좀 전에 말씀이 있었지만'이나 '좀 전에 말씀하셨지만'으로 표현해야 맞다.

좀 더 심한 경우에는 상대를 높인다는 것이 물건을 높이는 어처구니없는 결과를 초래하기도 한다. 고객을 상대하는 직종에 종사하는 사람들이 자주 저지르는 잘못인데, DVD를 빌리러 가서 그 영화는 어디에 있냐고 물으면 '그 영화는 여기 있으시고'와 같이 답하는 경우이다. 또 가전제품 사러 갔다가도 '청소기는 저기 있으십니다'라는 답을 들을 때도 있다. 높임의 대상이 누구인지를 염두에 두면 이런 실수는 저지르지 않을 것이다.

역할/할부 __ 잘못 쓰거나 잘못 읽는 대표적인 한자 중의 하나가 '나눌 할(割)'이다. '역할'을 '역활'로 쓰거나 읽는 경우, '할부'를 '활부'로 쓰거나 읽는 경우를 종종 본다. 짐작컨대 이것은 일본어에서 '할'(割)을 '와리'(わり)로 발음하는 데 영향을 받은 것으로 보인다. '역할'의 일본어 발음이 '야쿠와리'(やくわり)인데 일제강점기에 '와리'로 발음하던 분들이 습관적으로 '역활'이라고 읽고 쓰던 것에 영향을 받은 것이 아닌가 한다.

치르다 __ '치르다'를 '치루다'로 잘못 쓰는 경우가 많다. '치르다’는 ‘무슨 일을 당하여 겪어 내다’와 ‘마땅히 줘야 할 돈이나 대가를 주다’는 뜻이 있다. ‘그 일로 고역을 치렀습니다’나 ‘어제 월세를 치렀습니다’와 같이 쓰이는 것이다. 둘 다 ‘치루다’로 잘못 알고 ‘치뤘습니다’라고 쓰는 사람이 많은데 잘못된 것이다.

-던지/-든지 __ 흔히 혼동해서 잘못 쓰는 대표적인 표현이 바로 이것이다. ‘집으로 가던지 도서관으로 가던지 알아서 해라’, ‘얼마나 기뻤든지 모른다’와 같이 잘못 쓰는 경우가 많다.

‘-던지’는 과거의 일을 회상할 때 쓰고, ‘-든지’는 ‘한식이든지 일식이든지 다 좋아요’에서처럼 어떤 물건이나 일의 내용을 가리지 않는다는 뜻으로 쓰거나 ‘한식이든지 일식이든지 가부간에 정해라’와 같이 선택을 해야 하는 경우에 쓰는 표현이다. 그러니까 앞에서 예로 든 문장은 ‘집으로 가든지 도서관으로 가든지 알아서 해라’, ‘얼마나 기뻤던지 모른다’로 고쳐 써야 한다.

이 경우는 누구든 혼동하기 쉬운데 의외로 쉽게 구별하는 방법이 있다. ‘지’를 빼도 말이 되면 ‘-든지’이고 ‘지’를 빼면 말이 안 되면 ‘-던지’이다. ‘한식이든 일식이든 다 좋아요’, ‘한식이든 일식이든 가부간에 정해라’, ‘집으로 가든 도서관으로 가든 알아서 해라’의 경우에는 다 말이 되므로 ‘-든지’이다. ‘얼마나 기뻤던 모른다’는 말이 되지 않으므로 이 경우에는 ‘-던지’가 맞는 것이다.

대가(代價)/이점(利點)/초점(焦點) __ ‘일·수고·노력 등을 한 데 대한 보수나 보람’을 뜻하는 말로 ‘대가’(代價)라는 말이 있다. 발음상으로 보면 [대:까]가 맞는데 표기는 '댓가'가 아니라 '대가'가 맞다. 하지만 '댓가'로 잘못 쓰는 경우가 왕왕 있다. 이와 비슷한 것으로 '이점'(利點)과 '초점'(焦點)이 있다. 물론 발음은 [이:쩜]과 [초쩜]이 맞다. 이상 세 가지 한자어는 표기할 때 '사이시옷'을 쓰지 않는 말들이다.

표준말 규정에서는 두 음절로 된 한자어 중에서 '사이시옷'이 들어가는 말로 '곳간, 셋방, 숫자, 찻간, 툇간, 횟수' 등 여섯 개의 단어만 인정하고 있다.

에다/설레다/개다 _ 필요 없는 '이'를 첨가해서 잘못 쓰는 단어들이 있는데, '살을 에이는 추위', '가슴 설레이는 만남', '하늘은 맑게 개이고' 등이 그것이다. 이것들은 '살을 에는 추위', '가슴 설레는 만남', '하늘은 맑게 개고'가 맞다. 따라서 '설레임'이 아니라 '설렘'이 맞는 표현이다.

걸맞은/알맞은/맞는 _ 격에 어울린다는 뜻으로 쓰는 말로 '걸맞다'라는 표현이 있는데, '걸맞은'보다 '걸맞는'이라고 쓴 경우가 더 많이 보인다. '수입에 걸맞는 생활'과 '수입에 걸맞은 생활' 중 어느 표현이 맞을까? 결론적으로 말하면 '수입에 걸맞은 생활'이 맞다. '걸맞다'는 형용사이기 때문에 뒤에 오는 명사를 꾸밀 때 '걸맞은'이라고 해야 한다. 비슷한 뜻의 '알맞다'의 경우 '알맞은'이 맞는 것과 마찬가지이다.

'걸맞다'와 모양과 뜻이 비슷한 '맞다'는 형용사가 아니라 동사이기 때문에 뒤의 명사를 꾸밀 때 '는'을 붙여서 '맞는'이라고 해야 한다. '몸에 잘 맞는 옷', '마음이 맞는 친구'와 같이 써야 한다.

예부터/옛부터 __ '예부터'가 맞을까, '옛부터'가 맞을까? 이 문제는 '예'와 '옛'의 쓰임을 알면 자동적으로 해결된다. '예'는 '옛적' 또는 '오래 전'이라는 뜻의 명사이고, '옛'은 '지나간 때의'라는 뜻을 가진 관형사이다. 따라서 '예' 뒤에는 '부터'나 '로부터'가 붙을 수 있지만, '옛'의 뒤에는 '부터'가 붙을 수 없고 반드시 명사가 붙어야 한다. 그러니까 '예나 지금이나 변함없는 내 고향', '예부터 내려온 전통', '예스러운 멋'과 같이 쓰고, '옛정', '옛사랑', '옛날'과 같이 써야 한다.

빌미 __ 단어가 원래 가지고 있는 부정적인 의미를 모르고 써서 잘못되는 경우가 있는데 '빌미'가 대표적인 경우이다. '빌미'는 원래 '불행이나 탈이 생기는 원인'이라는 뜻으로, '화근'(禍根)과 같은 의미로 쓰이는 말이다. 그러니까 '그는 그 사건이 빌미가 되어 파면되었다', '그는 일로 인한 지나친 스트레스가 빌미가 되어 중병에 걸리고 말았다'와 같이 '불행이 생기는 원인'이라는 뜻으로 써야 한다.

그런데 '그는 회사 일을 빌미로 모임에 나오지 않았다', '그는 그 만남이 빌미가 되어 성공 가도를 달리기 시작했다'와 같이 잘못 쓰는 경우가 종종 있다. 이것은 '그는 회사 일을 구실(핑계)로 모임에 나오지 않았다', '그는 그 만남이 계기(기회)가 되어 성공 가도를 달리기 시작했다'와 같이 고쳐 써야 한다.

틀리다/다르다 _ 아마도 말이나 글에서 가장 자주 잘못 쓰는 말이 '틀리다'와 '다르다'가 아닌가 싶다. '내 생각은 네 생각과 틀려', '사람마다 식성이 틀려서 메뉴를 고르기가 참 어려워', '중국 사람들은 우리나라 사람들과 틀려서 느린 것 같지만 여유가 많아' 등의 표현이 어떻게 느껴지는가?

'틀리다'는 '맞지 않는다'는 뜻이고 따라서 그 반대말은 '맞다'이다. 위에서 예로 든 문장들에서 '틀리다'는 '같지 않다'는 뜻으로 쓰였는데, '같지 않다'는 '틀리다'가 아니라 '다르다'이고 그 반대말은 '같다'이다. 따라서 '내 생각은 네 생각과 달라', '사람마다 식성이 달라서 메뉴를 고르기가 참 어려워', '중국 사람들은 우리나라 사람들과 달라서 느린 것 같지만 여유가 많아'로 써야 한다.

우리는 '다르다'고 해야 할 경우에 별 생각 없이 '틀리다'라고 할 때가 많은데, 앞으로는 그렇게 하지 않도록 주의하자. '틀리다'를 틀리게 쓰지 않고 바르게 쓰도록 하자.

띄다/띠다 _ '눈에 띄다'가 맞는지 '눈에 띠다'가 맞는지, '붉은 빛을 띄다'가 맞는지 '붉은 빛을 띠다'가 맞는지 헷갈릴 때가 많다. '띄다'는 '뜨이다'의 줄임말로서 원래 그 의미가 '뜨다'와 관련이 있어야 한다. '눈을 뜨다'이기 때문에 '눈에 뜨이다'의 준말인 '눈에 띄다'가 맞고, '사이를 뜨다'이기 때문에 '띄어쓰기'가 맞다는 것이다. 반면에 '붉은 빛을 띠다'와 '노기를 띠다'는 '빛을 뜨다',

'노기를 뜨다'와 같은 말이 있을 수 없기 때문에 '띠다'가 맞다.

혼동/혼돈/혼란 __ '섞일 혼'(混) 자가 들어간 단어 중에서 자주 헷갈리는 것이 '혼동, 혼돈, 혼란'이다. 혼동(混同)은 '구별하지 못하고 뒤섞어서 생각함'이라는 뜻이고, 혼돈(混沌)은 '마구 뒤섞여 있어서 갈피를 잡을 수 없음' 또는 '하늘과 땅이 아직 나누어지기 전의 상태'를 뜻한다. 혼란(混亂)은 '뒤죽박죽이 되어 어지럽고 질서가 없음'이라는 뜻이다.

특히 바꿔 쓰기 쉬운 단어가 '혼동'과 '혼돈'인데, '차를 여기 세웠는지 저기 세웠는지 혼돈이 돼서 당황했어'와 같이 쓰는 경우가 많다. 이때는 말 그대로 '헷갈린다'는 뜻이므로 '혼동'이라고 써야 한다. 반면 사물의 구별이 확실하지 않은 상태를 가리킬 때는 '혼돈상태'라고 표현해야 한다.

왠/웬 __ '웬 떡이야?'와 '왠 떡이야?', '웬지'와 '왠지' 중 어느 것이 맞을까? 알다시피 '왜'는 이유를 물을 때 쓰는 말이다. 그러니까 이유의 뜻을 나타낼 때는 '왠'이 맞고, 이유가 아니라 어떻게 된 일이냐는 뜻으로 말할 때는 '웬'이 맞다. 즉 '웬'의 뒤에는 명사가 온다고 보면 된다. 따라서 '웬 떡이야?'와 '왠지'가 맞다. '왠지'는 '왜인지'의 준말이라고 보면 된다.

느리다/늦다 __ 혼동하기 쉬운 말 중에 '느리다'와 '늦다'가 있다. '느리다'는 행동이나 동작이 빠르지 못해 시간이 걸린다는 뜻이고,

'늦다'는 어떤 기준이 되는 시간보다 이르지 않다는 뜻이다. '느리다'는 '말이 느리다', '동작이 느리다'와 같이 쓰고, '늦다'는 '약속 시간에 늦지 않게 빨리 와라', '중국은 한국보다 한 시간 늦다'와 같이 쓴다.

되도록/될수록 _ '될수록 빨리 끝냈으면 좋겠다'는 맞는 표현일까? '될수록'의 '-(으)ㄹ수록'은 어떤 일이 더하여 간다는 것을 나타내는 연결어미이다. 예를 들어서 '많으면 많을수록 좋다', '수입이 많을수록 좋다'와 같이 쓴다. 그런데 처음 예문은 '(될 수 있으면) 빨리 끝냈으면 좋겠다'는 뜻이므로 '될수록'이 아니라 '되도록'을 써야 한다. 즉, '되도록 빨리 끝냈으면 좋겠다'가 맞다는 것이다.

정리하면, '될 수 있으면'이라는 뜻으로 말할 때는 '될수록'이 아니라 '되도록'을 써야 한다.

머리말/인사말 _ '머릿말'이 아니라 '머리말'이고, '인삿말'이 아니고 '인사말'이 맞다.

-오/-요 _ '어서 오십시요'가 맞을까, '어서 오십시오'가 맞을까? 일상생활에서는 별다른 구분 없이 혼용되고 있지만, '어서 오십시오'가 맞다. 1988년에 개정된 한글맞춤법에 따르면, '-요'로 소리 나는 경우라 하더라도 문장의 종결형에 쓰는 어미 '-오'는 그 원형을 밝혀서 '-오'로 적어야 한다. 따라서 '어서 오십시오', '안녕히 가십시오'로 적어야 한다.

가늠하다/가름하다/갈음하다 __ 형태나 발음이 유사해서 평소에 혼동하거나 틀리기 쉬운 말이 '가늠하다, 가름하다, 갈음하다'이다. '가늠하다'는 '목표나 기준에 맞추어서 헤아려보다'는 뜻으로, 총을 목표에 조준할 때 쓰는 장치인 '가늠자'에서와 같은 의미이다. '어떤 팀이 이길지 가늠하기 어렵다'와 같은 식으로 쓰인다.

'가름하다'는 '사물을 구별하거나 분별하다'는 뜻으로서, 축구 경기에서 정규시간과 연장전을 모두 치렀는데도 승부가 나지 않았을 때 승부차기를 하는데, 이때 '승부차기로 승패를 가름한다'와 같은 식으로 쓴다.

'갈음한다'는 '원래의 것을 다른 것으로 대신한다'는 뜻으로서, '이것으로 인사에 갈음하겠습니다'와 같은 식으로 쓴다.

우리나라 / 저희 나라 __ 방송을 보거나 대화를 하면서 종종 듣게 되는 가장 거슬리는 표현 중 하나가 '저희 나라'이다. '저희'란 상대를 높이기 위해 자기 집단을 낮추는 말이다. 학생들이 선생님께, 부하 직원들이 상사에게, 후배들이 선배에게 자기들을 낮추어 표현함으로써 상대방을 높이기 위해 쓰는 것이다. 그런데 우리나라 사람끼리의 대화에서 상대를 높인다고 '저희 나라'라고 잘못 표현하는 경우를 자주 본다. 이때의 '나라'는 대화의 상대도 포함된 집단이기 때문에 '우리'라고 하는 게 맞다. 물론 외국인과 대화할 때는 '저희 나라'라고 표현할 수도 있다.

갈지 / 간 지 __ 선택의 의미를 지니는 어미 '-지'와 시간을 의미하는 의존명사 '지'를 혼동하는 경우도 많다. 앞의 경우에는 붙여 쓰고 뒤의 경우에는 띄어 써야 한다. '집에 갈지 학교에 갈지 잘 모르겠다', '집에 간 지 오래되었다'와 같이 써야 한다는 것이다.

하는데 / 하는 데 __ 동작의 연속이나 동시성을 나타내는 어미 '-데'와 불완전 명사 '데'를 혼동하는 사람도 많다. '집에 가는데 비가 왔다'에서 '-데'는 집에 가고 있는 중에 비가 내렸다는 말이고, '집에 가는 데 한 시간 걸린다'에서 '데'는 집에 가는 행위에 한 시간이 걸린다는 말이다. 혼동될 경우에는 '데'를 '일에'로 바꾸어서 말이 되면 띄어 쓰면 된다.

체/채 __ '체'와 '채'는 모두 의존명사인데, '체'는 '척'과 같은 말로서 '그런 시늉이나 흉내를 냄으로써 꾸민다'는 뜻이고, '채'는 '이미 있는 상태 그대로'라는 말이다. 예를 들면, '숨을 죽이고 죽은 체하고 있었다', '손발이 묶인 채 꼼짝할 수 없었다'와 같이 쓰는 것이다.

너무/참(정말) __ '너무'는 '일정한 정도나 한계에 지나치게'라는 뜻의 부사어이다. 그러니까 정도가 지나친 경우를 가리키는 말로 다소 부정적인 함의를 지니고 있다. '너무 크다', '너무 늦다', '너무 어렵다', '너무 위험하다', '너무 멀다', '너무 많다', '너무 걱정하지 마세요', '내가 너를 그동안 너무 몰라라 한 것도 사실이다' 등과 같이 쓴다.

그런데 요즘 긍정적인 말에 '너무'를 붙이는 경우를 많이 본다. '너무 좋아요', '너무 기뻐요' 등이 그것이다. 이런 경우는 '정말(참) 좋아요', '정말(참) 기뻐요'라고 쓰는 것이 맞다.

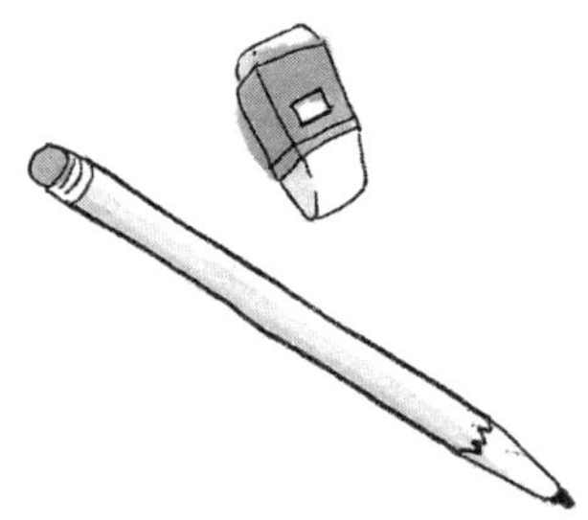

5장 글쓰기의 실제

01 중간고사, 기말고사 답안지

02 리포트

03 논술시험

04 졸업논문을 비롯한 간단한 논문

05 기타 글쓰기: 자기소개서, 프레젠테이션, 기획서 등

01

중간고사, 기말고사 답안지

1. 시험답안도 일종의 논문이다

대학의 인문사회과학 계통의 시험에서는 한두 문제가 출제되는 경우가 많다. 이때 시험이 평가하고자 하는 것은 학생이 문제의 내용을 얼마나 잘 알고 있는가에 관한 것이지만, 결과적으로는 알고 있는 내용을 어떻게 풀어내는가도 평가의 대상이 된다. 말하자면 출제자는 답안의 내용뿐만 아니라 내용의 구성능력, 즉 글쓰기 능력도 평가하게 된다는 것이다.

답안의 내용은 대개 강의시간에 다루어진 내용들로 채워지기 때문에 답안작성에서 차이가 나는 점은 주로 답안을 구성하고 논리적으로 연결시키는 능력이다. 또한 시험문제는 모범답안이 미리 주어져 있는 것이 아니라 상당한 정도의 자율성이 주어지는 경우가 대부분이다. 이렇게 볼 때 시험답안도 일종의 논문이라고 볼 수 있다.

시험답안을 잘 작성하는 것은 결국 글쓰기 능력과 연관되는 것이다. 물론 기본적으로 시험공부를 제대로 하는 것이 필요조건이다. 그러나 나름대로 열심히 시험공부를 하고 또 아는 내용이 시험문제로 나와도 별로 좋은 성적을 거두지 못하는 사람은, 시험답안도 일종의 논문이라는 인식이 결여되어 있거나 글쓰기 능력이 부족한 사람이라고 할 수 있다. 시험공부를 제대로 하는 것이 필요조건이라고 한다면, 글쓰기 능력은 충분조건인 것이다.

2. 시험을 준비하는 요령

시험답안을 잘 쓰기 위해서는 평소의 준비가 필요하다. 물론 강의내용을 충분히 공부하는 것이 가장 기본적인 준비일 것이다.

그러나 시험준비는 시험기간에 임박해서 하는 것만은 아니다. 평소 강의시간에 창조적 사고를 하는 것이 필요하다. 말하자면 선생님이 강의하는 내용을 단순히 받아 적는 수준에 그칠 것이 아니라 그것에 대해 비판적으로 사고하고 내용들을 연결시켜 체계를 잡아 보는 등의 태도가 필요하다. 한마디로 말하면 강의내용에 대한 자기 자신의 견해를 가지라는 것이다. 왜냐하면 단순히 어떤 이론이나 대상의 내용만을 묻는 문제뿐만 아니라 그것에 대한 학생 자신의 견해를 나름대로 서술하라고 하는 문제도 자주 출제되기 때문이다.

대학은 앵무새를 양성하는 곳이 아니며 기억력 훈련을 하는 곳도 아니다. 가장 중요한 것은 자신의 창조적 사고를 발전시키고 자신의 입장과 관점을 기르는 것이다. 이러한 태도로 강의에 임한다면 창조적인 학생이 될 수 있을 뿐만 아니라 시험답안도 독창적이고 참신하게 작성할 수 있을 것이다.

시험준비를 위한 좀 더 실제적인 방법은 미리 예상문제를 뽑아서 답안을 작성해 보는 것이다. 이렇게 하면 알고 있는 내용을 어떻게 체계를 잡아서 쓸 것인가를 연습해볼 수도 있고, 해당사항에 대한 자신의 견해를 미리 정리해볼 수도 있다. 또한 예상문제에 대한 답안을 미리 작성해 보면 세부사항들을 단편적이고 비체계적으로 기억하는 방식을 피할 수 있고, 핵심적인 사항들을 중심으로 세부사항들을 체계적으로 연결시켜 공부할 수 있게 된다.

이렇게 하면 유사한 문제가 나올 경우 당황하지 않고 차분하게 답안을 작성하게 된다. 또 유사한 문제가 나오지 않더라도 답안을 구성하는 방법, 논리적으로 연결시키는 방법, 자기 견해를 제시하는 요령 등에 대한 연습을 한 셈이므로 큰 도움이 될 것이다.

 3. 시험답안의 구성

그렇다면 시험답안은 어떻게 작성하는 것이 좋은가? 먼저, 가장 기본적인 것은 출제자의 의도가 무엇인지를 정확히 파악하는 것이다. 출제자의 의도를 제대로 파악하지 못한다면 바른 답안을 작성할 수 없을 뿐 아니라 옷을 입을 때 첫 단추를 잘못 끼는 것과 마찬가지 결과를 초래하게 된다.

필자는 예전에 대학강사 시절에 종종 사회학개론의 시험문제로 '맑스(마르크스)의 계급론과 베버의 계층론을 비교, 설명하고 자신의 견해를 밝히라'는 문제를 출제한 바 있다. 이 문제에서 출제자가 요구하는 사항은 ① 맑스의 계급론에 대한 설명, ② 베버의 계층론에 대한 설명, ③ 양자의 비교, ④ 양자에 대한 학생 자신의 견해 등 네 가지이다. 하지만 앞의 세 가지에 대해서는 나름대로 서술하지만 네 번째 사항은 아예 무시하거나 서술하더라도 별로 비중을 두지 않는 학생들이 많았다. 위의 문제를 곰곰이 살펴보면 이론을 비교하고 설명하는 것 못지않은 비중이 학생 자신의 견해를 밝히는 부분에 주어져 있음을 알 수 있다. 네 번째 사항을 충실히 서술하지 않는다면 출제자의 의도를 잘못 파악한 경우에 해당되는 것이다.

필자가 이 문제를 낸 의도는, 이론의 비교, 설명하는 부분에서는 강의시간에 들은 이론을 얼마나 잘 이해했는가를 시험하고, 자신의 견해를 밝히는 부분에서는 강의시간에 들은 내용을 자기 나름대로 소화해서 그것에 대한 자신의 견해를 가지게 되었는지 또 자신의 생각을 논리적으로 풀어내는 능력이 있는지를 시험하고자 함이었다. 따라서 채점할 때도 후자에 더 중점을 두었다.

시험문제가 학생의 견해를 밝히라는 요구를 명시적으로 제시하지 않고 단순히 '맑스의 계급론과 베버의 계층론에 대해 논하라'라는 식으로 출제되더라도 '서론, 본론, 결론'의 형식을 갖추어야 하며 '자신의 견해'를 밝히는 부분이 반드시 들어가야 한다. '논하라'는 요구 속에 이미 자신의 견해를 밝히라는 요구가 들어 있다고 보아야 하기 때문이다.

실제로 이론을 비교하고 설명하는 부분의 답안은 학생들 사이에 별로 큰 차이가 발견되지 않았다. 반면에, 자신의 견해를 밝히는 부분은 아예 하나도 쓰지 않은 사람, 밑도 끝도 없이 '나는 누구의 이론이 더 맞다고 생각한다'는 식으로 한 마디만 써놓은 사람, 두 이론에 대한 자신의 판단을 상당한 비중을 두어 나름대로의 논리를 가지고 체계적으로 서술한 사람 등 다양하였다. 제일 마지막 경우가 가장 좋은 점수를 받은 것은 말할 것도 없다. 또 이론을 비교하고 설명하는 부분이 다소 미흡하더라도 자신의 견해를 논리적으로 체계 있게 잘 서술한 사람도 좋은 점수를 받았다. 그러나 다음과 같이 구성된 답안은 그 내용의 좋고 나쁨을 떠나서 최악의 경우라고 할 수 있다.

• **최악의 답안 구성**

문제	맑스의 계급론과 베버의 계층론을 비교, 설명하고 자신의 견해를 밝히라.
답안구성	Ⅰ. 맑스의 계급론에 대한 설명 Ⅱ. 베버의 계층론에 대한 설명

이 경우는 서론이 없을 뿐만 아니라 두 이론을 비교하는 부분도 없고 출제자가 결론으로 요구한 '자신의 견해'를 밝히는 부분도 없다. 즉, '서론, 본론, 결론'의 형식도 갖추지 못했을 뿐만 아니라, '자신의 견해'를 밝히지도 않았다. 출제자의 의도를 전혀 파악하지 못한 것이다. 반복해서 밝히는 바이지만, 요컨대 시험답안 작성의

첫걸음은 출제자의 의도를 정확히 파악하는 것이다.

시험답안도 일종의 논문이기 때문에 '서론, 본론, 결론'의 형식을 갖추어야 한다. 서론이 없는 답안은 옷을 벗지 않고 목욕탕에 들어가는 것과 다르지 않고, 결론이 없는 답안은 때를 씻고 나서 헹구지 않고 나오는 것에 비견된다. 서론이 없는 시험답안은 일단 많은 점수가 깎이고 들어간다고 보면 된다. 결론이 없는 답안도 마찬가지다. '서론, 본론, 결론'의 형식은 시험답안의 필수적인 형식이다. 따라서 앞의 문제에 대한 답안은 다음과 같은 형식으로 구성되어야 한다.

• **모범적인 답안 구성**

문제	맑스의 계급론과 베버의 계층론을 비교, 설명하고 자신의 견해를 밝히라.
답안구성	Ⅰ. 서론: 불평등 현상으로서의 계급 현상과 계층 현상의 사회적 의미 Ⅱ. 맑스의 계급론 Ⅲ. 베버의 계층론 Ⅳ. 양자의 비교 Ⅴ. 결론: 나의 견해

여기에서 서론은 '사회적으로 제도화된 불평등(계급이나 계층)이 갖는 사회적 의미와 역사적 의미 또는 사회학적 의미'를 일반론적으로 서술하는 내용과 시험답안의 본론에서 논의를 어떻게 전개할 것인가를 설명하는 내용으로 구성할 수 있다.

본론은 맑스의 계급론, 베버의 계층론, 양자의 비교 등의 세 가지 내용을 중심으로 구성하고, 결론은 양자에 대한 학생 자신의 견해를 피력하는 내용으로 구성할 수 있다.

물론 이와는 다른 구성도 얼마든지 가능하지만, 중요한 것은 '서론, 본론, 결론'의 형식을 갖추어야 한다는 것이다.

4. 시험답안 작성의 실제

이상에서 시험답안 작성에 필요한 기본적인 사항을 살펴보았다. 그러면 실제로 답안작성은 어떤 방식으로 하는 것이 좋은가에 대해 얘기해 보기로 하자.

① 시간계획을 가지고 작성하라

시험은 항시 제한된 시간 안에 답안을 작성하도록 되어 있다. 따라서 시간을 어떻게 배분하는가가 매우 중요하다. 한 문제가 제시되는 경우에는, 우선 어떻게 체계를 잡아서 쓸 것인가를 미리 생각해 보는 시간이 필요하다. 말하자면 개요를 작성하는 시간이다. 그런 다음 그 개요에 따라 각 부분에 적당한 시간을 배분해서 답안을 작성하는 것이 좋다. 물론 쓰다 보면 예상대로 안 되는 수도 있으므로 시간배분을 할 때에는 약간의 여유시간을 두는 것이 좋다.

시간배분을 제대로 하지 않고 답안을 작성하다 보면 서론은 거창하게 시작해 놓고서는 본론은 제대로 다 쓰지도 못하고 결론도 흐지부지 끝나 버리기 십상이다. 아무리 잘 알고 있는 내용이라 하더라도 주어진 시간에 답안을 써내지 못한다면 소용이 없다.

한편, 한 문제가 아니라 여러 문제가 제시되었을 경우에는 더욱 시간배분이 필요하다. 시간계획 없이 답안을 작성하면 제시된 문제 중에서 잘 아는 문제만 많이 쓰게 되고, 시간이 모자라 다른 문제는 제대로 써보지도 못하고 끝나 버리기 쉽다. 각 문제마다 배당된 점수가 있기 때문에 한두 문제를 아무리 잘 쓰더라도 나머지 문제를 부실하게 쓰면 좋은 점수를 받기 어려울 것이다. 따라서 이런 경우에도 잘 아는 문제에는 적은 시간을 배분하고 잘 모르는 문제에 많은 시간을 배분하는 등 미리 시간계획을 가지고 답안을 작성하는 것이 좋다.

② 개요를 작성하라

논문을 쓸 때 개요작성이 중요하다는 사실은 앞서 말했지만, 시험답안에서도 개요의 작성은 큰 도움이 된다. 시험시간이란 언제나 부족하기 마련이기 때문에 문제를 받자마자 바로 쓰는 사람이 많은데, 이것은 오히려 시간을 효율적으로 활용하지 못하는 결과를 초래한다. 개요 없이 답안을 작성하면 답안이 체계적으로 되기 어렵고 또 중요한 사항을 빠뜨리기도 쉽다. 또 한참 써내려 가다가 그만두고 다시 시험 답안지를 받으러 나오는 사람이 많은데, 이런 경우 역시 개요 없이 시작하기 때문에 생기는 시행착오라고 하겠다.

시험시간 중의 10분의 1 정도는 개요작성에 할애하는 것이 좋다. 답안지의 여백이나 뒷면에 개요를 작성하고 나서 써내려 가면 막히는 일이나 빠뜨리는 내용 없이 답안을 작성하게 된다.

여하튼 개요는 본론의 내용을 어떻게 구성할 것인가 하는 간단한 것이든 세부적인 항목까지 설정하는 복잡한 것이든 반드시 작성하는 것이 좋겠다.

③ 문단 나누기를 하라

문단이 없는 글이 좋은 글이 되기 어렵듯이, 문단이 없는 시험답안도 좋은 답안이 되기 어렵다. 학생들의 답안 중에는 답안 전체가 하나의 문단으로 되어 있는 경우가 적지 않다. 문단을 적절하게 나누는 것도 좋은 답안의 조건 중 하나이다. 다음 예는 지방의 모 국립대학교 국문학과 3학년 학생의 '사회학개론' 시험 답안이다.

문제	사회화와 사회통제에 대해 논하라.
답안 내용	1-(1) 인간은 사회에 태어나 귀속됨으로써 인간적인 삶을 누리게 된다. 그러나 사회에 태어남으로 인하여 사회의 구속을 불가피하게 받을 수 없고, 사회에 의한 통제는 인간을 꼭두각시로 전락시켜 창조력을 마비시키는 단점은 발생하게 되는 것이다. 문화라는 것은 인간생활 그 자체를 의미한다. way of life가 사회학적 관점에서의 문화인 것이다. 문화는 어느 사회·국가에나 있는 보편성을 띠며, 인간에 의하여 만들어진 사회적 성격을 띠는 동시에 학습에 의하여 후천적으로 전승된다는 특징이 있다. 또한, 문화는 개인이 아닌 여러 사람들이 공유하는 것이며 체계성을 갖고 축적성을 보인다. 오랜 시간에 걸쳐 이루어지고 전수되며 체계적인 면모를 보이는 것이다. 사람은 문화를 통하여 인간다운 삶을 영위하는 것이다. 인간이 사회에 태어나 정상적으로 그 문화를 영위하며 살아가기 위해서는 자연적으로 사회화 과정을 필요로 한다. 사회에 태어나 사회의 관습과 전통과 생활방식을 익히고 습득하지 않고서는 인간은 고립될 수 밖에 없다. 사회화된다는 것은 인간다운 삶을 누리게 되는 기초인 것이다. 사회화의 과정을 프로이드는 성적에너지의 표출단계면에서 고찰하였다. 인간은 본능적 자아인 이드가 있고 도덕적 자아로서의 수퍼에고가 있는데 자기 스스로의 자아 형성은 이 둘의 중간단계로서 에고라 한다. 사람은 리비도의 표출에 따른 어릴 때의 교육환경·경험이 중요하다는 것이다. 그것이 성인이 되었을 때의 인격형성에 커다란 영향을 주기 때문이다. 다른 학자들 중엔 사회화를 모방단계-유희단계-게임단계로 지적하기도 하고, 거울에 비친 자신의 모습을 모방하듯 타인의 의사나 행동에 초점을 맞추는 것이라 말하기도 한다. 그러나, 역시 사회화는 개인적인 차원이 아닌 것만은 분명하다. 상호보완적 영향이 다분한 것이다. 이렇게 하여 사회화의 과정을 통하여 사회구성원으로서의 역할을 충실히 수행해 나가는 것이 사회구성원들에게 필요하게 요구되어지게 된다. 사회에서 유하고 학습되어진 이념대로 실행하지 못했을 때에는 일탈자가 되어 사회의 강력한 통제에 따라 구속을 받게 된다. 그러다 보니, 자신의 · 개인의 사고는 죽어가고 남들과 획일화된 보편성만을 알게 모르게 주입받는 것이다. 인간이 사회구성원으로서 사회의 주체자 이면서도 사회라는 제도에서 구속화되는 현상이 야기되는 것이다. 이는 개인의 삶이 여러 대중들 사이에서 의미화되고 생존 가능해진 사회구조의 형태가 불가피한 것이라 하겠다. 따라서, 인간은 자신들이 창조한 사회제도하에서 인간다운 삶을 누리는 동시에 자신이 가진 고유한 특질을 발휘하지 못하는 억압적 상태에 있는 것이다.

앞의 답안과 같이 문단 나누기를 제대로 하지 않은 답안은 잘 읽히지가 않으며 또 그 내용을 파악하기도 힘들다. 무엇이 서론이고 무엇이 본론이며, 무엇이 결론인지도 구분하기가 어렵다. 그러니 학생이 말하는 내용이 제대로 가늠되지 않는다.

이렇게 문단 나누기를 제대로 하지 않았다는 것은 학생 자신이 그 내용을 잘 정리하고 있지 못하다는 것을 드러낸다. 실제로 위 답안은 '문화', '사회화', '사회통제' 등에 대해 자신이 알고 있는 내용을 무질서하게 마구 써놓은 답안에 불과하다.

④ 반드시 문장으로 표현하라

한편, 시험답안은 노트 정리가 아니라는 점을 강조하고 싶다. 노트는 알아보기 쉽게 간단히 정리하고, 또 대개 완전한 문장보다는 기호나 도표 등을 이용해 요약된 형태로 정리한다. 그러니 노트를 시험 답안지에 그대로 옮겨 놓는 것은 금물이다. 시험답안은 자신이 공부한 내용을 드러내고 견해를 밝히는 것이므로 반드시 완전한 문장으로 구성해야 한다.

아무리 내용상 완벽한 답안을 작성해도 노트 필기식으로 되어 있으면 좋은 답안이 될 수 없다. 아니, 노트 필기식으로 된 답안은 완벽할 수 없다. 시험답안을 노트 필기식으로 작성해도 된다면 시험은 암기력 테스트를 넘어서기 어려울 것이다.

다음의 답안은 서울의 모 사립대학 사회복지학과 2학년 학생의 '사회보장' 과목 시험답안인데, 노트 필기식 답안의 문제점을 잘 보여주는 예이다.

문제	우리나라 국민연금제도의 현황과 문제점 및 개선책에 대해 논하라.
답안 내용	2. 우리나라 국민연금제도의 현황, 문제점, 개선책 · 연금제도란 사회적 위험에 대처하기 위한 소득 보장제도의 일종 · 국내거주 16 – 60 미만의 국민을 대상 · 대상자는 (사업장가입자 지역가입자 → 농어민, 도시자영자, 일용근로자 etc (실제로는 제외되어 있는 상태) 임의계속가입자 · 재원은 적립방식 채택. 가입자부담 (갹출금) + 국고부담 + 기금운용수익금 및 적립금 + 문제점, 개선책 • 농어민, 도시자영업자, 일용근로자가 제외되어 있다. 매월 월급받는 근로자보다는 위의 사람들이 더욱 사고의 위험에 노출되어 있어 확대 방안 마련이 요구. · 갹출금의 상향조정 현재의 3%로는 사용자와 1:1의 비율로도 6%에 지나지 않는다. 그러므로 퇴직 후의 생계유지를 위한 최소한의 비용에도 모자란 실정이다. · 상향조정에 따른 문제 수입의 많은 부분이 적립금으로 들어갈 경우 현재 생계에 어려움이 있을 수 있다. 현 1:1 방식에서 국가와 보조를 하고 사용자의 비율을 늘리면 좋을 듯 하다. ◦ 자영업자의 개인부담 (지역가입자, 임의계속가입자) 자영업자들은 갹출금을 개인이 모두 부담하는데 국가의 보조가 필요하다. ◦ 연금지급 비율의 상향조정 최종임금의 40%를 지급하도록 되어있는데 저소득자의 경우 생계유지가 어려 우므로 이의 상향 조정이 필요. ◦ 재원의 이원화 최소한의 생계비를 보장한 빈부차를 줄일 수 있는 이원적 구조가 요구된다. ◦ 기금의 운용 기금의 운용에 있어서도 공공부문의 투자가 너무 많아 재원을 늘릴 수 있는 사업으로의 전환이 요구된다.

이 답안은 강의시간에 다룬 내용을 비교적 충실히 적은 것은 사실이지만, 이 학생은 결코 좋은 점수를 받지 못했다. 답안을 노트 필기식으로 작성했기 때문이다. 또한 노트에 필기된 내용을 따라가다 보니 답안의 구성에도 문제가 생겼다. 즉, '서론, 본론, 결론'의 형식을 전혀 갖추고 있지 않으며, '현황'과 '문제점'과 '개선책'에 대한 구분이 전혀 되어 있지 않다. 이 답안은 다음과 같은 형식을 갖추어서 완전한 문장으로 작성되어야 한다.

문제	우리나라 국민연금제도의 현황과 문제점 및 개선책에 대해 논하라.
답안(개요)	1. 서론 1) 문제 제기 2) 답안의 구성 2. 본론 1) 국민연금제도의 현황 (1) 목적 (2) 대상 (3) 재원의 마련 2) 국민연금제도의 문제점 (1) 대상의 한정 (2) 각출료의 부족 (3) 지급의 일원화에 따른 빈부격차의 재생산 (4) 기금운용의 문제 3) 개선책 (1) 대상의 확대 (2) 각출료와 지급비율의 상향조정 (3) 지급비율의 이원화 (4) 재원확충을 위한 기금운용 3. 결론 1) 현황과 문제점 및 개선책에 대한 간단한 요약 2) 개선책의 실행을 위한 제언

이 과목을 담당하고 있던 교수는 필자가 잘 알고 지내는 선배이다. 그 선배는 학생들의 답안이 이런 식인 것을 보고 답안을 결코 노트 필기식으로 써서는 안 된다고 일러 주었다고 한다. 그런 연후에 위의 답안을 쓴 학생이 '사회징책'이란 과목에서는 다음과 같은 식으로 답안을 작성했다고 한다.

문제	사회정책을 바라보는 관점을 세 가지 이상 선정하여 비교, 검토하시오.
답안	1. 서론 봉건주의 사회에서 산업혁명을 통해 자본주의가 등장함에 따라 변화하는 사회에 대한 여러 가지 부작용과 그에 대한 해석들이 나오게 되었다. 토지와 영주에 예속되었던 농노들이 신분적 해방과 토지로부터의 자유를 얻음으로써……. 2. 라살레주의 라살레주의는 통일문제와 민족문제 및 계급문제의 동시적 해결을 촉구하며 표출되고 자본주의적……. 3. 카우츠키 카우츠키의 관점은 '혁명적 대기주의'에서 기존의 자본주의적 사회질서의 '자동붕괴'를 단순히 기다리기만 하는 정적주의, 무행동주의를 표방한다. 이러한 노선은……. 4. 로자 룩셈부르크 로자 룩셈부르크로 대표되는 급진좌파는 이론과 모든 실천을 자본주의 사회의 혁명에 초점을 맞추고 있다. 사회민주주의에서……. 5. 베른슈타인 베른슈타인에 의해 대표되는 개량주의적 우파는 혁명적 과격파의 영향력이 감소함에 따라 꾸준히 실세를 장악하게 된다. 특별한 이론체계가 없는 이 파는……. 6. 결론: 사회정책의 관점 비교 라살레는 이론적으로 과격했으나 실천에 있어서는 초기적 성격을 띠어 비교적 소극적이고 단순한 보통선거권 확보라는 미진함에 그치고 있고 카우츠키는 이론은 과격하나 실천에 있어서는 애매하게 개량주의를 따르고 있다. 또 로자 룩셈부르크는 이론과 실천 모두에서 과격하여 의회는 수단이고 대중시위, 총파업만이 모순을 척결하는 유일한 방법이라고 말하고 있고 베른슈타인은 뚜렷한 이론체계 없이 개량주의와 마르크스주의를 수정한 수정주의를 표방하여 실천하고 있다.

이 답안은 모범답안도 아니고 또 문제점이 없는 답안도 아니다. 그러나 최소한 시험답안은 노트 필기가 아니라는 것을 깨닫고 작성한 답안임은 분명하다. 즉, 완전한 문장으로 답안을 작성하고 있는 것이다. 그리고 서론, 본론, 결론의 형식을 갖추고 있다는 점에서도 시험답안으로서 기본적인 형식을 갖추고 있는 셈이다. 따라서 이 답안은 몇 가지 문제점에도 불구하고 높은 점수를 받을 수 있었다.

하지만 앞의 답안은 다음과 같은 형식으로 다시 다듬을 필요가 있다.

문제	사회정책을 바라보는 관점을 세 가지 이상 선정하여 비교, 검토하시오.
답안(개요)	1. 서론 1) 사회정책의 발생 배경 2) 사회정책에 대한 관점의 흐름: 보수적 관점과 진보적 관점 3) 답안에서 다루고자 하는 내용 2. 본론: 각 관점에 대한 간략한 소개 1) 라살레주의 2) 카우츠키 3) 로자 룩셈부르크 4) 베른슈타인 3. 결론: 각 관점에 대한 평가 1) 각 관점에 대한 평가 (1) 이론적 측면 (2) 실천적 측면 2) 각 관전이 오늘날의 사회정책에 대해 갖고 있는 함의

⑤ 원고지 작성 요령을 지켜라

답안을 작성하면서 줄을 잘 맞추는 것도 필요하다. 답안지가 원고지는 아니지만 원고지를 작성하는 요령에 따라 띄어쓰기와 들여쓰기, 줄맞추기 등을 제대로 해야 한다.

다음 답안은 모 국립대학교 법학과 2학년의 '사회학개론' 답안지이다. 필자가 보기에는 내용도 문제일 뿐만 아니라 구성도 제대로 되어 있지 않다. 그러나 더욱 문제인 것은 도대체가 답안지를 무슨 낙서장 정도로 착각하고 있는 것이 아닌가 하는 점이다. 줄도 비뚤비뚤하고 들여쓰기도 전혀 되어 있지 않다.

문제	맑스의 계급론과 베버의 계층론이 갖는 유사점과 차이점
답안 내용	문1 Marx와 Weber의 계급이론이 갖는 유사점과 상이점 Marx는 계급이론을 1차원적으로 설명하였고 Weber는 다차원적으로 설명하였다. 먼저 그 유사점을 비교하겠다. Marx와 Weber는 모두 경제적 수단에 의해 계급이 나뉘어진다고 하였다. 즉, 경제적 소유 관계에 의하여 그 지위가 확립되는데 고위의 지위는 경제수단을 많이 소유한 자본가 계급(부르조아계급)이고, 그 반대의 계급은 노동자계급(프롤레타리아계급) 이라하였다. 이 계급이론(계층이론)에서는 항상 사회내에 갈등의 요소가 존재하는바 Marx 는 언젠가는 사회 내의 모순에 의해 노동자 계급이 자본가 계급을 타도하고 사회를 지배하게 된다고 하였다. 한편, 그 차이점을 살펴 본다면, Marx는 사회계층의 요인이 단지 경제적 소유에 의해서만 그 분류가 가능하다고 하여 자본가 계급과 노동자 계급의 분류를 함으로서 1차원적인 분류를 함에 반하여 Weber는 사회계층 분화의 요인을 3가지 요인 즉, 계급, 지위, 권력의 3요인으로서 설명하려고 하였다. 즉 첫째 계급은 경제적 계급을 말하는 것이다, 이는 사회생활에서 경제적 수단 여부에 따라 그 지위가 확정되는 것으로, Marx의 경제적 소유관계에 의해 지위계층이 분화된다는 것과 일맥상통한다. 둘째, 사회적 지위는 사회생활을 함에서 성원들 간의 평가에 의해 그 지위가 구분된 다는 것이다. 세째, 권력은 정치적 권력으로서, 성층관계내에 정치적 권력을 장악한 세력과 그렇지 못한 세력으로 나누려 하였다. Weber에 이 세가지 요인은 서로 독립적인 것은 아니지만 어느 정도 경합된 요인이 다. 그러나 사회계층을 파악함에 있어 이 세가지 요소가 중요시 된 것인가는 그 사회 상황에 따라 달리 나타난다.

같은 내용을 좀 더 깔끔하게 정리해 보자.

문제	맑스의 계급론과 베버의 계층론이 갖는 유사점과 차이점
답안 내용	맑스는 계급을 1차원적으로 설명하고, 베버는 다차원적으로 설명했다. 그러면 양자 사이에는 어떤 유사점과 차이점이 있는지를 살펴보기로 하자. 먼저, 유사점을 비교해 보면 다음과 같다. 맑스와 베버는 각기 다른 이론을 주장하지만 둘 다 경제수단에 의해 계급이 나누어진다고 했다. 즉, 경제적 소유관계에 의해 그 지위가 확정되는데 고위의 지위는 경제수단을 많이 소유한 자본가 계급(부르주아 계급)이고, 그 반대의 계급은 노동자 계급(프롤레타리아 계급)이라…… 한편, 그 차이점을 살펴보면 다음과 같다. 맑스는 사회계층의 요인이 단지 경제적 수단에 의해서만 그 분류가 가능하다고 하여 자본가 계급과 노동자 계급으로 분류함으로써 일차원적인 분류를 한 데 반해, 베버는 사회계층 분화의 요인을 세 가지 요인, 즉 계급, 지위, 권력의 세 요인으로 설명하려고 했다. 첫째 계급은 경제적 계급을 말하는 것이요, 이는 사회생활에서 경제적 수단의 여부에 따라……. 둘째, 사회적 지위는 사회생활을 함에 있어서 성원들간의 평가에 의해 구분된다는 것이다. 셋째, 권력은 정치적 권력으로서, 사회조직 내의 정치적 권력을 장악한 세력과 그렇지 못한 세력으로 나누었다. 베버의 이러한 세 가지 요인은 서로 동떨어진 것은 아니지만 어느 정도 격리된 요인들이다. 그러나 사회계층을 파악함에 있어, 이 세 가지 요소가 어느 것이 중요시된 것인가는 그 시대와 장소에 따라 달리 나타났다.

앞에서도 말했듯이 시험답안도 일종의 논문이기 때문에 논문을 쓰는 형식에 따라 띄어쓰기, 들여쓰기, 문단 나누기 등을 제대로 해야 하며, 줄을 잘 맞추어 써야 한다.

시험 답안작성에 관한 이상의 충고는 대학입시나 입사시험의 논술시험에도 그대로 적용된다.

02

리포트

최근에는 중학생이나 고등학생들도 보고서를 작성해야 하는 경우가 많아지고 있다. 수행평가를 위해 보고서 제출을 요구하는 선생님들이 늘고 있기 때문이다. 하지만 보고서(리포트)라 하면 자연스럽게 대학생활을 떠올리게 된다. 보고서가 대학생활에서는 그만큼 자주 써야 하고 또 중요한 역할을 한다는 말이다.

지금부터 우리는 보고서 작성에 대해 알아볼 것이다. 대학생활에서의 리포트를 중심으로 논의가 전개되겠지만, 그 요체는 중·고등학생의 보고서를 비롯한 일반적인 보고서에도 충분히 응용될 수 있을 것이다.

1. 리포트의 의의

대학생활에서 리포트는 시험 못지않은 비중을 차지한다. 필자의 경우에는 강사시절에 중간고사나 기말고사 중 한 번은 꼭 리포트로 대체하거나, 한 번만 평가를 할 경우에도 리포트로 평가했다. 대학은 결코 기계적으로 무엇을 외우게 하거나 암기력을 기르는 곳이 아니다. 또한 시험은 개인의 이해능력이나 논리전개 능력을 테스트하기에는 한계가 있다. 성적 관리의 편의상 시험을 치르지만, 필자는 오히려 가능하다면 모든 시험을 리포트로 대체해야 한다고 생각하는 편이다. 물론 어떤 지식을 반드시 기억해야 하는 교과목의 경우나 자연과학의 경우는 사정이 완전히 다를 것이다.

현재 대부분의 경우에 리포트는 보조적인 평가수단으로 활용되고 있는 실정이다. 그러나 리포트는 단순히 평가도구인 것만은 아니다. 리포트 작성을 통해 기대할 수 있는 효과는 다음과 같이 여러 가지다.

첫째, 학생들로 하여금 해당과목과 관련된 참고서나 논문을 읽게 함으로써 학생들의 관심을 확장시키고 연구심을 기르는 효과를 갖는다.

둘째, 시간이 부족해서 강의실에서 미처 다루지 못한 문제를 학생들이 직접 접촉하게 함으로써 강의를 보충하는 효과를 갖는다.

셋째, 지도교수가 지정하거나 학생이 스스로 선택한 문제에 관해 여러 문헌과 자료를 읽고 글을 쓰게 함으로써 학생들의 독서력과 글쓰기 능력을 기른다.

넷째, 자기 주장이나 견해를 체계적, 논리적으로 전개하는 능력을 키우는 기회를 제공한다. 글쓰기 훈련이 가뜩이나 부족한 우리의 상황에서 리포트는 자기표현능력을 키우는 좋은 기회이다.

다섯째, 졸업논문을 작성하는 예비 훈련이 된다. 즉, 리포트는 자료를 읽고 그것을 자기 나름대로 정리해 자기 주장을 논리적이고 체계적인 방식으로 제시하는 훈련의 기회를 제공함으로써 졸업논문, 더 나아가서는 석사논문이나 박사논문을 작성하는 기초를 쌓게 하는 효과를 갖는다.

이처럼 대학의 리포트 작성은 독자적인 연구능력을 기르는 지적 훈련과정의 일환이라고 할 수 있다. 따라서 리포트는 지적인 성장 과정에서 첫걸음마와 같은 것이다. 교수의 손을 잡고 또는 교수의 보호 아래 이루어지는 이러한 걸음마 연습을 계속함으로써 점차 혼자서 걷는 힘이 생겨 지적 독립을 이루어 가고, 석사논문이나 박사논문을 쓴 이후에는 완전히 지적으로 독립된 한 사람의 연구자로 인정받게 되는 것이다.

그러나 이러한 지적 독립성은 단순히 학문을 하는 사람에게만 요구되는 것은 아니다. 지적인 독립성은 언론인, 회사원, 공무원, 실업인, 정치인에 이르기까지 우리 사회의 모든 구성원에게 요구되는 것이다.

2. 리포트의 평가

리포트에 대한 평가는 단순히 점수를 매기는 데서 끝나서는 안 될 것이다. 리포트가 성적을 평가하기 위한 수단인 것만은 아니기 때문이다. 리포트 작성은 글쓰기 능력, 창조적인 사고능력 등을 배양하는 기회이기도 하므로 반드시 리포트에 대한 논평을 해서 되돌려 주는 것이 필요하다.

그러나 현실은 그렇지 못하다. 대학의 사정이 여의치 못하여 교수는 한 학기에 몇 백 개의 리포트를 평가해야 한다. 리포트의 내용을 점검하는 것은 고사하고 제출 여부를 체크하기에도 벅차다. 그러나 리포트의 내용을 꼼꼼히 다 읽어 보지는 못한다고 하더라도 중요한 사항은 다 점검하기 마련이다.

그러면 교수가 리포트를 평가할 때 주안점을 두는 것은 무엇인가를 한 번 생각해 보자.

① 형식상의 요건

리포트를 평가할 때에는 가장 먼저 형식상의 요건을 갖추고 있는가를 살펴보게 된다. 형식상의 요건에는 표지, 목차, 주(註), 참고문헌 등이 포함된다. 인용할 때는 참고문헌 중 어디에서 인용했는지를 밝히고 있는지, 표지와 목차와 참고문헌 목록을 별도로 작성해서 첨부하고 있는지 등이 일차적인 검토 대상인 것이다.

② 본문의 구성

다음은 본문을 어떻게 구성하고 있는가를 평가한다. 이것은 글의 내용이 짜임새 있게 구성되어 있는가를 말한다. '서론, 본론, 결론'의 형식을 잘 갖추고 있는지, 논지를 전개하기 위해 어떠한 사항들을 동원하고 있는지, 논지의 전개는 매끄러운지 등을 목차를 통해 검토한다. 이 때문에 목차를 반드시 첨부해야 하는 것이다. 목차는 일종의 예의에 속하는 사항이다.

다음은 모 국립대 자치행정학과 1학년 학생이 제출한 '여성문제'에 관한 리포트의 목차이다. 이것을 보면 이 리포트는 본문의 구성이 체계적이지 못하고 단순히 관련 문제를 나열하고 있다는 걸 알 수 있다. 이는 결국 이 학생은 문제의 핵심을 제대로 파악하고 있지 못하며, 문제의 제기, 문제에 대한 논의, 문제해결 방안 제시 등을 체계적, 논리적으로 하고 있지 못하다는 것이다.

• 잘못된 구성을 보여주는 목차

제목	여성과 직업
목차	1. 들어가는 말 2. 몸말 1) 직업의 의의 2) 바람직한 직업관 3) 일과 자아실현 4) 가정과 직업 5) 현대 사회와 여성 취업 6) 여성 취업의 저해 요인 7) 여성의 새로운 역할과 위치 3. 나가는 말

이 리포트는 다음과 같이 재구성되면 좋을 것으로 보인다. 리포트를 체계적, 조직적으로 구성하는 방법은 3장의 '03. 구상과 계획: 개요의 작성과 확장' 부분을 참조하면 된다.

• 목차 고쳐 쓰기

제목	여성과 직업
목차	1. 들어가는 말 2. 직업의 의의 1) 직업의 의의 2) 바람직한 직업관 3) 일과 자아실현 3. 여성 취업의 현실 1) 여성 취업의 현실적 의미 2) 가정과 직업 3) 여성 취업의 사회적 저해 요인 4) 한국의 여성 취업 실태 4. 여성의 올바른 직업 생활을 위한 과제 1) 여성의 새로운 위상과 역할 2) 가정과 직장의 조화 3) 남성의 협조 4) 사회적 저해 요인의 해소 방안 5. 나가는 말 〈참고문헌〉

③ 서론과 결론

서론과 결론이 제대로 되어 있는지도 평가 기준이 된다. 서론은 다루고자 하는 문제를 제기하는 부분이다. 즉, 논의대상이 왜 문제가 되는지, 또 그것이 어떤 맥락에 속해 있는지, 그것을 어떻게 다루고자 하는지 등을 밝히는 곳이다. 따라서 서론이라는 이름만 붙여 놓고 실제로 문제제기를 하지 않는 경우에는 서론이 없는 것과 마찬가지이다. 예컨대 다음과 같은 서론은 서론이 무엇인지를 전혀 모르고 쓴 것이다.

• 잘못 쓴 서론의 예

제목	도시공간구조에 대한 이론적 접근들
서론	1. 서론 산업혁명을 거친 이후에 가장 큰 변화 중의 하나가 도시의 발달이었다. 농촌의 사람들은 도시로 이동하여 구조적인 면에서 많은 팽창을 거듭했고, 오늘날 대부분의 활동이 도시에서 이루어지고 있다. 이러한 시점에서 우리는 과연 도시란 무엇이며 그 구조란 어떤 것인지 살펴보자. 도시라는 것은 가정, 공장, 상점들이 줄지어 있는 분주한 거리를 의미하고, 촌락은 경지는 물론 넓은 삼림과 평야를 가진 시골을 의미한다. 그러나 이것은 외적인 것을 나타내는 것이며 실제에 있이시는 도시 지억과 농촌 지역을 식별하기는 어렵고 학자마다 도시를 정의하는 데 의견이 분분하다. 고대 도시는 약간의 공통점을 가지고 출발한다. 메소포타미아의 도시나 이집트의 도시와 우리나라의 평양, 부여, 경주 등 모두가 강을 끼고 발달했다는 것이다. 고대의 도시 생활은…….

위의 글에서 첫 문단만이 서론에 해당되는 부분이라고 할 수 있다. 그리고 두 번째 문단부터는 사실상 본론에 들어가야 할 내용이다. 따라서 위의 서론은 다음과 같이 고쳐야 한다.

• 서론 고쳐쓰기

제목	도시공간 구조에 대한 이론적 접근들
서론	1. 서론 산업혁명을 거친 이후에 가장 큰 변화 중의 하나가 도시의 발달이었다. 산업혁명으로 인한 농민층 분해와 농촌 생활의 피폐화는 농민을 도시로 모이게 하는 압출 요인으로 작용했고, 도시에서의 취업 기회의 확대와 도시의 문화적 수준의 향상 등은 인구의 도시집중의 유인 요인이 되었다. 그리하여 오늘날 세계 인구의 절반 이상이 도시에서 살고 있으며, 도시는 가장 중심적인 생활공간이 되었다. 이러한 급속한 도시화는 여러 가지 사회문제를 발생시키기도 하였고, 도시공간이 비효율적이고 무질서하게 활용되는 상황을 초래했다. 그리하여 도시공간의 구조는 학문적으로 중요한 연구대상이 되었다. 이러한 학문적 관심은 도시공간의 형성에 대한 역사적 연구, 도시공간의 효율적 재구성을 위한 실천적 방안에 대한 연구 등으로 집약되었다. 이러한 맥락에서 본고는 도시공간의 구조에 대한 몇 가지 이론들을 소개하고 그것이 이론적으로 적합성을 지니고 있는지, 또 실천적으로 어떠한 함의를 지닐 수 있는지를 검토해 보고자 한다. 본론에서는 먼저, 도시란 무엇인가, 도시의 발달사는 어떠한가 등을 살펴보기로 하겠다. 그런 다음에 도시의 공간구조에 대한 몇 가지 이론적 시각들을 간략히 소개하고자 한다. 결론에서는 이론적 시각들의 이론적, 실천적 함의들을 검토하고 앞으로의 연구과제를 제시하고자 한다.
본론 및 결론의 개요	2. 도시에 대한 정의 도시라는 것은 가정, 공장, 상점 등이 줄지어 있는……. 3. 도시의 발달사 고대의 도시는 약간의 공통점을 가지고……. 4. 도시공간 구조에 대한 이론적 접근들 5. 결론 1) 각 이론의 이론적, 실천적 함의에 대한 검토 2) 연구과제의 제시

한편, 결론은 서론에서 제기한 문제를 본론에서 전개하고 논의한 다음에 그것을 마무리 짓는 곳이다. 따라서 결론에서는 서론에서 제기된 문제에 대한 나름대로의 해답이나 해결책이 제시해야 한다. 그런데 결론 부분에서 자신이 제기한 문제에 대한 일정한 답변을 제공하지 않는다면, 그 글 전체가 죽어 버리게 된다. 위에서 든 예와 관련해서 살펴보면, 위 글의 결론은 반드시 각 이론의 이론적, 실천적 함의에 대한 검토와 앞으로의 연구과제의 제시를 담고 있어야 한다. 그렇지 않다면 위 리포트는 쓰다 만 리포트가 되고 말 것이다.

이와 같이 서론과 결론은 글 전체에서 매우 중요한 의미를 지니고 있다. 따라서 서론에서 어떻게 문제를 제기하고 있는지, 결론에서 어떻게 마무리하고 있는지만 보면 그것이 잘된 글인지 아닌지를 쉽게 파악할 수 있다.

④ 주제의 발전

주제를 어떻게 발전시키고 있는가 역시 중요한 사항이다. 이것은 주제를 다른 사항과 어떻게 연관시키고 있는지, 주제를 다루는 데 자신의 견해나 생각을 얼마나 창조적으로 첨가하고 있는지를 말한다. '그리스 로마 신화'에 대한 리포트를 제출하라고 했을 경우를 예로 들어 보자. 이 경우 여러 수준의 리포트가 예상된다.

먼저, 그리스 로마 신화를 요약해서 제출한 리포트가 있을 수 있다. 이 경우에도 요약을 비교적 충실하게 잘한 리포트도 있을 것이고, 요약조차도 제대로 하지 못한 리프트도 있을 것이다.

그런가 하면, 그리스 로마 신화를 동양의 신화와 비교한 리포트나, 그리스 로마 신화 중 여성과 관련된 신화와 동양의 신화 중 여성과 관련된 신화를 비교한 리포트도 있을 것이다.

이 경우 요약에만 그친 리포트보다는 더 높은 점수를 받는 것은 당연하다. 동일한 주제로 시작했지만 그 주제를 어떻게 발전시켰는지, 그 주제를 어떻게 독창적으로 다루었는지에 따라 리포트의 수준이 확연히 달라지는 것이다.

 3. 리포트의 형식

리포트도 논문이다. 짧은 리포트라고 하더라도 논문이 갖추어야 하거나 갖출 수 있는 형식이나 요건을 최대한 갖추는 것이 좋다. 이 경우 부족한 것은 흠이 되지만 넘치는 것은 결코 흠이 되지 않기 때문이다. 또 짧은 리포트를 작성하면서도 제대로 된 보고서나 학술논문을 작성하는 연습의 기회로 적극 활용하려는 태도가 필요하다.

학기말 리포트와 같이 분량이 A4용지로 10매 이상 되는 다소 긴 리포트는 학술논문의 형식을 반드시 갖추어야 한다. 이 경우도 앞의 짧은 리포트의 경우와 마찬가지로 형식과 요건을 제대로 갖추는 것이 좋다. 다만 그 충실도의 면에서 더 나아야 함은 말할 것도 없다.

앞에서 얘기한, 리포드를 평기할 때 주안점을 두는 사항들을 염두에 두고 리포트의 형식에 관해 이야기해 보자.

① '서론, 본론, 결론'의 형식

리포트는 '서론, 본론, 결론'의 형식을 반드시 갖추어야 한다. 물론 단순히 책을 읽고 그 내용을 요약하는 리포트는 그 책의 구성 체계에 따라 요약하면 될 것이다. 그러나 여타의 리포트는 논문 형식을 갖추어야 한다.

교수가 수시로 부과하는 리포트의 경우는 그 분량이 A4용지 5매 이내가 보통일 것이다. 이 경우에는 앞 장에서 설명한 논문의 각종 형식이나 체제를 갖추기 어렵겠지만, 그래도 최소한의 형식은 갖추어야 한다. 그 최소한의 형식이란, '서론, 본론, 결론'의 형식을 말한다.

② 표지와 목차

표지와 목차도 따로 만드는 것이 예의이다. 표지의 한 예를 들면 다음과 같다.

• 리포트 표지의 예

제목: 한국사회의 가부장제와 성차별

과목명: 사회학개론
담당교수: 김OO
제출일: 2010년 O월 OO일

OO대학교 사회과학대학 정치외교학과
학번: 10xxxxx
성명: 이OO

표지 다음에는 반드시 자세한 목차를 작성해서 첨부해야 한다. 목차를 꼭 넣어야 하는 이유는 목차의 검토를 통해 논지 전개의 논리성, 문제의 제기와 해결 방식, 논의의 충실성 등의 단면들을 파악할 수 있기 때문이다. 목차는 지도교수가 리포트를 효과적으로 읽는 것을 도와주기 때문에 일종의 예의에 속하는 문제이다.

예전에 필자의 강의를 듣던 학생이 다른 과목의 리포트에 목차를 넣어서 제출했더니 오히려 교수님께 혼났다고 하면서 어떻게 된 거냐고 물어온 적이 있다. 알고 보니 오히려 달지 않는 것이 나을 다음과 같은 목차를 달았다는 것이다.

• 잘못된 목차의 예

〈목차〉
1. 서론
2. 본론
3. 결론

이런 목차는 '서론, 본론, 결론'의 형식을 갖추었다는 것 외에는 아무런 정보가 없는 목차이다. 이처럼 간단한 목차라도 예컨대 다음과 같이 내용적 구체성을 띠면 나름대로 의의를 지닐 수 있다.

• **최소한 갖추어야 할 목차의 예**

〈목차〉

1. 서론: 가부장제와 성차별의 관계에 대한 탐구의 필요성
2. 현대 한국사회에서의 가부장제의 작동 메커니즘과 성차별의 양상
3. 결론: 성차별 해소를 위한 사회적 과제

③ 주와 참고문헌 목록

다른 문헌을 참고한 경우에는 반드시 주를 본문 중에 달아야 한다. 각주(脚註)의 형식이든 미주(尾註)의 형식이든 반드시 주를 달아야만 학기말 리포트의 수준에 이르렀다고 할 수 있다.

단순히 자신의 느낌이나 견해를 피력하는 리포트가 아닌 이상 반드시 참고문헌을 명시하는 것이 원칙이다. 필자는 분명히 몇 가지 서적을 참고해 작성한 리포트로 보이는데도 참고문헌을 전혀 명시하지 않은 리포트를 보고 불쾌한 생각이 든 적이 많다. 학생의 의도는 그런 것이 아니겠지만 교수의 입장에서 보면 마치 교수를 속이는 듯한 느낌이 들기 때문이다. 또 참고문헌 목록은 학생이 얼마나 열심히 자료를 찾고 공부를 했는가를 보여주기도 한다. 참고문헌 목록은 본문이 끝난 다음에 첨부하는 것이 일반적이다.

④ 기타 사항

시험답안을 노트 필기식으로 작성하는 학생들도 있지만, 리포트까지도 노트 필기식으로 작성하는 학생들이 있다. 노트 필기식은

절대 금물이다. 내용의 좋고 나쁨은 이미 문제가 되지 않는다.

문단 나누기 역시 잘해야 한다. 문단을 잘 나누어야만 글의 호흡을 살릴 수 있다. 아예 문단 나누기를 하지 않고 전체 글을 한 문단으로 만들어 오는 경우도 있는데, 이 또한 리포트라고 할 수 없다. 문단을 잘 나눌 줄 모르는 사람은 자기가 논지를 어떻게 전개하고 있는지를 알지 못하는 것이다.

또 어떤 학생은 문장을 문단과 혼동해 다음과 같이 각 문장을 전부 문단으로 만들어 오기도 한다. 이 학생은 미술대학 학생이었는데 나름대로 예쁘게 보이려고 그렇게 한 모양인데 혼란스럽기만 할 뿐 전혀 미적이지가 않다.

• 나쁜 문단 나누기의 예

도시빈민이라는 용어는 현재 널리 사용되고 있지만, 정확한 의미와 개념은 아직도 명확하게 정립되고 있지 못하다.

일반적으로 그저 '가난한 사람들'이라는 일상적인 용어로 대치되고 있는 실정이다.

도시빈민은 그저 '도시의 가난한 사람들'이라는 식으로 파악되어서는 안 된다.

그것은 노동자를 단지 '노동하는 사람' 그리고 농민을 '농사짓는 사람'으로 쉽게 말하는 것과 마찬가지이다.

....

4. 리포트 작성의 실제

그러면 실제로 리포트는 어떻게 작성해야 하는가? 학술적인 글을 쓰는 과정에 대해서는 앞서 이야기했지만, 여기에서는 논의를 리포트에 한정해서 순서대로 알아보기로 하자.

① 과제 부여자의 의도 파악

리포트 작성에서도 선결요건은 과제 부여자의 의도를 정확히 파악하는 것이다. 주제의 한정 범위, 강의내용과 리포트 주제의 연관관계, 교수가 요구하는 리포트의 대략적인 분량, 그 외 과제를 부여할 때 교수가 특별히 강조한 점 등을 참조하면 교수의 의도를 파악할 수 있을 것이다.

이상의 사항들로 판단이 서지 않으면 직접 교수를 면담하여 과제 부여의 의도를 좀 더 명확히 파악하는 적극적인 자세가 필요하다. 리포트는 무엇보다도 먼저 교수의 요구에 따라 자신의 능력을 드러내 보이는 일종의 평가수단이기 때문에 처음부터 올바른 방향으로 가지 않으면 안 된다. 그 올바른 방향이란 교수의 의도를 따라가는 것이다.

② 주제선정

교수의 의도를 파악하고 나면 주제선정 작업으로 들어가게 된다. 리포트의 경우 대개 분명하게 제한된 한 가지 주제가 주어지기보다는 몇 가지 주제들이 제시되거나 주제선정의 일정한 범위가 제시되는 것이 보통이다. 따라서 주제의 범위를 한정해서 구체적인 주제를 잡는 것이 꼭 필요하다.

주제는 개괄적이고 큰 주제보다는 구체적이고 특정한 작은 주제를 잡는 것이 바람직하다. 개괄적인 주제를 잡아서 잘 정리한 리포트도 좋은 리포트가 될 수 있지만, 아직 공부가 모자라는 단계에서 개괄적 주제를 체계적으로 밀도 있게 쓰기란 쉬운 일이 아니다. 특히 교수는 그 분야의 전문가이기 때문에 개괄적으로 쓴 논문의 허점을 쉽게 찾아낼 수 있다. 흔한 비유를 들면, 번데기 앞에서 주름잡는 꼴이 되기 쉬운 것이다.

반면에 구체적이고 작은 주제를 선정하고 자료의 수집과 정리를 충실히 한 후 리포트를 쓴다면, 학생은 교수보다 더 권위 있는 전문가가 될 수도 있다. 따라서 여러 가지를 포괄적으로 또 대략적으로 다루는 개괄적인 리포트보다는 단일한 주제를 깊이 있고 구체적으로 다루는 리포트가 쓰기도 수월하고 좋은 리포트가 될 가능성도 높다.

③ 시간 계획표 작성

주제선정이 끝나면 시간 계획표를 작성해야 한다. 리포트는 어차피 시한이 정해져 있기 때문에 철저한 시간계획 없이는 제대로 작성하기가 어렵다. 대개 학기말이 마감시한인 경우가 많은데 학기말은 기말고사 준비로 바쁘니까 미리 리포트를 작성하는 것도 방법이다.

시간계획은 크게 자료를 수집하고 정리하는 기간과 작성하는 기간으로 나누어 짤 수 있다.

④ 주제와 관련된 문헌 찾기

시간계획을 짜고 나면 자신이 선정한 주제를 직접 다룬 책이나 논문이 있는지 찾아본다. 만일 동일한 주제를 다룬 문헌이 있더라도 그것을 베낄 생각을 해서는 절대로 안 된다. 지도교수는 관련 분야의 웬만한 글은 대충이라도 읽어 보았을 것이므로 한두 논문을 베끼는 것은 금방 탄로가 나고 말 것이다.

필자가 예전에 '대중문화'라는 주제로 리포트를 써오라고 했을 때의 일이다. 용케도 필자의 논문을 찾아서 그것을 거의 그대로 베껴온 학생이 있었다. 우선은 필자의 논문을 참조했다는 점이 반가웠지만, 단순한 참조에 그친 것이 아니라 거의 그 내용 그대로 요약했다는 점이 무척이나 괘씸했다. 필자는 누구의 논문이든 거의 그대로 베끼거나 요약한 리포트에는 절대로 좋은 점수를 주지 않았다. 물론 각주를 달고 참고문헌 목록을 만들면서 그 문헌을 참고자료로 활용하는 것은 적극 권장한다.

참고문헌을 명시하지 않고 적당히 베껴 내면 지도교수가 모르리라고 생각하는 것은 큰 오산이다. 또 설사 들키지 않는다 하더라도 이는 결코 학문적인 태도가 아니다. 그것은 일종의 학문적 절도 행위(표절)이다. 근래 들어 고위 공직자의 임명에 논문의 표절이 큰 시빗거리가 되고 있는 것도 그것이 지극히 부도덕한 행위이기 때문이다. 이와 더불어 다른 문헌을 적당히 베껴서 리포트를 작성하는 것은 글쓰기 능력과 연구능력의 배양하는 데 최적의 기회를 스스로 버리는 꼴이라고 하겠다.

⑤ 참고문헌 목록 만들기

기존 연구를 간단히 검토한 다음에는 자신의 주제와 관련된 문헌을 중심으로 참고문헌 목록을 만든다. 목록을 만드는 방식은 3장 '03. 자료의 수집과 정리'에서 말한 연쇄적인 방식으로 하면 될 것이다. 즉, 최초 문헌의 참고문헌란을 참조하고 다시 다음 참고문헌의 참고문헌란을 참조하는 식으로 참고문헌 목록을 확장해 가는 것이다. 참고문헌 목록이 완성되면 그 문헌을 입수하여 내용을 검토한다.

⑥ 개요작성

자료의 수집과 정리가 끝나면 개요를 작성한다. 리포트에서도 개요작성은 필수적이다. 간단히 자기 생각이나 견해를 적는 리포트에서도 개요는 반드시 필요하다. 구체적인 작성의 원칙이나 방법은 앞에서 이미 설명한 바 있다.

⑦ 초고 작성

3장 '06. 글쓰기의 규칙과 방법'에서 살펴본 '글쓰기의 실제 과정'은 여기에도 적용된다. 그 내용을 간단히 상기해 보자. 우선 작성해둔 개요의 각 항목에 들어가야 할 사항을 생각나는 대로 적은 다음, 수집 · 정리한 자료를 그 밑에 배치한다. 그런 다음 빠져 있는 부분에 관한 자료가 있는지, 논리적으로 연결되는지를 확인하면서 초고를 작성한다.

⑧ 교열과 교정, 그리고 퇴고

초고를 완성한 다음에는 잘못된 부분이나 어색한 부분을 고치고, 무엇보다도 오자나 탈자를 찾아내어 바로잡아야 한다. 이를 교정과 교열이라고 한다는 것은 이미 밝힌 바 있다.

퇴고는 작게는 오자를 고치거나 빠뜨린 글자를 써넣는 일에서부터 더 알맞은 표현을 찾기 위해 고심하는 일, 나아가 글 전체의 흐름을 확인하는 것에 이르기까지 여러 단계가 있다. 여기에서 꼭 기억해 두어야 할 점은 글의 마무리 단계에서는 한 번이라도 더 읽고 한 번이라도 더 손질하겠다는 자세가 필요하다는 것이다.

⑨ 표지, 목차, 참고문헌 목록 첨부

퇴고를 끝으로 리포트 작성은 마무리되었다. 하지만 이로써 리포트가 완성된 것은 아니다. 앞서 설명한 대로 표지와 목차, 참고문헌 목록의 첨부가 남아 있다. 리포트 작성 순서에 따라 이미 작성해 두었다고 하더라도 다시 한 번 확인한 다음 첨부하자.

한 가지 덧붙이고 싶은 것은, 리포트에서 적극적으로 자신의 견해와 주장을 개진하라는 것이다. 자신의 생각을 단순히 '감'에 따라 적지 않고 논리적으로 정리한다면 교수는 매우 좋은 인상을 갖게 될 것이다. 리포트는 단순히 정리 능력과 글쓰기 능력을 배양하기 위한 것만이 아니라 사고 능력과 판단 능력을 배양하기 위한 것이기도 하기 때문이다.

03

논술시험

살아가는 동안 우리에게는 논술시험을 치러야 할 경우가 왕왕 있다. 대학 입학시험에서의 논술고사가 우선 첫 번째이고, 어떻게 보면 대학에서 인문사회계열의 많은 시험이 대부분 논술시험이며, 입사나 승진을 위해 논술시험을 치를 때도 있다.

여기에서는 먼저 논술(論述)이라는 것이 과연 어떤 성격의 글을 말하는 것인지 기초 이론의 측면에서 살펴보고, 그런 성격의 글을 잘 쓰기 위해서는 어떤 훈련이 필요한지를 알아보기로 하자.

그런 다음 대학 입학시험으로 치러지는 논술시험을 모형으로 해서 실제적으로 어떻게 논술시험 답안을 구성할 것인지를 연습해 보기로 하자.

1. 논술의 기초이론

논술이란 무엇인가? 가장 단순하게 말하면, 논술이란 논(論)하고 술(述)하라는 의미일 것이다. 그렇다면 논(論)은 무엇이고 술(述)은 무엇인가?

① 논하는 능력

논(論)은 사고능력을 알아보기 위한 부분이라고 할 수 있다. 가지고 있는 지식의 정도, 논리적 사고력, 자신의 생각을 정리하고 드러내는 능력 등을 말하는 것이다. 이러한 논에서 중요한 것은 크게 두 가지로 나눌 수 있다. 즉, 논의 영역에서 요구하는 가장 중요한 요소는 총체적 사고와 비판적 사고인 것이다.

유기적(有機的) 사고라고도 할 수 있는 총체적(總體的) 사고란 사물 사이의 관계를 고려할 줄 알고, 전체와 부분 사이의 관계를 염두에 두는 사고를 말한다. 예컨대, 경제에 관해 논할 때 경제가 정치나 문화 등과 맺고 있는 상호관계를 고려하지 않는다면 그것은 불충분하고 불완전한 사고가 될 것이고, 경제가 전체 사회 속에서 갖는 위상이나 관계를 고려하지 않는다면 그것은 공허하거나 비현실적인 논의가 될 가능성이 높다.

말하자면 우리가 어떤 사물이나 현상에 대해 논할 때는 반드시 그것이 주변 요소들과 맺고 있는 관계, 전체 사회 속에서 그것이 갖고 있는 위상과 의미를 고려해야 한다는 것이다. 그렇게 해야만 현실적이면서도 적절한 논의가 가능하다. 요컨대, 전체와 부분 사이의 관계, 부분들 사이의 관계를 염두에 두고 논의를 진행하지 않으면 제대로 된 논술을 할 수 없다. 이것이 논술의 첫 번째 전제조건이다.

비판적 사고는 기성관념과 고정관념을 넘어서고 그것을 타파하면서 새로운 대안을 제시할 수 있는 능력을 말한다. 단순히 기성관념이나 고정관념을 벗어나는 것만으로는 부족하고, 대안을 제시하는 데까지 나아가야만 비판적 사고에 충실한 것이라고 할 수 있다.

논술시험에서 강조하는 창의력이 바로 이 비판적 사고와 직결된다. 기성의 관념과 고정관념을 벗어나야 창의적일 수 있고, 새로운 대안을 제시해야 진정한 창의성이 발현되는 것이다.

② 술하는 능력

술(述)은 서술하는 능력을 말한다. 이는 단순히 문장력만을 말하는 것은 아니다. 서술능력은 크게 구성력과 문장력으로 나눌 수 있다. 아무리 사고하는 능력이 뛰어나더라도 그것을 문장으로 제대로 표현하지 못한다면 반쪽짜리밖에 되지 못한다.

구성력이란 하나의 글을 전체로서 짜임새 있게 엮을 수 있는 능력을 말한다. 그 핵심은 서론과 본론 및 결론을 알맞게 구성하는 능력이라고 할 수 있다. 아무리 좋은 논의와 문장이더라도 서론, 본론, 결론의 짜임 속에 적절하게 배치하지 않으면 알 수 없고 혼란스러운 글이 되고 만다. 결국 구성력은 개요(Outline)를 통해 서론, 결론, 본론을 소주제들을 중심으로 구성한 뒤, 그 속에 문장들과 주장들을 적절하게 배치하는 일종의 설계 능력이라고 하겠다.

문장력이란 그야말로 생각과 주장을 문장으로 표현하는 능력을 말한다. 문장력의 기본은 맞춤법이다. 맞춤법이 모두는 아니지만 아무리 좋은 글이라도 기본적인 맞춤법을 틀리면 신뢰가 가지 않는 법이다. 그런 점에서 맞춤법은 문장력의 기본이라고 하겠다.

그렇다고 맞춤법만 맞으면 되는 것은 아니다. 적절한 어휘를 사용하면서 문법과 맞춤법에 맞게 문장을 쓰고 효율적인 표현방법을 동원하는 등 자신의 생각과 주장을 올바르고 이해하기 쉽게 표현할 수 있어야 한다.

2. 논술시험에 대한 대비책

① 핵심은 글쓰기 연습

논술시험에 대비하기 위해서는 우선 책을 많이 읽어야 한다. 출제 경향을 보면 대개의 경우 일정한 정답이 기대되거나 특정 분야에 치우치는 문제보다는, 여러 학문 영역의 관점에서 두루 조망할 수 있고 주어진 논점을 자유롭게 발전시킬 수 있는 문제가 주를 이룬다. 따라서 보편적이고 원론적인 주제를 익혀야 한다.

기본적으로 읽어야 할 주요 텍스트들을 모아 놓은 책은 시중에 많이 나와 있을 것이다. 그것들을 기계적으로 읽거나 내용을 암기해서는 곤란하고 왜 그런 글들이 선택되어 기본 텍스트로 제시되는지 그 맥락을 이해해야 한다. 즉, 어떤 주제와 관련해서 또 어떤 논제를 전개하는 데 그런 글이 기본 텍스트가 되는지를 이해해야 한다는 것이다. 그렇게 해야 유사한 주제와 논지의 다른 글이 제시되어도 응용할 수 있기 때문이다.

논술시험은 주어진 논제에 대한 이해는 기본이고, 이에 대해 자신의 폭넓은 독서 경험을 바탕으로 창의적인 글쓰기를 할 것을 요구한다. 이는 제시문이 설명하는 주제에 대한 단순 이해를 넘어서 이를 자신의 언어로, 그리고 자신의 독창적 생각으로 재구성하면서 글을 써야 함을 의미한다.

대개 논술시험의 유형은 주어진 제시문의 논지를 발전시키거나 논박하고 그것들을 연결하여 논의를 전개하도록 요구한다. 이를 해내기 위해서는 주제에 대한 다각도의 관점과 논리를 세우고 각각의 논리에 대해 반성적으로 살펴보면서 논의를 전개해 나가는 능력을 길러야 한다. 또한 일정한 주제를 가지고 다각도의 반론을 제기한 뒤 각각의 반론이 정당하다는 논증을 해보고 서로의 생각에 대해 토론해 보는 것도 필요하다.

그러나 역시 중요한 것은 직접 써보는 것이다. 물론 읽기가 기본이지만 쓰지 않으면 별 도움이 되지 않는다. 이 책의 모토가 '쓰는 것이 힘이다'이듯이 써야만 자기 실력이 증명된다. 따라서 논술시험에 대한 대비의 핵심은 쓰기 연습이다. 앞서 제시한 '요약 연습'과 '한 문장 확대하기' 등의 방법을 활용하여 논술답안 쓰기 연습을 해보자. 다양한 문제를 체험한다는 차원에서 다른 논술책을 참조하는 것도 좋다.

② 논술 쓰기의 순서

논술은 대체로 다음과 같은 순서대로 쓰면 된다.

첫째, 논술문제가 주어지면 가장 먼저 논제의 요구를 정리해야 한다. 즉, 논제를 꼼꼼하게 분석해야 한다는 말이다. 모든 시험이 마찬가지지만 논술 역시 문제를 풀려면 질문을 읽고 출제자의 요구를 정확하게 파악해야 한다. 아무리 잘 쓴 답안도 논제의 요구사항을 충족시키지 못한다면 과녁을 빗나간 화살과 마찬가지이다. 논제의 요구사항에 대한 철저하고 정확한 분석, 이것이 논술의 첫걸음이자 성패의 갈림길이다.

둘째, 적절하게 메모를 하면서 제시문을 분석한다. 제시문을 분석하여 핵심문장을 추출하면서 그 의미를 발견한다.

셋째, 제시문의 논지에 토대를 두고 본론을 구상한다. 이 단계는 답안작성의 개략적인 방향을 정하는 단계이다. 제시문을 어떻게 활용하여 자신의 관점에서 어떻게 답안을 풀어나갈 것인가 하는 큰 가닥을 잡는 단계인 것이다.

넷째, 본론 구상을 토대로 개요를 작성한다. 이 단계는 앞서의 본론 구상을 토대로 구체적인 글의 목차, 즉 개요를 작성하는 단계이다.

다섯째, 개요를 토대로 논술문을 작성한다.

3. 논술시험의 실제 연습

실제로 논술문은 어떻게 작성해야 할까? 이제 구체적인 논제를 두고 논설문 작성 연습을 단계별로 해보기로 하자. 연습을 위한 논제의 제목은 '권력의 정당성과 폭력에 대한 저항'이다.

〈제목〉

권력의 정당성과 폭력에 대한 저항

〈논제〉

다음 제시문들을 읽고 권력의 정당성은 어디에서 나오는 것인지, 권력에 대한 정벌이나 저항의 명분은 어디에서 나오는 것인지에 대해 논하되, 반드시 탕왕의 예를 들어서 제시문 2의 견해에 대한 비판적 관점도 제시하시오.

〈제시문 1〉

가장 강한 자라도 자기의 힘을 권리로, 남의 복종을 의무로 바꾸지 않는 한 언제까지나 주인이 될 만큼 강한 것은 결코 아니다. 여기서 가장 강한 자의 권리라는 것이 나온다. 얼핏 보기에 비꼬는 투로 들리는 권리지만 실제로는 원리로서 확립되어 있다. 그러나 이 말은 언제까지나 설명이 안 되는 것일까? 폭력은 하나의 물리적인 힘이다. 그 작용의 결과 어떤 도덕적인 것이 나올지 나는 모른다. 폭력 앞에서 굽힌다는 것은 부득이한 행위이지 자기 의지에 의한 행위가 아니다. 그것은 한껏 신중을 기한 행위이다. 어떤 뜻에서 그것이 의무적일 수 있을까? 잠시 이 권리라고 일컫는 것이 존재한다고 가정해 두자.

나는 거기서 나오는 결과가 그저 뭐가 뭔지 모를 잠꼬대에 지나지 않는다고 말하고 싶다. 왜냐하면 권리를 낳은 것이 힘이라면 결과는 곧 원인과 더불어 바뀌어 버리기 때문이다. 말하자면 첫 힘에 이긴 힘은 모두가 전자의 권리를 돌려받는 것이다. 복종하지 않아도 처벌받지 않는다면, 복종하지 않아도 합법적일 수 있다. 그리고 가장 강한 자가 언제나 올바른 이상, 문제는 자기가 가장 강한 자가 되는 것뿐이다.

그런데 힘이 없어지면 멸망해 버리는 권리란 대체 어떤 것일까? 만일 힘 때문에 복종하지 않으면 안 된다고 한다면 의무 때문에 복종할 필요는 없어진다. 그래서 이 권리라는 말의 힘에 덧붙이는 것은 아무것도 없다는 것을 알 수 있다. 이 말은 여기서는 전혀 아무런 뜻도 없다. 권력자에게는 따르라. 만일 이것이 힘에는 굽히라는 뜻이라면 이 교훈은 좋은 것이지만 불필요하다. 이 교훈에 어긋나는 일은 결코 일어나지 않는다는 것을 내가 보장한다.

무릇 권리는 신에게서 나온다. 이것은 나도 인정한다. 그러나 모든 병도 신에서 나온다. 그렇다면 의사를 불러서는 안 된다는 것일까? 만일 내가 숲속에서 강도를 만난다면 힘 때문에 지갑을 주어야 할 뿐만 아니라 감출 수 있는데도 양심적으로 내줄 의무가 있는 것일까? 왜냐하면 결국 그가 가진 권총도 어떤 권리이니 말이다. 그러므로 힘은 권리를 낳지 않는다는 것, 그리고 사람은 정당한 권력밖에 따를 의무가 없다는 것을 인정하자. 그래서 언제나 나의 첫 문제로 되돌아가게 된다. (루소, ≪사회계약론≫)

〈제시문 2〉

탕왕(湯王)이 걸왕을 추방한 것이 옳은 일인가? 즉 신하가 임금을 정벌한 것이 옳은가? 이 같은 물음에 대해, 그것은 예로부터 있어 온 도(道)일 뿐만 아니라, 탕왕이 처음 한 것도 아니라고 말할 수 있다. 그 이전 신농씨(神農氏)의 세력이 약해지자 제후들이 서로 다투었다. 그때 헌원씨(軒轅氏)가 무력을 사용하여 평정하니, 대부분의 제후들이 그를 따랐다. 그리하여 결국 신농씨를 대신하여 황제(黃帝) 헌원씨가 임금이 되었다.

이것도 신하가 임금을 정벌한 것으로 볼 수 있다면, 황제 헌원씨가 탕왕보다 먼저 한 일이다. 신하로서 임금을 정벌하는 것을 단죄하려면 황제가 먼저 벌을 받아야 할 것이다. 어찌 탕왕만 비난할 수 있겠는가?

대체 천자(天子)란 것이 어떻게 생겨난 것인가? 하늘에서 떨어져 내렸는가, 땅에서 솟았는가? 다섯 가구가 모인 것을 인(隣)이라 하니, 다섯 가구에서 장(長)으로 추천된 자가 인장(隣長)이 된다. 또 인이 다섯 모인 것을 리(里)라 하며, 다섯 인에서 우두머리로 추대되면 이장(里長)이 된다. 마찬가지로 다섯 비(鄙)가 모여서 현(縣)이 되고, 다섯 비에서 우두머리로 추대되면 현장(縣長)이 된다. 그리고 여러 현장으로부터 추대된 자는 제후(諸侯)가 되며, 여러 제후로부터 추대된 자가 곧 천자(天子)가 되는 것이다. 즉 대중이 추대하면 천자가 되고, 추대하지 않으면 천자가 될 수 없다.

다섯 가구가 화목하지 못한 지경에 이르면, 다섯 가구가 의논하여 인장을 바꿔야 한다. 다섯 인이 화목하지 못하면 25가구가 모여 이장을 바꾸고, 아홉 제후와 여덟 방백(方伯)이 화합하지 못하면 의논을 거쳐 천자를 새로 뽑는다. 이것은 바로 인장을 뽑는 것과 같은 이치니, 누가 함부로 신하된 자로서 임금을 정벌한다고 비난하겠는가?

원래 그 바꿈에 있어서도, 제후에서 천자가 된 자가 다시 제후로 복귀하는 것이 허용되었다. 그러다가 제후로 다시 복귀하지 않은 것은 진(秦)나라가 주(周)나라의 대(代)를 끊어버린 데서 비롯되었다. 잇달아 한나라도 진나라의 대를 끊어 버렸으니, 이것만 보고 '무릇 천자를 정벌하는 자는 어질지 못하다'고 한다. 이것이 어찌 진실되고 참된 마음에서 한 말이겠는가!

46명이 뜰에서 춤을 춘다고 하자. 그 중에서 한 사람을 선출하면, 그가 깃대를 잡고 선두에 서서 춤추는 사람들을 이끌게 된다. 만일 깃대를 잡은 사람이 좌우절차(左右節次)를 잘 맞추면, 여러 사람들이 '우리의 무사(舞師)'라고 부를 것이다. 하지만 그 사람이 잘 맞추지 못하면 여러 사람이 그를 잡아내려 춤대열에 복귀시키고, 다시 능력 있는 사람을 선출하여 높이 받들며 우리의 무사라고 부르게 될 것이다. 그를 받들어 올린 자도 대중이요, 잡아내린 자도 대중이다. 대중이 올려놓고는 그 오른 자 탓만을 할 필요는 없지 않겠는가?

한나라 이후부터 천자가 제후를 세우고, 제후가 현장을 세웠으며, 현장이 이장을 세우고, 이장이 인장을 세웠다. 그리하여 공손하지 못한 자가 있으면 역(逆)이라 이름하였으니, 이 역이란 도대체 무엇인가?

옛날에는 아래에서 위로 뽑아 올렸기 때문에 아래에서 위로 올리는 것이 바로 순(順)이었으나, 지금은 위에서 아래로 임명해 내리기 때문에 뽑아 올라가는 것은 오히려 역이 된다. 이런 이치로 볼 때, 왕망(王莽), 조조(曹操), 사마의(司馬懿), 유유(劉

裕), 소연(簫衍) 등은 역이요, 무왕(武王), 탕왕, 황제 등은 임금 중에서 현명한 자요, 제(帝) 중에서도 성스러운 분이다. 그런데도 사람들은 제대로 알지도 못하고 무턱대고 탕왕과 무왕을 깎아 내려서, 요·순보다 낮추고자 한다. 이 어찌 고금의 일에 두루 통달한 것이겠는가? 장자가 이르기를, 쓰르라미는 봄인지 가을인지 모르고 울어댄다고 하였다. (정약용, ≪탕론(湯論)≫)

① 1단계: 논제의 요구사항 파악

우선 논제가 무엇을 요구하는지 그 세부적인 사항을 확인해 보자.

〈논제의 요구사항〉

- 권력의 정당성의 원천에 대한 논의
- 권력에 대한 정벌이나 저항의 명분의 원천에 대한 논의
- 탕왕의 예를 들 것
- 〈제시문 2〉에 대한 비판적 관점 제시

여기서 참고로 출제의도를 살펴보기로 하자. 출제의도는 다음과 같이 정리될 수 있을 것이다.

〈출제의도〉

인간사회에는 어디에나 권력이 존재한다. 그 권력은 정당한 권력일 수도 있고 정당하지 못한 권력일 수도 있다. 권력의 정당성은 어디

에서 나오며, 정당하지 못한 권력에 대한 저항이나 정벌의 명분은 어디에서 나오는 것일까? 〈제시문 1〉은 힘이나 폭력은 권력을 누릴 권리를 낳지 않으며, 인간은 정당한 권력에만 복종할 의무가 있다는 점을 강조하고 있다. 〈제시문 2〉는 하나라 걸왕을 정벌한 은나라 탕왕의 일이 잘못된 것이 아니라 천자를 세우는 원리에 합치된 정당한 정벌이었다고 주장하면서 탕왕을 옹호하고 있다.

논제는 권력의 정당성의 원천은 무엇인지, 권력에 대한 저항이나 정벌의 명분은 어디에서 나오는지 논할 것을 요구하고 있다. 더불어 탕왕의 예를 들면서 정약용의 견해에 대한 비판적 관점도 제시할 것을 요구하고 있다. 정치의 가장 중요한 현상이라고 할 수 있는 권력의 성립과 변천에 관한 입론을 요구함으로써 정치에 대한 기본 지식을 알아보고, 왕조시대의 관점에서 자유로울 수 없는 정약용의 견해를 비판하게 함으로써 비판적 사고능력을 검증하고자 하는 것이다. 탕왕의 예를 통해 정약용의 견해를 어떻게 설득력 있게 비판하느냐가 핵심이라고 하겠다.

② 2단계: 제시문에서 핵심문장 뽑기

논제를 생각하면서 제시문을 읽고 각 문단별로 핵심문장을 하나씩만 추출한다. 여기에서는 핵심문장을 뽑는 과정은 생략하기로 하겠다. 제시문으로 돌아가 직접 핵심문장을 뽑아 보기를 바란다.

③ 3단계: 핵심문장 자기 언어로 바꾸기

앞에서 추출한 핵심문장을 자신의 언어로 바꾸어 쓴다. 예컨대 이렇게 바꿀 수 있을 것이다.

• 〈제시문 1〉

1문단: 폭력 앞에서 굽힌다는 것은 부득이한 행위이지 자기 의지에 의한 행위가 아니다.

➡ 폭력에 복종하는 것은 어쩔 수 없는 행위이지 자신의 선택에 의한 것이 아니다.

2문단: 복종하지 않아도 처벌받지 않는다면, 복종하지 않아도 합법적일 수 있다.

➡ 불복종해도 처벌받지 않는다면 불복종이 법적으로 정당한 행위일 수 있다.

3문단: 만일 힘 때문에 복종하지 않으면 안 된다고 한다면 의무 때문에 복종할 필요는 없어진다.

➡ 만일 힘에 굴복해서 복종해야 한다면 그것은 의무로서 복종하는 것은 아니다.

4문단: 그러므로 힘은 권리를 낳지 않는다는 것, 그리고 사람은 정당한 권력밖에 따를 의무가 없다는 것을 인정하자.

➡ 힘이나 폭력은 권리를 발생시키지 않고 정당한 권력에만 순종할 의무가 있는 것이다.

• 〈제시문 2〉

1문단: 이 같은 물음에 대해, 그것은 예로부터 있어 온 도(道)일 뿐만 아니라, 탕왕이 처음 한 것도 아니라고 말할 수 있다.

→ 탕왕이 걸왕을 추방한 것은 옛날부터 있었던 올바른 길이며 탕왕이 처음 한 일도 아니다.

2문단: 이것도 신하가 임금을 정벌한 것으로 볼 수 있다면, 황제 헌원씨가 탕왕보다 먼저 한 일이다.

→ 신하가 임금을 정벌하고 몰아낸 것은 탕왕보다 황제 헌원씨가 먼저 했다.

3문단: 즉 대중이 추대하면 천자가 되고, 추대하지 않으면 천자가 될 수 없다.

→ 백성이 받들어 올리면 천자가 되고 받들어 올리지 않으면 천자가 되지 못한다.

4문단: 이것은 바로 인장을 뽑는 것과 같은 이치니, 누가 함부로 신하된 자로서 임금을 정벌한다 고 비난하겠는가?

→ 백성이 화목하지 못하면 밑에서부터 임금을 바꾸는 것이니 신하가 임금을 정벌한다고 비난할 수 없다.

5문단: 잇달아 한나라도 진나라의 대를 끊어 버렸으니, 이것만 보고 무릇 천자를 정벌하는 자는 어질지 못하다고 한다.

→ 진나라가 주나라의 대를 끊고 한나라가 진나라의 대를 끊어 버렸기 때문에 이 사실만을 염두에 두고 천자를 정벌하는 자는 어질지 못하다고 할 뿐이다.

6문단: 그를 받들어 올린 자도 대중이요, 잡아내린 자도 대중이다.

→ 춤을 추는 가운데 무사(舞師)를 추대한 것도 춤꾼들이요, 끌어내린 것도 춤꾼들이다.

7문단: 한나라 이후부터 천자가 제후를 세우고, 제후가 현장을 세웠으며, 현장이 이장을 세우고, 이장이 인장을 세웠다.

➜ 한나라 때부터는 천자가 제후를, 제후가 현장을 세우는 등 위로부터 아래로 장(長)을 세웠다.

8문단: 옛날에는 아래에서 위로 뽑아 올렸기 때문에 아래에서 위로 올리는 것이 바로 순(順)이었으나, 지금은 위에서 아래로 임명해 내리기 때문에 뽑아 올라가는 것은 오히려 역이 된다.

➜ 예전에는 아래에서 위로 받들어 올렸기 때문에 이것이 순(順)이었으나, 지금은 위로부터 아래로 세우기 때문에 아래에서 위로 받들어 올리는 것은 역(逆)이 된다.

④ 4단계: 요약문 작성

바꾸어 쓴 문단별 핵심문장을 통합하여 제시문별 요약문을 작성한다. 요령은 2장 '03. 글의 요약을 통한 글쓰기 훈련'에서 이미 익힌 바와 같다. 적절한 접속사를 이용해 요약문을 작성하는 것이다.

• 〈제시문 1〉의 요약문

폭력에 복종하는 것은 어쩔 수 없는 행위이지 자신의 선택에 의한 것이 아니다. 그리고 불복종해도 처벌받지 않는다면 불복종이 법적으로 정당한 행위일 수 있다. 그런데 만일 힘에 굴복해서 복종해야 한다면 그것은 의무로서 복종하는 것은 아니다. 궁극적으로 힘이나 폭력은 권리를 발생시키지 않고 정당한 권력에만 순종할 의무가 있는 것이다.

• 〈제시문 2〉의 요약문

탕왕이 걸왕을 추방한 것은 옛날부터 있었던 올바른 길이며 탕왕이 처음 한 일도 아니다. 따지고 보면 신하가 임금을 정벌하고 몰아낸 것은 탕왕보다 황제 헌원씨가 먼저 했다. 원래 백성이 받들어 올리면 천자가 되고 받들어 올리지 않으면 천자가 되지 못한다. 따라서 백성이 화목하지 못하면 밑에서부터 임금을 바꾸는 것이니 신하가 임금을 정벌한다고 비난할 수 없다. 그런데 진나라가 주나라의 대를 끊고 한나라가 진나라의 대를 끊어 버렸기 때문에 이 사실만을 염두에 두고 천자를 정벌하는 자는 어질지 못하다고 할 뿐이다. 비유컨대 춤을 추는 가운데 무사(舞師)를 추대한 것도 춤꾼들이요, 끌어내린 것도 춤꾼들이다. 그러다가 한나라 때부터는 천자가 제후를, 제후가 현장을 세우는 등 위로부터 아래로 장(長)을 세웠다. 그런 연유로 예전에는 아래에서 위로 받들어 올렸기 때문에 이것이 순(順)이었으나, 지금은 위로부터 아래로 세우기 때문에 아래에서 위로 받들어 올리는 것은 역(逆)이 된다.

⑤ 5단계: 두 제시문의 핵심문장 작성

각 제시문별로 대표 핵심문장을 1개씩 선별하고 이들을 기반으로 하나의 통합된 공통 핵심문장을 작성한다.

• 〈제시문 1〉의 대표 핵심문장

그러므로 힘은 권리를 낳지 않는다는 것, 그리고 사람은 정당한 권력밖에 따를 의무가 없다는 것을 인정하자.

➡ 힘이나 폭력은 권리를 발생시키지 않고 정당한 권력에만 순종할 의

무가 있는 것이다.

• 〈제시문 2〉의 대표 핵심문장

이것은 바로 인장을 뽑는 것과 같은 이치니, 누가 함부로 '신하된 자로서 임금을 정벌한다'고 비난하겠는가?

➡ 백성이 화목하지 못하면 밑에서부터 임금을 바꾸는 것이니 신하가 임금을 정벌한다고 비난할 수 없다.

• 공통 핵심문장

정당하지 못한 권력에는 따를 의무가 없고 권력의 정당성은 대중으로부터 나오는 것이기 때문에 정당하지 못한 권력에 대한 정벌이나 항거는 옳은 것이다.

⑥ 6단계: 개요작성

논제의 요구사항, 공통 핵심문장, 제시문별 요약문을 기반으로 개요를 작성한다. 이쯤에서 논제의 요구사항을 다시 한 번 확인하는 것을 잊지 않도록 하자.

〈논제의 요구사항〉

① 권력의 정당성의 원천에 대한 논의

② 권력에 대한 정벌이나 저항의 명분의 원천에 대한 논의

③ 탕왕의 예를 들 것

④ 〈제시문 2〉에 대한 비판적 관점 제시

• **개요**

Ⅰ. 서론: 권력의 필요성과 정당성
  – 정당성의 원천과 저항의 명분
Ⅱ. 본론:
  1. 권력의 정당성의 원천
    – 믿음이나 동의, 자발적 복종
  2. 정당하지 못한 권력
    – 정당성의 원천으로부터의 이탈
  3. 권력에 대한 저항이나 정벌의 명분과 정약용의 탕론
    – 탕왕에 대한 정약용의 옹호론
Ⅲ. 결론: 정약용의 탕론에 대한 비판
  – 역사는 승자의 기록

⑦ 7단계: 논술문 작성

개요를 바탕으로 논술문을 작성한다(2,500자 정도).

예시답안

인간 사회에는 어디에나 권력이 존재한다. 태초에는 힘에서 권력이 나왔을 것이다. 가장 힘있는 자가 권력을 쥐고 그것을 휘둘렀을 것이고, 힘의 관계가 역전됨으로써 권력의 교체가 일어났을 것이다. 그러나 역사가 흐르면서 권력이 작용하는 범

위가 넓어지고 영향력이 커지면서 권력은 점차 정당성과 명분을 필요로 하게 된다. 인간이 집단과 조직을 이루고 사는 한, 권력은 자연발생적으로 생길 수밖에 없고, 또 권력이 없으면 조직과 사회가 운영될 수도 없을 것이다. 문제는 결국 권력의 정당성의 확보이고, 정당하지 못한 권력의 교체일 것이다. 그렇다면 권력의 정당성은 어디에서 오는 것이고, 권력에 대한 저항의 명분은 어디에서 오는 것인지를 살펴보기로 하겠다.

권력의 정당성이 비롯되는 원천은 다양하다. 정당화된 권력을 계승하는 것은 전통적인 정당성 획득 방식이다. 왕조시대의 왕의 정당성은 왕위의 계승에 의해 나온 것이다. 개인이 가지고 있는 종교적이거나 신비한 카리스마에 의해서 권력의 정당성을 획득하기도 한다. 중세의 교황이나 이슬람세계의 술탄 등이 대표적인 예라고 할 수 있다. 현대사회에서는 법률에 의해 합법적으로 권력을 획득해야 정당성을 얻을 수 있다. 하지만 폭력이나 힘은 결코 권력의 정당성을 낳을 수 없다. 루소가 말하듯이 가장 강한 자라도 자기의 힘을 권리로 만들고 타인의 복종을 의무로 만들지 않는 한 언제까지나 권력을 쥐지는 못한다. 말하자면 정당성을 갖지 않는 힘은 영원한 권력이 될 수 없다는 것이다. 폭력에 복종하는 것은 어쩔 수 없는 행위이지 자신의 선택에 의한 것이 아니다. 불복종해도 처벌받지 않는다면 불복종이 법적으로 정당한 행위일 수 있다. 그런데 만일 힘에 굴복해서 복종해야 한다면 그것은 의무로서 복종하는 것은 아니다. 결국 힘이나 폭력은 권리를 발생시키지 않고 우리는 정당한 권력에만 순종할 의무가 있는 것이다. 여하튼 권력의 정당성의 원천은 대중이나 민중의 믿음이나 동의 또는 자발적인 복종에서 나오는 것이다.

정당하지 못한 권력이란 무엇일까? 그것은 오로지 힘과 폭력에만 의존하는 권력이나, 원래의 정당성의 원천이었던 요소들에 위배되는 정치행위를 하는 권력을 말할 것이다. 앞서도 보았듯이 전자는 애초부터 정당성을 가질 수 없는 그야말로 벌거벗은 폭력적 권력일 뿐이다. 후자의 경우에는 그것이 민초의 뜻을 반영한 제후의 추대가 되었든, 개인의 카리스마가 되었든, 법률에 근거한 민의의 반영이었든 애초에 정당성을 제공했던 원천으로부터 벗어나는 정치행위를 할 경우 정당하지 못한 권력이 되는 것이며, 그러한 권력에 대해서는 항거하거나 저항할 수 있는 명분이 주어지는 것이다.

〈제시문 2〉에서 정약용은 은나라의 시조 탕왕이 하나라의 마지막 왕인 걸왕을 정벌한 것을 논하면서 다음과 같이 탕왕의 행위가 정당하지 못한 권력에 대한 정당한 정벌이었다고 주장하고 있다. 그 주장의 논리를 따라가 보자. 탕왕이 걸왕을 추방한 것은 옛날부터 있었던 올바른 길이며 탕왕이 처음 한 일도 아니며, 따지고 보면 신하가 임금을 정벌하고 몰아낸 것은 탕왕보다 황제 헌원씨가 먼저 했다. 따라서 신하로서 임금을 정벌하는 것을 벌주려면 황제 헌원씨가 먼저 벌을 받아야 한다. 원래 백성이 받들어 올리면 천자가 되고 받들어 올리지 않으면 천자가 되지 못한다. 따라서 백성이 화목하지 못하면 밑에서부터 임금을 바꾸는 것이니 신하가 임금을 정벌한다고 비난할 수 없다. 그러다가 한나라 때부터는 천자가 제후를, 제후가 현장을 세우는 등 위로부터 아래로 장(長)을 세웠다. 그런 연유로 예전에는 아래에서 위로 받들어 올렸기 때문에 이것이 순(順)이었으나 지금은 위로부터 아래로 세우기 때문에 아래에서 위로 받들어 올리는 것은 역(逆)이 된다. 이런 이치에서 볼 때 왕망, 조조, 사마의 등은 역이요, 탕왕, 무왕, 황제 등은 임금 중에서도 현명하고 성스러운 분이라는 것이다.

왕조시대를 살았던 정약용으로서는 이런 논리를 펼 수밖에 없었을 것이다. 그런데 과거에 대한 평가는 역사의 기록에 따를 수밖에 없다. 황제 헌원씨도 은나라 탕왕도 주나라 무왕도 모두 승자이다. 어떤 의미에서 역사는 승자의 기록이라고 할 수 있다. 대개 멸망한 왕조의 마지막 왕은 새 왕조의 정당성과 명분을 세우기 위해 폭군이나 타락한 군주, 무능한 군주로 역사의 기록에 남게 된다. 그리고 그러한 역사적 기록을 남기는 것은 새 왕조의 몫이다. 이런 점에서 본다면 왕망이나 조조, 사마의가 승자가 되었다면 그들의 정벌도 정당하게 역사에 기록되었을지도 모른다. 또한 정약용의 논리에 따르면, 한나라 이후 천자가 제후를 세우고 제후가 현장을 세우는 등 위로부터 아래로 세우는 전통이 생겨난 이후에는 천자를 정벌하는 명분은 어디서 나오는 것인가? 그것은 힘에 의한 정벌과 정복, 왕권교체일 뿐일 수도 있다. 게다가 원나라나 청나라처럼 이민족이 중원에 왕조를 세워서 수백년 동안 천자 노릇을 한 것의 정당성과 명분은 어디서 찾을 수 있는가? 이처럼 군사적 정벌로 이루어진 왕조시대의 권력 교체는 오늘날의 눈으로 보면 정당성이 그리 크지 않은 것으로 보인다. 분명한 것은 왕조시대든 현대사회든 권력의 정당성은 대중과 민중의 믿음과 동의, 자발적 복종에서 나오는 것이다. 특히 현대 민주주의사회에서는 대중의 동의가 가장 중요하다. 그런 점에서 여론과 민의에 어긋나는, 정당성을 상실한 권력에 대한 제재를 가하는 법률적 수단이 강화되어야 할 것이다.

4. 논술문과 개요의 관계

덧붙여, 개요가 어떻게 논술문으로 발전되었는지를 확인하기 위해 앞서 필자가 작성한 예시답안을 요약해 역으로 개요를 작성해 보자. 이 부분은 글을 쓰는 순서나 단계가 아니라 개요의 성격과 개요가 논술문으로 발전되는 과정을 알아보기 위해 일부러 넣은 단원이다.

① 1단계: 예시답안의 문단별 핵심문장

1문단: 그렇다면 권력의 정당성은 어디에서 오는 것이고, 권력에 대한 저항의 명분은 어디에서 오는 것인지를 살펴보기로 하겠다.

2문단: 여하튼 권력의 정당성의 원천은 대중이나 민중의 믿음이나 동의 또는 자발적인 복종에서 나오는 것이다.

3문단: 후자의 경우에는 그것이 민초의 뜻을 반영한 제후의 추대가 되었든, 개인의 카리스마가 되었든, 법률에 근거한 민의의 반영이었든 애초에 정당성을 제공했던 원천으로부터 벗어나는 정치행위를 할 경우 정당하지 못한 권력이 되는 것이며, 그러한 권력에 대해서는 항거하거나 저항할 수 있는 명분이 주어지는 것이다.

4문단: 〈제시문 2〉에서 정약용은 은나라의 시조 탕왕이 하나라의 마지막 왕인 걸왕을 정벌한 것을 논하면서 다음과 같이 탕왕의 행위가 정당하지 못한 권력에 대한 정당한 정벌이었다고 주장하고 있다.

5문단: 이처럼 군사적 정벌로 이루어진 왕조시대의 권력 교체는 오늘날의 눈으로 보면 정당성이 그리 크지 않은 것으로 보인다.

② 2단계: 문단별 핵심문장을 제목으로

1문단: 권력의 필요성과 정당성

2문단: 권력의 정당성의 원천

3문단: 정당하지 못한 권력

4문단: 권력에 대한 저항이나 정벌의 명분과 정약용의 탕론

5문단: 정약용의 탕론에 대한 비판

③ 3단계: 제목들의 서론 · 본론 · 결론 배치와 논거 보충

앞서의 소제목들을 서론, 본론, 결론의 형식으로 배치하고 그 각각을 설명할 구체적인 논거를 보충하면 원래의 개요가 나오게 된다.

• 개요

Ⅰ. 서론: 권력의 필요성과 정당성
- 정당성의 원천과 저항의 명분

Ⅱ. 본론:
1. 권력의 정당성의 원천
   - 믿음이나 동의, 자발적 복종
2. 정당하지 못한 권력
   - 정당성의 원천으로부터의 이탈
3. 권력에 대한 저항이나 정벌의 명분과 정약용의 탕론
   - 탕왕에 대한 정약용의 옹호론

Ⅲ. 결론: 정약용의 탕론에 대한 비판
- 역사는 승자의 기록

04

졸업논문을 비롯한 간단한 논문

논문을 쓰는 방법에 관해서는 이미 3장 '글쓰기의 단계별 요령과 방법'에서 상세하게 소개하였다. 3장의 내용은 기본적으로 졸업논문을 기준으로 해서 구성된 것이다. 따라서 여기에서는 졸업논문에 국한해 간략히 언급하기로 하겠다.

1. 졸업논문의 의의

필자가 대학을 다닐 때는 졸업을 하기 위해서는 반드시 졸업논문을 작성해야 했다. 종전에도 학교나 학과에 따라 졸업논문 제도를 실시하기도 했지만, 1975년 6월에 마련된 '대학교육제도의 개선방향'에 의해 졸업논문 제도가 범대학적으로 확대되었다. 그리하여 소정의 학점을 모두 이수하고 나서 졸업논문을 제출해야 학사학위를 받을 수 있게 되었다. 외국의 경우에는 학점 이수보다 졸업논문에 더 큰 비중을 두는 경우도 있다. 제도가 어떠하든 졸업논문은 대학생활을 총정리한다는 의미에서 매우 중요한 의의를 지닌다고 하겠다.

졸업논문은 지도교수와 상의할 수도 있지만 대개 학생이 스스로 주제를 선택한다. 따라서 졸업논문은 강의실에서 실시하는 필기시험이나 교수가 주제를 미리 정해주는 리포트보다 선택의 여지가 넓다는 특성을 지닌다. 또 졸업논문은 선택한 주제에 따라 스스로 자료를 모으고 평가하여 체계적인 글을 쓰도록 한다는 점에서 자율성이 크다고 하겠다.

졸업논문의 의의는 다음과 같이 정리될 수 있다.

- 졸업논문은 학생들이 대학의 전공과정을 통해 배운 과목들을 종합할 수 있는 기회가 된다.
- 졸업논문 제도는 학생이 지도교수와 자주 교류하면서 학술적인 글을 완성하게 함으로써 사제 간의 학문적, 인격적 접촉을 활성화한다.
- 졸업논문 제도는 학생이 스스로의 힘으로 한 편의 연구논문을 작성하게 함으로써 자주적인 연구능력을 길러 주고 일정한 수준의 지적인 독립을 성취하게 한다.

대학의 졸업논문은 대단한 독창성이나 연구성과를 기대하는 것이라기보다는, 수년 동안 배우고 익히고 닦은 것을 얼마나 정확하고 객관적이며 일관성 있는 방식으로 표현할 수 있는가를 시험하는 것이다. 따라서 졸업논문을 대학생활의 총정리와 독자적인 연구능력과 판단력의 함양을 위한 기회로 삼고 열심히 작성해야 할 것이다.

2. 리포트에서 졸업논문으로

졸업논문은 요구되는 지적 수준이나 분량에 비추어볼 때 간단한 과제가 아니다. 그러므로 평소에 졸업논문에 대비하는 자세가 필요하다. 평소 졸업논문을 대비하는 기회는 리포트 작성에서 찾을 수 있다. 전공과정에서 리포트를 쓸 때 항시 졸업논문을 염두에 두고 임하는 것이 크게 도움이 되리라고 본다.

되도록 일찌감치 졸업논문의 대략적인 주제를 잡고 그것을 리포트에서 계속 시도해 보는 것이 좋다. 그러다가 주제가 분명해지면 주제를 몇 가지로 세분해서 세분된 내용을 각 리포트에서 차례로 시도해 보는 것도 좋다.

아무튼 리포트와 졸업논문을 연장선상에서 파악하는 자세가 무엇보다도 중요하다 하겠다. 이렇게 할 경우 리포트도 충실해지고 졸업논문에 대한 대비도 착실히 이루어질 것이다.

3. 졸업논문 작성의 실제

졸업논문의 주제에 대해서는 앞서도 말했듯이 평소에 계속 관심을 두고 생각하는 것이 좋다. 그런데 졸업논문의 주제는 무엇보다도 그 비중에 걸맞아야 한다. 너무 큰 주제도 곤란하지만 너무 작은 주제도 곤란하다.

대학생활을 총정리한다는 의미도 지니고 있으므로 적어도 한 분야를 나름대로 포괄하는 주제를 잡아야 한다. 또 학문의 길을 걷고자 한다면 앞으로의 연구계획과 연계를 맺는 주제를 택하는 것이 좋다. 이런 조건들을 충족하는 주제를 잡는 한 방법으로 다음과 같은 것을 권장하고 싶다.

- 자신이 관심을 두고 있거나 비교적 잘 알고 있는 분야에서 아주 구체적인 주제를 하나 택한다. 이때 주제는 단일하고도 초점이 분명해야 한다.
- 그 구체적인 주제와 관련되는 모든 사항을 점검해 주제를 성장시킨다. 하나의 줄기에서 가능한 한 많은 가지를 뻗게 하는 것이다.
- 처음의 구체적인 주제에 대한 관련성의 크기와 중요도에 따라 가지치기를 한다.
- 구체적인 주제라는 줄기를 중심으로 나무 모양의 체계를 형성한다.

중요한 것은 처음에 선정한 구체적인 주제라고 하는 줄기를 끝까지 고수하는 것이다. 이렇게 하면 매우 구체적인 주제를 다루면서도 전공과정에서 배운 여러 분야와 주제를 포괄할 수 있게 된다. 말하자면 작은 데서 출발하고 그 작은 것을 지키면서 넓게 다루게 되는 것이다.

한편, 졸업논문의 작성에서는 지도교수와의 관계가 적극적으로 활용될 수 있다. 주제의 선정과 방법론의 선택, 자료에 대한 문의 등에서부터 초고의 검토 등에 이르기까지 다양하게 지도교수의 자문을 구할 수 있다. 논문작성의 각 단계마다 지도교수와 상의하고 지도교수의 조언을 얻도록 노력할 필요가 있다. 지도교수와 인간적으로 친밀해질 수 있는 기회도 될 것이니 그야말로 일석이조가 아니겠는가?

졸업논문의 작성방식은 앞에서 이야기한 내용을 참조하면 될 것이고, 그 형식과 체제는 학술논문의 형식과 체제를 최대한 갖추는 것이 좋다. 졸업논문은 글쓰기 능력, 자료정리 능력, 연구능력을 배양하고, 전공 중의 전공, 즉 전공 중에서 자신 있게 말할 수 있는 부분을 만드는 기회가 될 것이다.

05

기타 글쓰기:

자기소개서, 프레젠테이션, 기획서 등

1. 자기소개서

자기소개서는 대개 직장을 얻기 위해 지원을 할 때 쓰는 경우가 많다. 자기소개서라고 해서 자신에 관한 모든 부분을 시시콜콜하게 다 기술하기를 요구하는 것은 아니다. 취직이 될 경우에 자기가 할 일과 관련된 자신의 적성과 장점과 포부 등을 적으면 될 것이다. 가족관계나 성장배경과 성장과정도 그런 연관성이 있는 경우에만 적으면 된다. 요는 일과 관련된 범위 내에서 자신의 여러 측면들을 소개하면 된다는 것이다.

이렇게 볼 때, 자기소개서는 두괄식, 연역식으로 적는 것이 좋다고 하겠다. 즉, 일과 관련된 자신의 가장 중요한 측면을 먼저 간략하게 소개한 다음, 상세하게 얘기를 풀어가는 식이 좋다는 것이다. 이런 방식은 우선 많은 자기소개서를 봐야 하는 심사위원의 편의를 위해 바람직하고, 자기소개서로 자신의 인상과 이미지를 처음부터 강렬하게 전달할 필요가 있다는 점에서 유용하다.

다음 자기소개서는 필자가 15년 전쯤에 모 연구기관에 연구원으로 지원하면서 낸 것이다. 물론 이 자기소개서는 모범적인 것이 아닐 수 있다. 그러나 자기소개서를 효율적으로 쓰는 요령은 나름대로 알려주는 예는 된다고 생각한다. 먼저 자기가 어떤 분야에 관심을 두고 있고 무슨 일을 하고 싶은지를 두괄식으로 서술한 다음, 학문적 이력과 정책적 관심에 대해 상술하는 방식이 적절했다고 본다.

〈자기 소개서〉

저는 대중문화 내지 문화상품에 지대한 관심을 지니고 있는 사회학 연구자입니다. 그런 점에서 이번 OO연구소의 출범에 개인적으로 무척 고무되어 있습니다. 제 학문적인 관심을 현실적인 정책개발과 연결시킬 수 있는 좋은 기회가 될 것으로 판단했기 때문입니다. 그러면 학부시절부터 현재까지의 제 관심의 변화과정과 연구경력을 시간순으로 간략히 소개 드리겠습니다.

저는 1979년 OO대학교 사회과학대학에 입학하여 1980년 3월부터 1983년 2월까지 사회과학대학 사회학과를 다녔습니다. 정치적으로 어려웠던 시기인지라 학업에 전력투구하지는 못했지만 사회학적 문제의식을 나름대로 열심히 익혔습니다. 한편 동아리 활동을 열심히 했는데, 그 동아리는 '메아리'라는 노래 동아리였습니다. '메아리'는 건전한 삶의 노래를 발굴, 창작하여 보급하는 노래패였습니다. 평소에 노래를 즐겨 부르기도 했지만 건강하고 진실된 노래에 굶주려 있던 차라 '메아리' 활동은 제게는 매우 큰 기쁨이자 보람이었습니다. 이 동아리 활동은 제 학문적 관심에 큰 영향을 미쳤습니다.

학부를 졸업하고 OO대학교 사회학과 대학원에 진학했습니다. 사회학이라는 학문에 대한 열정도 있었지만 제 관심을 지배한 또 하나의 주제는 '문화'였습니다. 이것에는 무엇보다도 학부 시절의 '메아리' 활동이 미친 영향이 컸다고 할 수 있습니다. 당시에는 기성의 상업적이고 대중추수적인 대중문화의 범람 속에서 새롭고 대안적인 문화를 생산해 내려는 움직임들이 싹트기 시작하고 있었습니다. 그러나 그러한 노력들은 이론적인 작업에 의해 뒷받침되지 못하고 있었습니다.

그래서 저는 '문화'에 대한 이론을 나름대로 정리하는 작업에 진력하고자 했습니다. 그런데 새롭고 건강한 문화를 만들어 내는 작업을 위해서는 우선 기성의 대중문화의 본질을 파악하는 작업을 선행해야 한다고 생각했습니다. 그 결과로 나온 것이 저의 석사학위 논문 〈자본주의 사회에 있어서 대중문화가 갖는 기능과 의미〉입니다.

대중문화에 대한 기존의 논의가 없었던 것은 아니지만 그런 논의들은 대부분 문명비판적인 인상비평이나 '고급문화/대중문화'라는 고답적인 도식에 얽매인 채 소모적인 논쟁만을 일삼고 있었습니다. 또한 기존의 논의들은 대중문화를 '대중사회의 문화'로 파악하고 있었습니다. 그러나 대중사회는 대중문화의 소비의 측면은 설명할 수 있을지언정 대중문화의 생산 메커니즘은 설명할 수 없는 개념이라고 할 수 있습니다. 대중문화의 성격은 다름 아닌 생산의 원리와 방식에 의해 설명된다는 점을 감안할 때 기존의 논의는 애초부터 정향이 잘못된 것이었습니다. 그래서 저는 대중문화는 기본적으로 상품화된 문화이고 자본주의적 문화라는 시각에서 출발하여 대중문화의 생산 메커니즘과 소비 메커니즘, 대중문화의 이데올로기적 효과, 대중문화를 둘러싸고 있는 세력관계 등을 이론적으로 논의했습니다. 이론적인 논의가 대부분 그러하듯이 다소 추상적인 논의로 흐른 감이 없지 않지만, 나름대로 대중문화에 대한 총체적이고 비판적인 시각을 정리했다고 지금도 자부하고 있습니다.

1985년에 석사과정을 졸업하자마자 바로 박사과정에 진학했습니다. 박사과정을 수료할 때까지는 사회학의 여러 주제에 대한 지식을 넓히고 시각을 보다 확장하기 위한 공부를 했습니다. 1987년 8월에 박사과정을 수료하고 난 다음에도 저는 학위논문의 주제를 명확히 하지 못했습니다. 사회학의 전통적인 주제를 택할 것인지, 석사과정에서의 문제의식을 발전시킬 것인지 판단이 잘 서지 않아서였습니다. 물론 그 과정에서도 대중문화에 대한 제 관심은 몇 편의 연구논문을 만들어 냈습니다.

그러던 중 제 관심은 차츰 대중문화 중에서도 신문과 방송 등의 언론으로 쏠리기 시작했습니다. 그 이유는 무엇보다도 석사논문의 주제가 다소 추상적이고 이론적이었다는 데 대한 반작용 때문이었다고 여겨집니다. 대중의 의식과 가치관에 직접적인 영향을 미치면서 정치 및 경제와 밀접한 연관을 맺고 있는 것이 바로 언론이라는 점도 한 이유였습니다. 그런 점에서 이런 변화는 관심의 천이가 아니라 관심의 심화라고 할 수 있겠습니다. 보다 구체적이면서도 우리의 일상생활과 직결되는 사회학적 주제를 찾아가는 과정에서 언론과 만난 것입니다. 1990년 무렵부터 언론과 관련된 연구논문을 발표하기 시작하면서 언론에 대한 제 관심은 무르익어 갔습니다. 그 결과로 나온 것이 박사학위논문 〈1960년대 이후 한국언론의 성격변화 과정에 대한 사회학적 연구〉입니다. 언론을 둘러싸고 있는 여러 중요한 요인들 가운데 국가, 자본, 언론자본, 제국주의 등을 중심으로 언론의 성격변화 과정을 분석함으로써 한국 언론의 현대사를 좀 더 총체적으로 파악하고자 하는 것이 박사논문의 문제의식이었습니다.

학문적인 관심을 언론으로 구체화하는 과정에서도 대중문화에 대한 제 관심은 지속되었습니다. 아니, 언론 자체를 대중문화의 일부분으로 생각하고 있었습니다. 언론에 대한 학문적인 작업을 하는 과정에서도 제 눈과 귀는 대중문화를 향해 열려 있었습니다. 특히 개인적으로는 비디오에 관심이 많았습니다. 때때로 비디오에 관한 짤막한 평론을 쓰기도 하면서 열심히 비디오를 보았습니다. 비록 성사되지는 못했지만 비디오에 대한 비판적인 대중안내서를 기획하기도 했습니다. 1988년에 VTR을 산 이래 지금까지 약 2,000편 정도의 비디오를 보았습니다. 물론 비디오를 보는 것이 취미의 일환이기도 했지만, 항시 학문적, 비평적 촉각을 곤두세우고 있었습니다. 이외에도 광고에 각별한 관심을 두고 있습니다. 상품의 판매를 촉진하고 언론산업의 재정적 기반을 제공하는 광고의 경제적 기능뿐만 아니라, 개인의 의식과 가치관에 영향을 미치는 광고의 이데올로기적 기능에도 주목하지 않으면 안 된다는 생각 때문이었습니다.

지금까지 길지 않은 학문적 여정 가운데 문화, 대중문화, 언론에 대한 제 관심의 성립과정에 대해 말씀드렸습니다. 현대 사회에서 문화는 더 이상 인간의 의식이나 가치관 등에만 관련되는 현상이 아닙니다. 문화는 이미 상품으로 생산되고 소비되고 있습니다. 따라서 문화를 상부구조의 한 영역으로 취급하는 전통적인 접근은 자칫 돈키호테의 꼴이 되고 말 것입니다. 그러나 역으로 문화를 상품으로만 취급하는 시각 역시 함정에 빠지고 말 것입니다. 아무리 상품화되었다고 하더라도 일반 상품과는 다른 특성을 지니고 있는 것이 바로 문화상품이기 때문입니다. 따라서 문화를 상품으로만 취급하는 문화정책은 결코 성공할 수 없을 것입니다.

결국, 문화는 '개인의 의식과 가치관에 영향을 미치는 구성물'이자 '이윤을 남기기 위해 생산되는 상품'이라는 종합적인 시각을 가질 때 올바른 문화정책이 나올 수 있을 것입니다. 이런 점에서 바로 사회학적인 시각이 필요하다고 생각합니다. 제가 대중문화 내지 문화현상에 대해 지속적으로 관심을 가져왔다는 사실과 사회학적 시각에 대한 훈련을 충분히 받았다는 점을 감안할 때, 금번 OO연구소의 출범은 저에게는 학문적 관심을 문화정책으로 연결시킬 수 있는 더없는 기회라고 여겨집니다. 이에 감히 응시원서를 제출하게 되었습니다.

만일 제가 이번에 OO연구소의 연구원으로 뽑힌다면, 문화산업 특히 비디오산업에 대한 정책연구를 해보고 싶습니다. 비디오산업이라는 것이 영화산업과 직결되어 있는 것이기는 하지만 비디오 배급시장과 대여시장이 날로 확대되고 있는 시점에 외국의 비디오상품에 효과적으로 대처하고 국내의 비디오산업을 육성하기 위한 정책개발이 무엇보다도 시급하다고 생각하기 때문입니다. 물론 이러한 정책은 비디오 소비자의 의식과 가치관에 미치는 영향까지를 염두에 두어야 할 것입니다.

참고로 그동안의 저의 주요 경력과 연구실적을 첨부합니다.

(이하 생략)

2. 제안서나 기획서

공개적인 자리에서의 설명을 위한 프레젠테이션(presentation) 문서나 보고나 제안을 위한 기획서는 내용의 구성원리면에서는 큰 차이가 없다. 둘 다 문장으로 푸는 방식이 아니라 구문형으로 축약된 형태로 작성하는 것이기 때문이다.

프레젠테이션 문서는 우리말로 제안서라고 하는 것이 좋을 것이다. 제안서나 기획서는 이렇게 생각하면 간단하다. 우리가 앞서 공부한 개요(outline)를 확장한 것이라고 생각하는 것이다. 다시 말하면, 개요를 확장해서 보다 상세하게 작성한 문서라고 생각하면 된다.

6장

글쓰기의 기타 포인트

01

글쓰기의 자세

1. 글쓰기 공부의 의미

흔히 글쓰기는 국어 공부라고 생각하는 경우가 많다. 국어 공부는 바르고 정확한 문장을 쓰는 데는 도움이 되지만 그 자체로 글쓰기 공부가 완결되는 것은 아니다. 따라서 글쓰기 공부를 국어 공부라고 생각하면 오산이다. 물론 국어 공부를 기초로 삼고 인문학 공부를 바탕으로 삼아야 하겠지만, 글쓰기 공부는 오히려 사회과학 공부라고 생각해야 할 것이다. 글쓰기는 대개의 경우 종합적이고 체계적인 글을 쓰는 작업이기 때문이다.

여기에 비판적인 시각이 가미되면 더욱 좋은 글을 쓸 수 있을 것이다. 비판적인 시각이란 기존의 시각을 뒤집어보거나 반박하는 것이기 때문에 창의적인 작업으로 연결되게 한다.

글쓰기 능력은 단순히 문장력이 아니다. 종합적인 능력이다. 글쓰기 능력은 크게 세 가지로 구성되어 있다고 할 수 있다.

- 첫째, 자기가 가지고 있는 내면의 지적(知的) 자원
- 둘째, 정확하고 효율적인 표현능력
- 셋째, 자기 생각과 의견을 체계적, 논리적으로 구성할 수 있는 능력

국어 공부를 통해서는 두 번째 능력은 기를 수 있겠지만, 첫 번째와 세 번째 능력을 갖추기 위해서는 별도의 공부가 필요하다. 동원할 수 있는 지적 자원을 풍부히 가지기 위해서는 다방면에 걸친 풍부한 독서가 필요할 것이고, 체계적이고 논리적인 구성능력을 기르기 위해서는 철학적, 사회과학적 훈련이 필요할 것이다.

이렇게 볼 때, 문장력에 대한 공부를 바탕으로 하되 풍부한 독서를 하고 체계적이고 논리적인 사고력을 기름으로써 글쓰기의 기초가 마련된다고 하겠다. 물론 그 과정에서 다양한 형태의 글쓰기 훈련을 해야 하는 것은 두말할 필요가 없다.

2. 글쓰기의 자세

글은 화려하고 현란하게 써야 잘 쓰는 것이라고 생각하는 사람들이 더러 있다. 온갖 수식어를 붙이거나 어려운 단어나 표현을 쓰기도 하고, 매우 복잡한 문장을 쓰거나 현학적인 냄새가 물씬 나는

글을 쓰면서 우쭐대는 경우이다.

하지만 글은 자신의 의사와 의견과 주장을 전달하는 수단이다. 이런 면에서 정확하고 분명하고 간결한 글이 최고의 글이라고 할 수 있다. 물론 학술적인 글에서는 수식이나 한정 등 문장 내에서의 용어와 개념의 관계가 정확해야 하고 오독(誤讀)의 여지가 전혀 없어야 하므로 문장이 매우 복잡해지는 경우가 있기는 하다. 그러나 이것은 어디까지나 학술적이고 전문적인 영역에서 나오는 예외적인 경우에 불과한 것이다. 글을 쓸 때는 다음과 같은 세 가지 자세에 유념할 필요가 있다.

① 분명하게 쓰기

자기의 의견이나 주장이 분명하게 드러나는 글이 좋은 글이다. 이건지 저건지, 이렇다는 건지 저렇다는 건지 의견이나 주장이 불분명한 글은 좋은 글이 될 수 없다. 주장이나 의견의 옳고 그름은 나중의 문제이다. 물론 그 주장이나 의견은 자기 나름의 논리에 의해 뒷받침되어야 한다. 쉽게 표현하면, 자신의 주장이나 의견을 한 문장으로 요약해서 표현할 수 있어야 한다는 걸 염두에 두고 글을 쓰면 되겠다.

② 쉽게 쓰기

어렵고 현학적인 글은 좋은 글이라고 할 수 없다. 물론 심오한 철학이나 사상을 다룬 대가의 글은 그런 식의 글이 많다. 그러나 어떤 새로운 사상이나 철학이나 이론을 제시하는 글이 아니라면,

우리와 같은 일반인들의 글은 쉬우면 쉬울수록 좋은 글이다. 무엇보다도 글은 독자라는 상대방을 전제로 하고 있다. 그 점을 생각한다면 상대방에 대한 친절함을 보여야 하고, 친절함이란 다른 게 아니라 쉽게 쓰는 것이다.

③ 단문이 최고의 문장이다

문장은 단순할수록 좋다. 물론 글의 성격이나 주제에 따라 다를 수도 있지만, 가능하면 단문(單文) 위주로 쓰는 것이 좋다. 단문이란 주어와 서술어가 각각 하나씩 있어서 둘 사이의 관계가 한 번만 이루어지는 문장을 말한다. 물론 이것이 기술적으로 불가능할 경우도 있다. 그렇지만 열거가 필요한 경우나 연속적인 과정을 설명하는 경우가 아니라면, 가능하면 단문으로 문장을 쓰려는 노력이 필요하다. '-고', '-며'를 최소화한다고 생각하면 되겠다.

 3. 상상력과 창의성

좋은 글을 쓰기 위해서는 상상력과 창의성의 발현이 중요하다.

이전에 필자가 들은 얘기인데 모 언론사의 논술시험에 '차에 대해 논하라'는 문제가 나왔다고 한다. 별다른 부연설명이 없었으므로 수험생들은 도대체 무슨 '차'인지를 알 수가 없었을 것이다. 이런 경우, 여러분은 어떤 '차'에 대해서 논하겠는가? 타고 다니는 차(車)일까, 마시는 차(茶)일까? 필자를 포함해서 대부분의 사람이 그 둘 중 하나에 대해서 논했을 것이다. 물론, 둘 다에 관해 논할 수도 있겠다.

그런데 필자가 듣기에 어떤 사람은 그 두 가지가 아닌, 장기(將棋)의 차(車)에 관해 논했다고 한다. 알다시피 장기에서 차는 직선이면 거리에 관계없이 전진하고 후퇴할 수 있는 무척 강한 힘을 가지고 있지만 사선(斜線)으로 갈 수는 없고 때로는 졸(卒)에게도 꼼짝 못하는 수도 있다. 이러한 장기의 차를 가지고 사회현상을 빗대어 논했다면 그야말로 독창적이고 흥미로운 논술이 아니겠는가? 물론 그 사람은 당당히 합격했다고 한다.

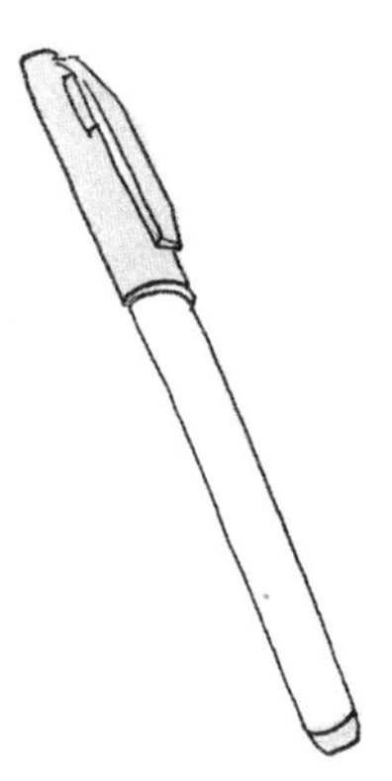

02 중요 개념과 용어에 대한 공부

좋은 글을 쓰기 위해서는 글의 경제성이나 효율성과 아울러 정확성을 높여야 한다. 주절주절 설명을 늘어 놓는다든가 무슨 말인지 알 수 없게 표현하면 그만큼 글의 가치나 품격이 떨어지기 마련이다. 그런 점에서 정확하고 적절한 개념이나 용어의 사용이 매우 중요하다고 할 수 있다.

지나치게 전문적인 개념이나 용어는 오히려 거부감을 줄 수도 있지만 정확하고 간결한 개념이나 용어의 사용은 설득력과 이해력을 높여 준다. 여러 학문 분과가 있지만 이 부분에 있어서는 특히 사회학과 심리학이 큰 도움이 될 것으로 본나.

몇 가지 예를 들어 보자. 평소 자주 만나는 용어나 자기 분야의 전문 용어를 이 같은 방법으로 정리해 두면 많은 도움이 될 것이다.

• **사회화(社會化, socialization)**

사람들이 태어나서부터 그 사회의 문화를 배우고 그 사회의 가치를 내면화하는 과정을 뜻한다. 인간이 그 집단이나 사회의 일원이 되기 위해 그 사회가 허용하는 지식 · 행동양식 등을 습득해 가는 과정이라고 할 수 있다. 사람은 사회화됨으로써 비로소 사회의 성원으로서 활동하게 된다.

사회화는 다른 사람들과의 접촉을 통해 일어난다. 사회화의 과정 속에서 사람들은 그 사회의 가치를 배우고 또한 자아를 얻게 된다. 다른 사람과의 상호작용을 통해 사람들은 자기의 정체성을 형성하고 이상과 원망(願望)을 만들어 간다. 즉 자기 자신에 대한 인식을 하게 된다. 이와 같이 사회화에는 두 가지 서로 보완적인 과정, 즉 사회적 · 문화적 유산의 전승과 퍼스낼리티(personality 또는 인성)의 발달과정이 포함된다.

〈예문〉

그 사람이 타인의 대한 배려가 부족하고 자기중심적으로 행동하는 것은 성장과정에 문제가 있어서 그런 것 같다.

➜ 그 사람이 타인에 대한 배려가 부족하고 자기중심적으로 행동하는 것은 사회화 과정이 원만하지 못해서 그런 것 같다.

• **내집단(內集團, in-group)과 준거집단(準據集團, reference group)**

내집단은 집단이 설정한 경계에 따라 한 개인이 동일시하는 단위를 뜻하며, 간단하게 말하면 내가 소속된 집단이라고 할 수 있다. 반면 자신을 동일시하지 않는 바깥의 집단은 외집단(外集團, out-group)이라고 한다.

〈예문〉

내가 속한 집단의 가치와 기준으로만 세상을 바라보고 판단하는 것을 경계해야 한다.

➜ 내가 속한 내집단(內集團)의 가치와 기준으로만 세상을 바라보고 판단하는 것을 경계해야 한다.

준거집단은 1940년대 초에 하이만(Herbert Hyman)이 도입한 개념으로, 한 개인이 그 자신의 신념, 태도, 가치 등을 규정하고 행동의 지침으로 삼기 위해 활용하는 집단이다. 다시 말하면 특정 개인이 행동할 때 비교나 판단의 기준이 되는 집단이다. 그러나 반드시 준거집단이 내집단을 뜻하는 것은 아니어서 개인은 준거집단에 속할 수도 있고 속하지 않을 수도 있다. 그 개인은 준거집단과 심리적으로 동일시하고 있지만, 반드시 그 집단의 성원이 되어야 할 필요는 없으며, 때로는 그 집단에 참여하는 것을 원치 않을 수도 있다.

준거집단은 긍정적 준거집단과 부정적 준거집단으로 나누어 생각할 수 있다. 우리가 보통 준거집단이라고 할 때에는 긍정적 준거집단을 가리키며, 부정적 준거집단이란 어떠한 규범이나 활동을 거부하거나 반대할 때 기준으로 삼는 집단이다. 학교 다닐 때 열심히 공부하지 않고 불량한 행동과 비행을 저지르는 청소년집단들은 대다수 선량한 학생들에게 부정적 준거집단으로 나타나게 된다.

〈예문〉

나는 벤처기업으로 성공한 사람들을 기준으로 삼아서 내 삶의 목표와 방향을 정했다.

➜ 나는 벤처기업으로 성공한 사람들을 준거집단으로 삼아서 내 삶의 목표와 방향을 정했다.

• **상대적 박탈감(相對的剝奪感, relative deprivation)**

준거집단에 대한 상대적 열등감을 말한다. 모든 조건이 자기와 비슷한데 자기의 처지가 다른 사람에 비해 열등하다고 생각될 때 느끼는 불만이 대표적인 것이다. 절대적인 박탈감이 아니라 상대적인 박탈감이기 때문에 어떤 기준이 존재한다는 것이고, 이때 준거집단이 그 기준이 된다. 준거집단은 개인의 심리적인 차원에서 설정된 것이기 때문에, 어떠한 집단을 준거집단으로 생각하느냐에 따라서 실제 행동도 다르게 나타날 수 있다.

〈예문〉

학력이나 능력이나 무엇 하나 내가 뒤질 것이 없는데 항상 그 동기보다 승진이 늦어 뭔가 억울하다는 생각을 갖고 있다.

→ 학력이나 능력이나 무엇 하나 내가 뒤질 것이 없는데 항상 그 동기보다 승진이 늦어 상대적 박탈감을 느끼고 있다.

• **자민족 중심주의(自民族中心主義)와 문화적 상대주의(文化的 相對主義)**

사람들은 자기들에게 익숙한 것을 기준으로 하여 다른 사람 또는 다른 민족이나 사회의 문화를 평가하는 경향이 있다. 예로부터 중국 사람들은 자기네만이 문화민족이고 주위의 다른 민족들은 모두 오랑캐 또는 야만인이라고 멸시하였다. 이러한 현상은 과거 모든 사회에서 공통으로 발견되고 있으며 오늘날에도 널리 퍼져 있다. 이와 같이 자기네의 생활양식을 가장 좋은 것으로 보고, 자기네 것과 다른 것은 나쁘거나 열등한 것 또는 문제로 보는 성향을 일컬어 자민족 중심주의(ethnocentrism)라고 한다. 자민족 중심주의적인 사람들은 자기들이 가지고 있는 가치나 규범을 절대적인 것으로 받아들이는 경향이 있다. 역사적으로 대표적인 자민족 중심주의의 예로는 독일의 나치즘을 들 수 있다.

이러한 성향에 반하여, 특정의 문화는 그 사회의 필요 또는 요구에 의해 나타난 것이고 따라서 그 사회의 존속과 통합에 불가피한 기능을 수행하고 있다는 견해가 사회과학자들 사이에서는 지배적이다. 이러한 입장에서 보면, 각각의 문화는 그 사회의 요구에 의해서만 판단할 수 있는 것이지, 다른 사회의 기준에 의해 판단할 수는 없다. 즉, 각각의 문화는 어떤 절대적인 기준에 의해 판단될 수 없고, 따라서 어떤 것이 더 좋고 더 옳고 더 우수하다고 판단할 수 없다는 것이다. 자민족 중심주의에 대한 이와 같은 비판적인 접근을 문화적 상대주의(cultural relativism)라고 한다.

〈예문〉

중국 사람들은 예로부터 자신들만이 문화민족이라고 생각하고 주변의 다른 민족들은 오랑캐라고 보는 자기중심적 사고를 가지고 있었다. 하지만 문화라는 것은 그 민족의 자연 환경과 사회적 필요에 따라 형성되는 것이기 때문에 우열이 있는 것이 아니라 차이가 있을 뿐이라고 보는 상대주의적 태도가 필요할 것이다.

➜ 중국 사람들은 예로부터 자신들만이 문화민족이라고 생각하고 주변의 다른 민족들은 오랑캐라고 보는 자민족 중심주의적 사고를 가지고 있었다. 하지만 문화라는 것은 그 민족의 자연 환경과 사회적 필요에 따라 형성되는 것이기 때문에 우열이 있는 것이 아니라 차이가 있을 뿐이라고 보는 문화적 상대주의의 태도가 필요할 것이다.

• **문화지체(文化遲滯, cultural lag)**

한 사회에서 문화가 변동할 때 문화의 여러 부문 간에는 마찰이 일어나기 쉽다. 정치, 경제, 가족, 종교, 교육 등의 제도들 간에 변화의 속도가 다르기 때문에 일어나는 현상이다. 오그번(William Ogburn)은 특히 '물질적인 문화'와 '비물질적인 문화' 사이에 변화속도의 차이가 있고 이 차이가 사회문제를 야기하는 것으로 보았다.

서구사회가 경험한 기술의 발달은 물질생활의 급격한 변화를 야기했다. 그러나 물질적 측면과 연관되어 있는 여러 가지 제도나 가치의 변화는 물질적 측면의 변화를 따르지 못하고 기술발달이 계속되면 그 간격은 점점 커진다. 이러한 현상을 오그번은 '문화지체'라고 불렀다. 쉽게 말하면, 문화적 측면이 (물질적 측면보다) 느리게 변하는 현상이라고 할 수 있다.

이와 같이 문화의 측면 사이에 간격이 생기면 그 사회에는 변화에 대한 적응과 관련하여 여러 가지 혼란이 야기되지 않을 수 없다. 문화지체는 바로 사회변동의 결과인 동시에 사회문제의 원인이 되기도 한다.

〈예문〉

휴대전화가 빠르게 보급되면서 너도나도 휴대전화를 사용하지만 전화예절은 그에 걸맞게 제때에 정착되지 못하는 괴리현상이 일어나고 있다.

➡ 휴대전화가 빠르게 보급되면서 너도나도 휴대전화를 사용하지만 전화예절은 그에 걸맞게 제때에 정착되지 못하는 문화지체 현상이 일어나고 있다.

• **지위불일치(地位不一致, status inconsistency)**

개인이 차지하고 있는 여러 개의 지위들 사이의 괴리현상을 말한다. 자수성가하느라고 학교에 다닐 기회를 잃어버린 사장은 말단 직원보다 학력이 낮을 수 있다. 친구나 선배를 학생으로 가르쳐야 하는 교수, 열 살씩이나 나이가 많은 조카에게 손윗사람 행세를 해야 하는 아저씨 등도 지위불일치의 예라고 할 수 있다.

〈예문〉

현대사회에서는 사회변동이 급격하게 일어나기 때문에 고등교육을 받지 않았거나 좋은 학교를 나오지 않은 사람들도 부동산 투자나 벤처 사업 등으로 큰 재산을 모으는 특이한 경우들이 자주 발생한다.

➡ 현대사회에서는 사회변동이 급격하게 일어나기 때문에 고등교육을 받지 않았거나 좋은 학교를 나오지 않은 사람들도 부동산 투자나 벤처 사업 등으로 큰 재산을 모으는 지위불일치 현상들이 자주 발생한다.

• **일탈(逸脫, deviance)**

사회적으로 용인되는 규범에서 벗어난 모든 행위와 행동을 지칭한다.

〈예문〉

입시에 대한 부담과 전인교육의 부재로 학교 폭력이나 무단 장기 결석처럼 규범을 어기는 행동들을 하는 학생들이 많이 생기고 있다.

➡ 입시에 대한 부담과 전인교육의 부재로 학교 폭력이나 무단 장기 결석처럼 일탈 행동을 저지르는 학생들이 많이 생기고 있다.

• **아노미(anomie)**

원래의 의미는 '규범이 없다'는 것이다. 그러나 실제로는 사회의 규범이 약화되거나 부재할 때, 또는 두 가지 혹은 그 이상의 상반된 규범이 동시에 존재할 때, 개인은 행동의 지침을 잃게 되고 개인의 욕구와 행위를 조정할 수 있는 사회적 규율이 부재함으로써 행동의 방향을 잃게 되는 상태를 아노미라고 한다. 아노미의 상태가 심화된 사회에서는 사회 내의 집단결속이 약화되기 쉽고, 심한 경우 사회조직이 와해되는 위기에까지 도달하게 된다.

〈예문〉

고등학교를 졸업하고 대학교에 들어가면서 그동안 입시교육과 엄격한 학교 규율에 사로잡혀 있다가 새롭게 주어지는 자유와 시간에 어찌할 바를 모르는 <u>혼란 상태를 겪었다.</u>

➜ 고등학교를 졸업하고 대학교에 들어가면서 그동안 입시교육과 엄격한 학교 규율에 사로잡혀 있다가 새롭게 주어지는 자유와 시간에 어찌할 바를 모르는 <u>아노미 상태를 겪었다.</u>

한편, 신화를 인용하거나 고사성어를 인용하는 것도 글의 효율성과 설득력을 높이는 데 중요한 방법이 될 수 있다. 다만 일반적으로 널리 알려진 것을 인용하는 것은 상투적으로 느껴지고 설득력도 떨어지므로 피하는 것이 좋다.